魔兽：杜隆坦

[美]邓肯·琼斯 电影执导
[美]克里斯·梅森 故事编剧
[美]克里斯蒂·高登 著
李镭 译

新星出版社 NEW STAR PRESS

本书献给克里斯·梅森，我在暴雪的兄弟。在2000年，他首先鼓励我写下杜隆坦的故事，并给了我创造德拉卡的机会。这是一个真实的，却又无法想象的荣誉。正因为如此，我在15年后才能重新拜访这些人物，并向新的观众们讲述他们的故事。

序章

猩红色的痕迹在雪中蜿蜒向前。杜隆坦——加拉德之子，杜高什之孙——正发出胜利的吼声。这是他的第一次狩猎，第一次向活的生物挥出武器，施行杀戮。鲜血证明他的长矛击中了目标。他转向自己的父亲，瘦小的胸膛骄傲地挺起，期待得到父亲的赞扬。但霜狼酋长的表情却让他感到困惑。

加拉德摇了摇头。他长长的黑色头发披散在强壮宽阔的肩膀上，充满了野性。他正骑在他的白色巨狼——寒冰的背上。当他说话的时候，他那双黑色的小眼睛显得格外严厉。

“你没有命中心脏，杜隆坦。霜狼应该在第一次攻击时就致敌死命。”

失望和羞愧让热血冲上年轻兽人的脸庞。“很遗憾……我辜负了您，父亲。”他郑重地说道，同时在他自己的座狼——利齿的背上尽量挺直了腰杆。

加拉德双手抓住寒冰粗硬的颈毛，同时借助膝盖的力量指引坐骑，让这头猛兽来到利齿身边，看着他的儿子说道：“你并没有辜负我，而是辜负了你本应杀死目标的第一击。”

杜隆坦有些犹疑地抬头瞥了一眼他的父亲。“我的任务是教导你，杜隆坦，”加拉德继续说道，“如果众灵应许，终有一日，你会成为酋长。我不会让你毫无必要地冒犯它们。”

加拉德朝血迹一指，“下来，跟我一起走，我会向你解释。德雷克塔尔，你和慧耳跟着我们。其余的人等待我的召唤。”

杜隆坦依旧感到惭愧，但同时也心存困惑和好奇。他毫不迟疑地服从了父亲，从利齿的背上滑下来，拍了拍这头大狼。他们会用霜狼作为坐骑是因为这些狼的毛色，还是因为这个氏族正是以这种毛发如雪的巨兽为自己命名，没有人知道。这个答案早已湮没在时间的洪流中。利齿从鼻孔喷出两团白汽，舔了舔年轻主人的脸。

德雷克塔尔是霜狼氏族的萨满长者——一位与大地、空气、火焰、流水和生命之灵有着紧密联系的兽人。根据霜狼氏族代代传承的学识，众灵存在于遥远的北方——就在世界之缘，众灵圣地里面。德雷克塔尔比杜隆坦年长，但还算不上老迈。在杜隆坦出生多年前，德雷克塔尔就在战场上失去了双眼。敌方氏族的一头座狼咬了德雷克塔尔的脸一口，所幸咬得有些偏，但造成的伤害已经够严重了。德雷克塔尔的一只眼睛被狼牙刺穿，他的另一只眼睛在那以后不久也失去了视力。直到现在，杜隆坦都能看到细长苍白的伤疤从德雷克塔尔用来遮住空眼窝的布带下面延伸出来。

但是，如果说德雷克塔尔被剥夺了某些东西，那么他也因此收获了另一些东西。在失去视力之后，他很快就得到了一个足以弥补这个缺陷的新能力——他对于众灵的敏锐感知是他所训练的年轻萨满完全无法比拟的。尽管身处遥远的极北之地，众灵却会不时从它们位于世界之缘的圣地为他送来各种预兆。

只要德雷克塔尔还骑在慧耳的背上，他的行动力就不容怀疑。有了他心爱的、训练有素的座狼，德雷克塔尔就能够到达其他任何兽人能去的地方。

一对父子和他们的萨满在深雪中摸索前行，追踪血迹。杜隆坦出生在一场暴风雪中，这对于一名霜狼兽人来说是一个吉兆。他的家位于霜火岭。只有在夏日里最明亮的阳光中，这里的积雪才会慢慢消融一些，但很快再次被覆盖。没有人知道霜狼兽人已经在这个地方居住了多久。在他们的记忆中，这里一直都是他们的家园。“一直在这儿。”——当杜隆坦长大到开始思考这个问题的时候，一位霜狼长者只是给了他一个如此简单的回答。

夜幕来临，寒意渐长。杜隆坦厚实保暖的裂蹄牛皮靴在极力抵抗雪水的浸透，但他的脚已经开始麻木了。风越来越强，如同匕首刺穿了他的厚毛皮斗篷。杜隆坦打着哆嗦，奋力向前，等待着父亲说些什么。此时雪地上的血已经不再冒起热气，而是开始冻结了。

红色的血迹经过了一片被风扫平的宽阔雪原，向老祖父山脚下灰绿色的森林延伸过去。在向南延伸数百里的一系列山峰中，老祖父山是最高的一座。氏族的智慧卷轴上说，它是氏族的守卫者，伸出岩石臂膀，在霜火岭和南方原野之间创造出一道保护性的屏障。干净的落雪气息和新鲜的松树香味充满了杜隆坦的鼻腔。整个世界都悄然无声。

“在雪原中这样长途跋涉并不愉快，对不对？”加拉德终于说道。

杜隆坦不知道怎样才是正确的回答：“霜狼不会抱怨。”

“的确，霜狼不会抱怨。但……这还是很令人不快。”加拉德低下头看自己的儿子，嘴唇在獠牙上翘起，露出微笑。杜隆坦发现自己也在向父亲微笑，并轻轻点点头，心情随之放松下来。

加拉德伸手摸了一下儿子的斗篷，指尖抚过上面厚厚的绒毛，“裂蹄牛，强壮的生物。生命之灵赐予了它浓密的毛发，厚重的皮肤，还有一层层皮下脂肪，让它能够在这片土地上生存。但是当受了伤，它移动的速度太慢，无法保持自己的体温，也无法追上自己的族群，无法获得族群给予的温暖，它就会慢慢被冻僵。”

加拉德指了指前方的血迹。杜隆坦能够看出来，这头仍然在逃窜的野兽已然是脚步踉跄了。

“它满心困惑，疼痛难忍，惊骇不已，它只是一个生物，杜隆坦。它不应该有这样的感觉，不应该受这样的苦。”加拉德的面色变得严肃起来，“一些兽人氏族很残忍。他们喜欢折磨和凌虐猎物……还有他们的敌人。霜狼不会以他人的痛苦为乐，哪怕是敌人。而一头为我们提供食物的野兽更不应有此报。”

羞愧之情再一次涌上心头，让杜隆坦感觉到面颊发热。这一次，他为之羞愧的不是自己，也不是他糟糕的准头，而是因为他从没有想到过父亲所说的这些事。没有能一击杀敌的确是他的错——但错不在于他不是最优秀的猎手，而是在于这样会让裂蹄牛遭受没有必要的痛苦。

“我……明白了，”他说道，“我很抱歉。”

“不要向我道歉，”加拉德说，“我不是受苦的那个人。”

血迹变得更加新鲜了，大片的猩红色斑块在雪地上变成一个个圆坑，随着裂蹄牛不稳定的步伐左右散布，经过了几颗孤松，绕过一堆被积雪覆盖的砾岩。

他们终于找到了它。

杜隆坦射伤了一头小公牛。就在不久之前，年轻的兽人曾经觉得这头公牛是那样高大，一时间甚至有些被它吓呆了，嗜血的欲望也在那时第一次从他的心中涌起。直到现在，杜隆坦才看出它——他——还没有完全成年。即便如此，这头小牛已经有三个兽人那么大，它的厚皮上覆盖着蓬松的长毛，舌头从两排黄色的钝齿之间垂挂出来，一阵阵急促的喘息在它的口边变成白雾。当它嗅到这三个兽人，深陷在眼窝中的一双小眼睛立刻转向了他们。它挣扎着想要站起来，却只是搅动了红色的雪泥，并让杜隆坦那支投歪的长矛在身体里刺得更深。小牛痛苦却又充满挑衅的呼气声让杜隆坦的心仿佛被紧紧攥住。

这名年轻的兽人知道自己该做什么了。在准备狩猎之前，他的父亲已经向他详细描述了裂蹄牛的身体结构，以及如何最有效地杀死它们。杜隆坦没有犹豫。尽管有积雪的绊阻，他还是竭力以尽可能快的速度跑向小牛，抓住矛杆，拔出长矛，直接干净地刺进这头野兽的心脏，将自己的全部体重都压在了矛杆上。

裂蹄牛颤抖了一下，死去了。它的身体松弛下来，再不会动弹一下。鲜红的热血染透了杜隆坦的外衣和白雪。德雷克塔尔走到一直站在后面的加拉德身边。这位萨满侧过头，倾听着，加拉德则用期待的眼神看着杜隆坦。

杜隆坦向他们瞥了一眼，从被他杀死的野兽身边退开，向裂蹄牛胸前的创口望去。就像父亲一直以来教导他的那样，他在野兽身前浸染鲜血的雪地上伏低身子，摘下毛皮手套，赤手按在小牛的肋侧，那里依然是温热的。

当他说话的时候，他感觉自己的言辞有些笨拙，但依然希望逝者能够接受他的致意："裂蹄牛之灵，我，杜隆坦，加拉德之子，杜高什之孙，感谢你献出生命。你的肉将帮助我的族人度过严冬。你的皮和毛将为我们带来温暖。我们……我，深深感激你。"

他停顿了一下，咽了一口唾沫。"很抱歉，我让你最后的时刻充满了痛苦和恐惧。下一次，我会做得更好。我会按照我父亲的教导进行攻击——一击中的。"当他说话的时候，他感觉到自己对于背上那条正在保护他生命的沉重斗篷和脚下的这双靴子都有了一种全新的认知和感念。他抬起头望向父亲和德雷克塔尔。他们都赞许地点点头。

"霜狼是技艺高超的猎手，也是强大的战士，"加拉德说，"但霜狼从不会轻率地做出残忍之事。"

“我是一名霜狼。”杜隆坦自豪地说。

加拉德微笑着，走过来将一只手按在儿子的肩膀上。“是的，”他说道，“你是一名霜狼。”

第一章

兽人在狩猎中发出的吼声撕裂了冰冷的空气。杜隆坦已经有过和其他氏族作战的经历。不过在他们的北方家园，霜狼氏族几乎遇不到什么挑战。对这些兽人而言，嗜血和对荣誉的渴求通常都能够以现在这种方式得到满足——他们吼叫着，唱着胜利的歌曲，骑在狼背上冲向正全速逃窜的强壮猎物。

大地在一群狂奔的裂蹄牛脚下颤抖，蹄声如同滚滚雷鸣。在冬季的最后时刻，这些巨兽已经变得皮毛凌乱，消瘦不堪。寒冬却仍然仿佛永远都不会再放手离开这片土地。霜狼兽人们欢快地催赶着他们，在连续追逐了两天之后，每一个氏族成员都因为即将得到肉食来补充体力而感到高兴。

加拉德的黑色长发上已经夹杂有银丝，但统率霜狼氏族的他腰杆依旧挺得笔直，身躯雄武有力。陪伴在他右侧的是杜隆坦的母亲盖亚安。她的身材比丈夫苗条，但动作同样迅猛，攻击同样致命。加拉德并没有一直担负指挥职责，他经常会退到后方，让杜隆坦承担起这个责任。但这名年轻的兽人依然觉得只有在父亲身边狩猎的时候，自己才最有活力。

后来，冲在杜隆坦左侧的则是奥格瑞姆·毁灭之锤，杜隆坦最好的朋友。自从他们两个能走路的时候起就在彼此吸引。他们以各种形式竞逐角力，相互挑战，而这些争斗的结果往往不是愤怒，而是欢笑。奥格瑞姆的母亲曾经说过，她儿子生来就像战士一样渴望战斗，甚至在他刚刚降生之时，就用头攻击了助产士的手。于是众灵在他棕褐色的头顶上留下了一块红色斑块状的伤痕。奥格瑞姆很喜欢这个故事，也因此总是会剃光自己的头顶，即使在冬天也是如此——大多数霜狼兽人都认为这很愚蠢。霜狼的酋长夫妇和这一对年轻的朋友经常并肩驰骋在氏族的队伍中。他们已经对彼此的一举一动非常熟悉，就像是熟悉自己的心跳。

全力追逐裂蹄牛的杜隆坦向加拉德瞥了一眼。他的父亲笑着向他点点头。霜狼氏族忍耐饥饿已经有一段时间了，今晚，他们将饱餐美食。盖亚安的一双长腿紧紧扣住她的座狼——歌手的身体两侧，抬手搭箭开弓，等待着丈夫的信号。

加拉德举起他的长矛——雷击。这杆长矛上雕刻着符文，缠绕矛杆的皮革上有两串不同的刻痕——每一道水平刻痕代表一头野兽的生命；每一道垂直刻痕代表一个兽人的生命。这两种刻痕在雷击上交错分布，其中垂直的条纹也绝对不少。杜隆坦知道，每一道垂直条纹都代表着一场英勇的搏斗和干净利落的击杀。这就是霜狼的风格。

这位兽人酋长用雷击指向一头裂蹄牛。在这场令大地也随之颤抖的追逐中，话语已经没有了用处。加拉德环顾四周，其他霜狼兽人都举起了武器，表明他们也都看见了加拉德所指的那头裂蹄牛。

牛群的队形非常密集，每一头牛都在拼命向牛群中心挤，一些裂蹄牛甚至因此变得脚步蹒跚。那头被确定为目标的母牛一直迈着稳定的步伐，却略微脱离了紧密的牛群。它的肚子没有因为怀上小牛而变大——霜狼兽人不会猎杀怀孕的裂蹄牛，在日渐寒冷的严冬季节，裂蹄牛的种群都会有所缩减，杀死怀孕的母牛将对牛群造成更大的打击。而且这些猎人只会将猎获物的数量控制在他们能够搬运回霜火岭的程度，另外还要留出一部分喂养他们的霜狼同伴，以感谢霜狼在狩猎中的出力。

“就让野狼自己想办法填饱肚子吧，”加拉德曾经搔着寒冰的耳后的长毛，这样对杜隆坦说，“霜狼氏族只要照顾好自己就行了。”

以前的霜狼氏族并非是如此。加拉德告诉过杜隆坦，在他年轻的时候，氏族会从猎物中至少祭祀一头给众神灵——常常是数头猎物。这些被猎杀的生物就被丢在原地，供荒野中的猛兽和食腐的乌鸦撕食。而杜隆坦出生以后，这样的浪费行为就很少出现了。食物太珍贵了，不容随意抛却。

加拉德向前一俯身。寒冰知道这是冲锋的信号，他低下头，纵身猛冲向前。

“你太慢了！”善意的嘲笑来自于奥格瑞姆，他的座狼猛咬像离弦的箭一样从杜隆坦身边一掠而过。杜隆坦回骂了一句，然后驱动利齿像冲向食物一样全速追上。

狼群和骑手迅速逼近了那头倒霉的母牛。如果它稍稍向牛群靠近几步，也许就会得到众多同伴的保护。但现在，尽管它发出一阵阵悲鸣，牛群却只是加快了奔逃的速度。领头的公牛抛弃了它，现在裂蹄牛的首领一心只想带领牛群逃离这些恐怖的兽人，不要让自己的族群有更多损失。裂蹄牛并不蠢，那头母牛很快就意识到，这场战斗只能由它自己来赢取胜利——或者是一败涂地。

它用和她那庞大的身躯极不相称的速度调转过头，面对即将到来的杀戮者。裂蹄牛是被掠食的野兽，但这并不等于他们不会反抗，更不等于他们不危险。这头母牛毫无畏惧地等待着猎人们，裂瓣的蹄子踢起积雪，一股股白汽从它的鼻孔喷出——就像这些兽人一样，它也是一名战士。很明显，它已经决心要干掉几个兽人和几头狼——越多越好。

杜隆坦露出笑容。这是一个值得与之一战的猎物！猎杀不会反抗的野兽没有荣誉感可言，只能说是情势所需。他很高兴这头裂蹄牛充满勇气的选择。狩猎队的其他成员也都看出了裂蹄牛的斗志，他们的呼喊声立刻因为兴奋而变得更加响亮。母牛喷着气，低下头亮出生有两根锋利重角的头，径直向加拉德冲了过来。

兽人酋长和他的狼仿佛融为一体，迅捷跃出裂蹄牛冲锋的路线，并让加拉德有足够的时间掷出雷击。长矛插进了巨兽的肋侧。寒冰也扑上去发动攻击。当他和其他白狼向裂蹄牛的喉咙纵跃的时候，加拉德、杜隆坦、奥格瑞姆、盖亚安和狩猎队的其他成员纷纷射出长矛利箭，同时向裂蹄牛发出挑战的呐喊。

雪地变成了狂暴的战场，震耳的狼嚎声，牛嗥声，还有战吼声交织在一起。白狼们往复驰骤，利齿撕扯着牛皮，狼背上的骑手也努力靠近猎物，发动攻击。第一次狩猎的记忆闪过杜隆坦的脑海，他在每一次狩猎中都会想起那一次经历。他催赶座狼，想要冲到最前线。自从那一次循着血迹在雪原中的长途追猎以后，杜隆坦就一直在努力成为猎场上结束猎物生命的那个人——尽早结束没有必要的折磨。他并不在意让其他人在白热的战斗中亲眼见证他发动必杀一击，赢得最终的荣耀。他要做的只是完成那一击。

他在白色的狼群和身穿毛皮的族人擦肩而过，血腥气和动物皮革的臭气混合在一起，让他有些头晕。突然间，他找到了一个缺口。杜隆坦打起精神，抓紧长矛，将注意力集中在他唯一的目标上。现在他能看到的只有母牛左前腿后面的一个点。裂蹄牛非常巨大，他们的心脏也很大。

他的长矛击中了目标，巨兽颤抖着，耀眼的鲜血染红了她的身侧。杜隆坦的攻击迅捷有力。尽管裂蹄牛又挣扎了一段时间，但最终，它还是轰然倒地。

人群发出震天的欢呼，刺激着杜隆坦的耳鼓。他露出微笑，急促地喘息着。今晚，他们会有充足的食物填饱肚子了。

狩猎队的人数总是会超过捕杀野兽所需。他们享受狩猎的快感——追踪、战斗、猎杀的预约之感，更重要的是，他们需要有更多的人来屠宰分割猎物，将他们的收获带回村子。从加拉德到团队中最年轻的成员，每一个人都要参加这个工作。正在忙碌的杜隆坦站起身，他的手直到胳膊都已经被血染成了红色。他的眼睛捕捉到了一丝动静，这让他皱起眉，开始向远处眺望。

“父亲！”他大喊，“有骑手！”

他的喊声让所有人都停下了手中的工作。大家在交换着忧虑的眼神，但他们都知道，现在不是胡言乱语的时候。骑手从不会追赶狩猎队，因为这样可能会吓跑猎物，除非是狩猎队已经离开太久，家中的人开始担心他们的安全。而只有一名骑手孤身前来就意味着加拉德需要立刻返回村庄了——这很可能是坏消息。

加拉德无声地看了一眼盖亚安，然后站起身，等待骑手到来。来的是库尔戈纳尔，一位白发如雪的年长兽人。他从狼背上跳下来，向酋长致敬——将他的一只大手重重地拍在胸膛上。

他的报告没有半句废话：“伟大的酋长，一个兽人打着谈判的旗子来找您。”

加拉德褐色的眉毛拧在一起。“谈判？”这个词在他的话语中显得有些古怪，声音里也显露出困惑。

“什么是‘谈判’？”奥格瑞姆是氏族中最高大的兽人之一，但他完全可以在行动中不发出半点声音。杜隆坦全神贯注地听着老兽人和父亲的对话，完全没有注意到自己的朋友已经来到身边。

“谈判，意思就是……”杜隆坦搜肠刮肚地寻找着合适的说辞。对兽人来说，这个词实在是太奇怪了，“陌生人来找我们，只是为了说话。他是和平的。”

“什么？”奥格瑞姆似乎觉得这甚至有些滑稽，他带着两颗大獠牙的下颚微微张开，“这一定是某种骗局。兽人不会谈判。”

杜隆坦没有回答。他看到母亲盖亚安走到父亲身边，低声对父亲说了几句话。和德雷克塔尔一样，盖亚安也是一位萨满，而且她在氏族中有一个非常特殊的职责——薪火传承者。霜狼兽人世代相传的古老卷轴都要由她来照管，氏族的古老传统和仪式都是因为她才能够得到完好的继承。如果有外来的兽人举着“谈判”的旗子出现，那么知道该如何正确回应的就一定是她。

加拉德向在静默中耐心等待的兽人们转过身来，对他们说：“一个名叫古尔丹的兽人找到了我们，要求我们遵循古老的谈判仪式，这意味着他是我们……的客人。我们要向他表示尊敬，给予他荣耀。如果他饿了，我们要向他提供最美味的食物。如果他感到冷，他将得到我们最温暖的衣服。我会认真倾听他的话语，依从我们的传统和他谈判。”

“如果他对我们心存恶意呢？”一个兽人问。

“如果他对霜狼氏族不尊敬呢？”另一个兽人喊道。

加拉德看着盖亚安，酋长的妻子回答了人们的问题：“那么羞耻将永远以他为名。众灵绝不会宠幸利用了传统，又肆意违背传统的人。失去荣誉的是他，而不是我们。我们是霜狼！”她的语气异常严肃，斩钉截铁的声音显得格外嘹亮。人群中响起了一阵阵赞同的吼声。

库尔戈纳尔依然显得有些不安。他揪扯着胡须，向他的酋长嘟囔了些什么。杜隆坦和奥格瑞姆距离他们很近，能够听见他们低沉的话语。

“酋长，”库尔戈纳尔说道，“还有事情。”

“说。”加拉德命令道。

“那个古尔丹……他还带来了一个奴隶。”

杜隆坦立刻厌恶地站在原地。他知道，一些氏族的确会奴役其他兽人。兽人们不时会相互攻杀。他自己就曾经参与过这样的战斗——当其他氏族侵入霜火岭，猎杀霜狼氏族的食物时。霜狼兽人战斗勇猛，从不妥协，如果必须杀死敌人，也绝不会犹豫。但他们不会因为愤怒而进行杀戮，这样做只是因为事出必须。他们不会留下俘虏，更不要说是奴隶。当一方败退的时候，战斗就结束了。在杜隆坦的身边，奥格瑞姆也对那位老兽人的话哼了一声。

但库尔戈纳尔的话还没有说完，“而且……”他摇摇头，就好像他自己也无法相信要说出口的那些话，然后，他才又攒足力气说道，“我的酋长，那个奴隶和她的主人……都是绿色的！”

第二章

加拉德要杜隆坦和奥格瑞姆随同他和盖亚安一同返回霜火岭。狩猎队其余的人留下来，继续收割好猎物的皮肉再返回村庄。加拉德任命了三个人负责统率他们——诺卡拉，一名正当盛年的男性兽人；诺卡拉的目光锋锐的妻子卡葛拉；还有身材魁梧的格鲁卡格。

一个个问题让杜隆坦的心中感到无比焦灼，但他知道现在不是提问的时候。而且，加拉德又能向他解答什么呢？就连“谈判”这个词，酋长可能在年轻的时候听说过，但也可能想不起来了。

他们骑在狼背上，向村庄奔去，一路上的气氛寂静而且压抑。氏族流传下来的卷轴告诉他们，霜狼曾经是流浪民族，跟随他们的猎物跑遍了全德拉诺，在任何有野兽出没的地方安过家。他们的房屋可以被迅速拆解，打包挂在狼背上。如果这是真的，那也是很久以前的事情了。

现在霜狼氏族定居在霜火岭，老祖父山耸立在南边为他们遮挡风雪，向北是众灵栖息的圣地。从这里延伸出去的草原向东、向西扩散，与远方的森林融为一体。就像大多数兽人氏族一样，霜狼氏族也有自己独特的旗帜作为他们势力边界的标志——一颗白色的狼头放置在蓝色旗帜上。他们用岩石、黏土和木材建造起牢固的小屋。过去，大部分霜狼家庭都是各自维持独立的生活，只有在饥荒或者战争这样极少见的状况下才会响应号召聚集在一起。

但现在，许多位置偏远的屋子早就人去楼空很多年，仅剩一个骨架立在那里，上面的木料和其他可用之物都被它们曾经的居住者带走了。一个又一个霜狼家族逐渐向氏族聚落的核心位置搬迁。人们分享食物，一同举行仪式，分工合作解决各种问题。而现在，外来者所引发的好奇无疑也会迅速在氏族成员中间流传开。

村庄各处都能看到生活所需的小堆烹饪篝火，在村子中央，一个大篝火堆从不熄灭——冬天它会为大家提供必要的温暖，即使是在夏季，这个火堆也只是会变得小一些。人们在它的周围集会，分享故事和食物。这个火堆旁给加拉德预留着一个尊贵的座位，一个很久前用一块大石头雕琢而成的王座。

每一个霜狼兽人都知道这个石王座的故事，它还要追溯到氏族依然是游牧民的时代。一位酋长在率领氏族来到霜火岭以后，感觉到这里和他们深深的羁绊，不想离开这片群山。但其他人都忧心忡忡。如果他们不紧跟兽群，又会发生什么事？

那位酋长不想强迫他的族人做出违心的选择，所以他请萨满向众灵寻求指引。他开始了一段前往极北之地——世界之缘的朝圣之旅。在那里，在众灵圣地之中，大地心脏深处的一座神圣洞穴里，他静坐了三日三夜，没有食物和水，陪伴他的只有黑暗。

最终，他得到了一个预兆，并由此而知晓：如果他坚持不离开霜火岭，众灵会将他这种固执视作一种美德。“你像岩石一样不可动摇，”众灵对他说，“你踏过漫长的旅程，到这里找到了众灵圣地。现在，回到你的族人中间去，看看我们给了你什么。”

当酋长返回霜火岭时，他发现一块大石头滚落到了霜狼营地的正中心。这就是他在众灵圣地中赢得试炼的明证。他宣布这块岩石将永远做为霜狼的石王座——霜狼酋长的座位，直到时间将它磨蚀成粉末。

当杜隆坦一行人抵达村庄时，夜幕已经降临。中央的大篝火熊熊燃烧着，霜狼氏族的每一名成员都围绕在大篝火的周围。加拉德、盖亚安、杜隆坦和奥格瑞姆一出现，人群便在他们面前自动分开了。

杜隆坦向石王座望去。前来谈判的兽人坐在王座上。

在跳动的橙红色火光中，杜隆坦清楚地看到了那个陌生人，还有蜷缩在他身旁，修长的脖子上挂着沉重铁铐的那个女人。他们的皮肤全都呈现出苔藓的颜色。

石王座上的男性兽人肩背弓起，兴许是因为已经上了年纪，他的胡子早已被染成了灰色，缩在自己的斗篷和衣服中。在他的斗篷上竖着一些属于某种生物的尖刺，在昏暗的光线中，杜隆坦判断不出它们是如何被固定在那块衣料上的。令他感到惊骇的是，在其中的两根尖刺上穿着几颗小骷髅。难道它们是德莱尼婴儿的头颅……或者是？愿众灵拯救他，是兽人婴儿的头吗？不过它们看上去是那样畸形怪异，也许是他从没有听说过的某种生物。

杜隆坦非常希望自己最后的猜测是正确的。

这个陌生的兽人靠在一根手杖上。就如同他的斗篷一样，这根手杖也挂着骨头和骷髅，上面还雕刻着各种符号。相同的符号还出现在他的兜帽开口的边缘。在那顶兜帽深处的阴影中，有一双发光的眼睛——那不是被反射的火光，而是一种从瞳仁中射出的绿色冷光。

主人那样令人瞩目，但更让人感到奇怪的，是石王座旁边的那个女性。她看上去像是个兽人——但显然血统并不纯正。杜隆坦根本不想去猜她怎么会有这样的血统，只看到她就已经让他退却了。她的身上有一部分兽人的血统，而另一部分……只可能属于另一种生物，一种更加软弱的生物。盖亚安和其他女性兽人的确不像男性兽人那样身材高大，肌肉堆垒，但她们无疑都很强壮。这个女性在杜隆坦看来却像树梢的细枝一样脆弱。不过，当杜隆坦盯住她的眼睛时，她只是稳稳地与杜隆坦对视。脆弱的也许只是她的身体，但绝不是她的灵魂。

“那个奴隶可不太像是奴隶，对不对？”奥格瑞姆低声问杜隆坦。

杜隆坦摇摇头，“她眼睛里的火焰不是属于奴隶的。”

“她有名字吗？”

“有人说，古尔丹称她为……‘迦罗娜’。”

听到这个名字，奥格瑞姆扬了一下眼眉，“她的名字是‘被诅咒的’？她到底是……什么……东西？为什么她和她的主人……”奥格瑞姆摇摇头，现出一副沉思的样子——尽管这种表情出现在他的脸上显得十分好笑，“他们的皮肤怎么是绿色的？”

“我不知道，也不会问。”杜隆坦说道，但实际上，他的心里也燃烧着旺盛的好奇之火，“我妈妈会认为这样很失礼，我可不想惹她生气。”

“氏族中的任何人都不想惹你妈妈生气，也许正是因为如此，他现在才能继续把他的绿屁股放在石王座上，而没有被一刀砍掉脑袋。”奥格瑞姆说，“没有人敢忤逆薪火传承者，但她看起来也不喜欢允许这个……这个杂种说话。”

杜隆坦瞥了他母亲一眼。盖亚安正忙着把一些颜色鲜亮的珠子系在头发上。很明显，这也是谈判仪式的一部分，母亲正在忙着为此进行准备。而她瞪视那个陌生人的目光几乎要将他座下的石王座击碎。

“这个怪物的一切她都不喜欢。但记住她对我们说的话，”杜隆坦回答道，他的视线又回到那个身体纤细却绝不脆弱的奴隶身上，还有那个坐在他父亲王座上的陌生人，“所有这些都是古尔丹的耻辱，而不是我们的。”

他没有对奥格瑞姆提起的是，这个女人让他想起了另外一个人，一个从霜狼氏族中被放逐的人。她的名字是德拉卡，她的神态曾经和这个奴隶很相似，即使当她要面对流放和几乎无法避免的死亡时也是如此。

就像杜隆坦的父亲一直以来对他的教诲，霜狼氏族绝不喜好无目的的杀戮和折磨，因此他们同样蔑视无意义的蓄奴和拘禁囚徒的行为。但霜狼兽人也不会宽恕软弱，那些生来软弱的兽人都被认为会削弱氏族整体的力量。

这些软弱的兽人可以在氏族中生活直到成年。有时候表面上的软弱会随着年龄的增长而消失，但如果弱者在进入青春期之后还是软弱不堪，那他们就只能靠自己的力量活下去了。如果他们在离开氏族之后能够保全自己的生命，那么每年有一次，他们会被允许返回氏族，展示他们的力量：那是在仲夏时节，一年中食物最充足，众灵也最为活跃的时候。大部分被放逐者再也无法回到霜火岭了。最近数年中，能做到这一点的更是越来越少——在这片正在发生巨变的大地上生存变得越发困难了。

德拉卡和杜隆坦年纪相仿，当她面对自己的放逐时，杜隆坦曾经感到一种哀伤的痛楚。当时有这种心情的并非只是杜隆坦一个人。氏族成员们聚集起来目送德拉卡离开的时候，人群中不止一处响起了钦佩的窃窃私语声。德拉卡随身只带了一个星期的食物和可以用来狩猎、制作衣服和搭建庇护所的工具。她几乎是注定难逃一死，这一点她一定也很清楚。但她细瘦的脊背挺得笔直，纤长的手臂却因为必须担负氏族“赠礼”的重量而不住地颤抖——这些礼物对她而言可能意味着生与死的区别。

“能够勇敢地正视死亡，这一点很重要。”一名成年兽人说。

“至少在这一点上，她当之无愧是一个霜狼。”另一个兽人应声道。

德拉卡根本没有回头看上一眼。杜隆坦最后看到她的时候，她只是迈着一双细长的腿大步向远方走去。蓝白色的霜狼旗帜系在她的腰间，不住地在风中飘扬。

杜隆坦发现自己经常会想起德拉卡，想知道她最后的结局。他希望其他兽人是对的，德拉卡完美地迎来了她最终的时刻。

但这样的荣耀永远地被他们面前的这个奴隶抹杀掉了。杜隆坦将视线从那个勇敢的，名叫“诅咒”的绿皮奴隶身上转向了她的主人。

“我不喜欢这种事。”一个深沉浑厚的声音在杜隆坦耳边响起。说话的是德雷克塔尔。现在他的头发几乎已经全白了，但他依旧肌肉虬结，肩宽背直，站在那里显得格外高大，和这个弯腰驼背的陌生兽人形成了鲜明的对比。“阴影缠绕着这个家伙，死亡在追随着他。”

杜隆坦注意到挂在古尔丹手杖上和插在他斗篷长刺上的骷髅——任何人都会做出和德雷克塔尔相同的评价，因为他们能看到这个陌生人刻意炫耀的死人枯骨。而盲眼萨满和普通人看到的不一样，他看到的是死亡本身。

杜隆坦努力让自己不被德雷克塔尔的话吓到。“冬天的阴影会在山坡下绵延很远，而我自己今天也造成了死亡。这些并不会造成噩兆，德雷克塔尔。你也可以说生命在追随着他，因为他是绿色的。”

“是的，绿色是春天的颜色，”德雷克塔尔说，“但我在他的身上没有感觉到任何复兴的力量。”

“先让我们听听他要说些什么，再决定他带来的到底是死亡，生命，还是一无所有吧。”

德雷克塔尔“啧啧”笑了两声，“你的眼睛被谈判的旗帜遮住了，无法看到真相，年轻人。不过，假以时日，你会看到的。希望你父亲能看清真相吧。”

仿佛是听到有人提起自己的名字，加拉德迈步走进篝火照亮的范围。人群中的议论声音立刻平息下去。那个名叫古尔丹的陌生人似乎乐于见到他带来的不安，他的厚嘴唇在獠牙周围卷曲起来，形成一个充满嘲讽意味的冰冷微笑，安坐在石王座中没有起身。族人拿过来另一把简单、实用的木椅子给氏族酋长暂坐。加拉德坐进木椅子，将双手放在大腿上。盖亚安站在丈夫身后，她穿上了最庄重的衣服——鞣制塔布羊皮衣，上面以精致的工艺用珠子和骨片镶嵌出繁复的花纹。

“古老的谈判旗帜来到了霜狼氏族，携带这面旗帜的是古尔丹，其父为……”加拉德停顿了一下。一丝困惑掠过他强悍的面孔，他带着疑问的表情转向古尔丹。

“我父亲的名字并不重要，我的氏族的名字也一样不重要。”古尔丹的声音让杜隆坦小臂上的毛发全都竖立起来。那声音刺耳，让人深感不快，其中傲慢的情绪更是让杜隆坦用力咬了咬牙。但对兽人而言，最恶劣的还不是他的声音，而是言辞。父母和氏族的名号对于兽人而言是至关重要的。然而更令霜狼兽人们感到诧异的是，他们酋长的问题被如此轻易而冷漠地弃置一旁！古尔丹这时继续说道：“重要的是我将要说的话。”

“古尔丹，其父之名未知，氏族之名未知，”盖亚安的声音显得清爽嘹亮，只有熟悉她的人才能从中听出被勉强压制的怒意，“你虽然要求进行谈判，却侮慢仪式，让你所高举的旗帜蒙羞。这会让我们的酋长相信你已不再希望得到这面旗帜的保护。”

杜隆坦微微一笑，他可不打算掩饰自己的得意。整个氏族都知道，他的母亲就像父亲一样危险。到现在，这个绿皮兽人似乎刚刚意识到他也许做错了事。

古尔丹侧过头，“是，但也不是，我并不想放弃这面旗子的好处。继续吧，加拉德。”

加拉德念诵出庄重的致辞。这些词句冗长繁复，其中有些段落已经非常古老，甚至杜隆坦都听不懂它们的意思。他有些烦躁起来，奥格瑞姆则显得更加不耐烦。这段致辞大概的意思是要保障提出谈判要求的人平安无事，并认真倾听他的话。终于，酋长的致辞结束了，加拉德看着古尔丹，等待他表明来意。

绿皮兽人站起身，倚靠在他的手杖上。他背上的小骷髅都大张着嘴，仿佛在发出抗拒的呐喊。“你们所顽守的传统和古代仪式要求我告诉你三件事：我是谁；我会给你们什么；还有我会要求什么。”他用放射出莹莹绿光的眼睛看着聚集在面前的霜狼兽人，似乎是在对他们进行估量，“我是古尔丹，就像我说过的，我无意宣扬我的氏族源流。我没有……你们所谓的氏族。”他轻轻笑了两声，那笑声丝毫无助于改善他那令人胆寒的外表，“不过这件事我以后还会细说。”

“下一个……我会给你们什么？我会给出的很简单，但也是这个世界上最珍贵的东西。”他举起双臂，那些骷髅相互撞击在一起，发出一阵空洞的声音，“我给予你们生命。”

杜隆坦和奥格瑞姆交换了一个眼神，不约而同地皱起眉头。古尔丹是不是正在向他们暗示——或者也许根本就是明确地向他们提出了某种威胁？

“这个世界已经危在旦夕了，同样，我们也在劫难逃。我经过漫长的旅程来到此地，给予你们生命，给予你们一个全新的家园——一个青葱翠绿的地方，那里到处都是猎物、果实和生满谷物的田野。而我要求你们的，只是你们接受这一赠予，加入我的行列，霜狼氏族的加拉德。”

他的话就像是在一片平静的湖水中投进了一块巨大的石头。古尔丹坐回到石王座中，用期待的眼神注视着加拉德。实际上，现在全部人的目光都落在了加拉德的身上。古尔丹的提议不仅是无礼和傲慢的——那简直就是疯狂！

难道不是吗？

片刻之间，霜狼的领袖仿佛不知道该说些什么，但他终于还是开了口。

“幸好你还举着一面能够保护你的旗帜，无家可归的古尔丹，”加拉德沉声说道，“否则我一定会用我的牙齿撕开你的喉咙！”

古尔丹似乎既不惊讶，也不觉得被冒犯。他回答道：“在你之前，也有其他兽人曾经这样说过，不过现在他们都已经属于我的氏族了。我相信你的萨满能够看到普通兽人无法看到的东西。而这个世界虽然饱受困扰，却也还是相当辽阔的。我请你接受一种可能——也许你们并非无所不知，而我所提供的也许正是霜狼氏族所需要的。也许在过去几个季节中，已经有传闻进入你们的耳朵，关于……一名术士？”

他们的确知道这个传闻。两年以前，一支霜狼狩猎队和来自战歌氏族的一队兽人合作狩猎。战歌兽人们在追踪一群塔布羊，他们不熟悉这种美丽优雅的生物，不知道如何从羊群中孤立出其中的一只羊来。身上带有条纹的塔布羊要比裂蹄牛娇小很多，骨架也要精致得多。成年裂蹄牛能够被赶离牛群，原因之一就是它们认为自己更有能力保护自己。塔布羊则更加倚重族群成员的合力保护。在受到攻击的时候，它们一开始不会逃窜，而是会结成紧密的群体，保卫自己的兄弟姐妹，用无数弯曲的长角和坚硬的蹄子对抗掠食者。勇猛的霜狼兽人知道该如何威吓塔布羊，让它们心生恐惧，宁可抛却一些个体成员以换取族群的生存。合作狩猎，霜狼和战歌能够共同猎杀塔布羊，足以喂养两只狩猎队和他们的坐骑，并且还会有大量猎获剩余下来。

在狩猎之后的庆祝宴会上，一名战歌兽人提到了一个拥有奇怪力量的兽人：他的力量有些像萨满，却又不太一样，他们称他为术士。在今晚之前，杜隆坦从没有听说过这个词。

加拉德的面色严肃起来，“那么，他们说的那个术士就是你了。我看到你的时候就应该知道。死亡才是你的力量，而你却夸夸其谈着生命，想要以此来说服我们跟从追随你。真奇怪。”

杜隆坦瞥了一眼德雷克塔尔，老萨满的话又回响在他的耳中：暗影缠绕着这个家伙，死亡追随着他。还有他自己的回答：冬天的阴影会在山坡下绵延很远，而我自己今天也造成了死亡。这些并不会造成噩兆，德雷克塔尔……先让我们听听他要说些什么，再决定他带来的到底是死亡，生命，还是一无所有吧。

盲眼萨满、加拉德和氏族的其他成员都在等着这个术士说话。

古尔丹伸手指了指自己的绿色皮肤："我被赋予了强大的魔法。它渗透进我的全身，将我的皮肤变成这种颜色，将我标记为属于它的人。是的，这种魔法在以生命为燃料时会愈发强大。但看着我的眼睛，加拉德，杜高什之子，告诉我实话：难道你从没有将生命抛掷在雪地上，任它流血，只为了感谢众灵的恩赐？不曾杀死一头裂蹄牛，用来交换一个新生婴儿能够平安地来到这个世界上？或者是在十几头塔布羊被你们的长矛刺穿之后，丢下其中一头，任由它在原地死去？"

尽管加拉德依旧不为所动，听到他的话的氏族成员们却都开始不安地耸动着身子。所有人都知道古尔丹所说的全都是实话。

"我们因为这样的牺牲而得到滋养，"加拉德承认，"我们因为这些生命的终结而得以果腹。"

"我也是因此而得到养料，只是方式不同。"古尔丹说，"你们用这些生物的肉养活自己，用它们的皮来抵御寒冷。而我，则以力量和知识来填充自身，并以……绿色为衣。"

杜隆坦发现自己的目光又被那名奴隶所吸引。她也是绿色的，而且很明显，她不仅是一名奴隶，还一直遭受着粗暴的对待。杜隆坦非常想要问她一些问题——为什么她是绿色的？为什么古尔丹要将她带在身边？——但主持这次会面的是他的父亲，不是他。

所以他只能闭上嘴。

看上去，他的父亲同样在克制着自己。加拉德没有说话，以沉默来邀请古尔丹继续说下去。

“德拉诺已经和过去不同了：生命正在离它而去；冬天变得更加漫长，春季和夏季越来越短暂；也不再有过去那样丰美的收获；可以猎杀的野兽日渐稀少；这里……”

加拉德不耐烦地摆摆手，篝火的光亮在他的脸上跳动，显露出不耐烦的阴沉表情。“无家可归的兽人。你所说的我全都知道，这样的事情以前不是没听说过。传说中早已讲述了我们世界的循环。时光流转，万物消长，黑暗和光明，死亡和重生。随着循环的演进，夏天和春天将会再次变长。”

“会吗？”绿色的火焰在古尔丹的眼睛里闪动，“你了解北方，而我从南方来。对我们南方兽人而言，这个所谓的循环绝不仅仅是更加漫长的冬季和更加稀少的野兽。我们的江河湖泊行将干涸；曾经在夏日中结出累累果实供我们享用的树木都不再萌发新芽，就算结出果实，也都是又小又苦；我们点燃柴火，却再也闻不到树木应有的香气；谷物会在茎干上腐烂，而大地也陷入沉睡，不再滋养我们种下的种子；孩子生下来就羸弱不堪——有时他们甚至会胎死腹中。这就是我们在南方看到的！”

“我不在乎南方有什么灾难。”

一个丑陋狡诈的微笑扭曲了古尔丹獠牙边的嘴唇。“的确，现在还没发生，但南方发生的一切，迟早会在这里发生。你们要承受的将不只是一个恶劣的季节，或者是十个恶劣的季节。我告诉你，这个世界正在死亡。霜火岭也许还没有发生我们所经历的灾难，但距离挡不住灾难的蔓延。”

他看也不看便向那名奴隶伸出一只手。奴隶的眼睛里闪烁着光芒，但还是顺从地做出回应——递给了他一只小包裹。

古尔丹打开那只包裹，露出一颗红色的球形物体。“一颗血苹果。”他一边说，一边把那样东西高举起来。它非常小，显示出一副病态的样子，皮上全是斑点，却没有它因之得名的那种艳丽的猩红色。不过它也没有干瘪或者腐烂，这说明它被摘下来的时间并不长。在众目睽睽之下，古尔丹伸出一根带有锋利指甲的手指，从苹果当中切下。苹果分成两半，围观的兽人们不约而同地低声惊叹。

这颗苹果已经从里面死亡了——没有腐烂，没有被虫子啃噬，也没有疾病，只是死亡——变成了干枯的棕褐色。

而那里没有一粒种子。

第三章

篝火堆旁只剩下了惊愕之后的沉寂，直到加拉德开口说话："我们玩个游戏吧。假装你是对的，德拉诺——我们的世界——正在死亡。因为某种原因，你，只有你得到了特殊的能力，可以带领我们前往一片死亡不曾染指的，特别的新土地。如果这个故事是真的，在我看来，你应该带着更少的人前往那片新沃土，而不是聚集起大量兽人。为什么你会在冬季还未过去的时候就长途跋涉来到北方，向霜狼提如此慷慨的赠礼？"酋长的语气中充满了嘲讽。

古尔丹挽起袖子，露出一些样式怪异的手镯，更多那种令人不安的绿色皮肤也显露了出来。"我的身上有着魔法的标记，"他说道，"我所说字字是真。"

不知为什么，杜隆坦知道这个术士没有说谎。他的目光再一次飘向迦罗娜——术士的奴隶。她也有魔法？古尔丹锁住她不是为了表明她是奴隶，而是她可能是个危险人物？

“我之前提到过一个氏族，”古尔丹继续说道，“那不是我出生的氏族，而是我建立的。我创造了它——我的部落，所有加入部落的兽人都是自愿的，他们都为此而感到高兴。”

“无论环境多么令人绝望，我也不相信会有哪个兽人酋长允许他的氏族跟从你，抛弃他真正的氏族传承！”

“我没有要求他们那样做。”古尔丹说道。和加拉德逐渐高亢的声音相比，他的语气依然平静如初，“他们还是酋长，他们还拥有自己的习俗，甚至是名字。只是那些酋长服从我，就像他们的氏族服从他们一样。我们共同成为一个伟大整体。”

“每个和你交谈过的人都接受了这个故事，就像咽下母亲的乳汁。”加拉德露出了不加掩饰的冷笑。杜隆坦好奇他的父亲要多久才会打破谈判旗帜的约束，撕碎古尔丹绿色的喉咙，就像他之前威胁过的那样。

“并非所有人都是如此，但的确有许多是这样，”古尔丹说，“许多氏族，他们饱受苦难，族人日渐凋零。他们会跟随我前往那片富饶的新大陆，这并不需要他们放弃氏族的旧习惯，只不过要多遵从一些规矩。他们还叫战歌，或是嘲颅、血环，但现在他们也都是部落的成员。我的部落。他们要追随我，我率领他们去哪里，他们就会去哪里。我将率领他们去一个充满生命力的新世界。”

“不止一个氏族会追随你？战歌、血环和嘲颅都听命于你？”

加拉德的语气中充满怀疑。他的怀疑是有道理的。杜隆坦知道，尽管兽人有时会因为共同的目标——比如狩猎而合作，但只要任务完成，他们就会分道扬镳。古尔丹的说法听起来很不可能，倒更像是小孩子的幻想。

“几乎所有氏族都已经加入了我的部落，不愿听从我的已经不多了。”古尔丹回答道，“一些顽固的氏族依然选择留在这个已经不再眷顾他们的世界里。还有一些看上去已经算不上是兽人了，他们用猎物的鲜血给自己涂膏，迷醉在衰弱和腐朽之中。这种兽人只会遭到我们的抛弃，就像红步氏族。他们迟早是一死，在疯狂和绝望中死掉。我要求你们的仅仅是忠诚于我，用你们的知识，技艺和力量，和我们一同远征，离开这个濒死的躯壳。”

杜隆坦开始想象一片由棕褐色皮肤组成的巨大海洋，每个人的手中都握着武器，却不会彼此争斗，只会一同猎杀野兽，获取食物，在新的土地上披荆斩棘，建造家园。所有这些都将发生在一个遍地是结满果实的绿叶大树，野兽肥壮健康，水源清新洁净的世界里。他冲动地向前探身说：“再和我说说那片土地。”

“杜隆坦！”

加拉德的声音如同雷鸣。鲜血涌上杜隆坦的双颊，让他感到脸颊发烫。但只是在这一声训斥之后，父亲的注意力就离开自己放肆的儿子，转回到那个陌生人的身上。而此时，陌生人正缓慢地向杜隆坦露出笑容。

“那么说，你是来援救我们的，对不对？”加拉德说道，“我们是霜狼，古尔丹。我们不需要你和你的部落的援救，还有你那片只是一个承诺的土地。从传说初始时起，霜火岭就是霜狼的家，它以后仍然会是我们的家！”

“我们敬重我们的传统，”盖亚安说道，她的声音坚定有力，“我们不会在时代变得艰难时抛弃自己！”

“其他人也许会像孩子一样痛哭流涕地扑向你，但我们绝对不会。这里的气候比南方更严酷，我们也比南方的兽人更加坚强。”

古尔丹丝毫没有因为加拉德藐视的回应而感到不快，相反，他以一种几乎像是哀伤的表情注视着加拉德。

“我曾经说过，一些兽人氏族也没有加入部落。”他说道，“当我找到他们，告诉他们实情时，他们也说不需要帮忙。但食物、水和容身之所，以及所有那些现实的需求都变得越来越难以获得，这彻底击垮了他们。他们变成无根的荒草，颠沛流离，最终不得不彻底放弃他们的家园。现在他们只不过是从前那些氏族的影子，经历这种堕落，忍受这种苦难，本来是毫无必要的。”

“我们没有‘忍受苦难’，”加拉德说，“我们只是在度过艰难。”他稍稍坐稳，挺直了高大有力的身子。杜隆坦知道这个姿势意味着什么。

谈判结束了。

“我们不会跟随你，绿色的兽人。”

杜隆坦相信古尔丹不是一个习惯于被拒绝的人。他有些好奇，这个术士会不会召唤他所宣称的那种神秘魔法力量，打破谈判的保护，挑战加拉德，发起玛格拉——一场两个兽人的决死之战。他的母亲也许知道该如何正确应对这种状况，但杜隆坦并不知道。

在此之前，杜隆坦只见到过一次玛格拉。一名雷神氏族的兽人不遵守约定，私自吞掉本应交予霜狼氏族的猎物，反而向格鲁卡格提出挑战。因为格鲁卡格对猎物的所属权提出了质疑。这让杜隆坦感到惊诧和困扰。在之前的几天里，雷神和霜狼的合作一直都很融洽。杜隆坦甚至结交了一位雷神的朋友——他名叫科沃格，和杜隆坦同岁。科沃格是一个很有趣，讨人喜欢的人，擅长投掷飞斧。当两支狩猎队在夜晚一同宿营时，科沃格就会教杜隆坦正确地掷出这种武器，让它能准确地命中目标。

格鲁卡格赢得了那场决斗。杜隆坦还记得自己心跳加剧，血脉贲张。他从没有感觉到世界是如此鲜活猛烈。当他自己身处在战斗中时，他没有时间思考，没有时间惊奇，但旁观则是完全不同的一种体验。

当一切都结束的时候，格鲁卡格站在浸透鲜血的雪地上，高声呼吼，宣示霜狼的胜利，杜隆坦却在分享胜利喜悦的同时又有着一种奇怪的情绪。后来他才明白，那时他感到的是失落。一个曾经强大而且骄傲的兽人，但到最后，他的力量终究无法承担他的骄傲，而雷神氏族重返回家园时，却少了一位能够为氏族提供食物的战士。霜狼和雷神之间的关系也变得冷淡，杜隆坦甚至不能向科沃格说一声“再见”。

但今天应该不会出现玛格拉了。古尔丹只是叹了口气，摇摇头。

“也许你不相信，加拉德，杜高什之子，但我的确在为将要发生的事情感到悲哀。霜狼是自豪而且高尚的，但就算是你们也无法对抗即将发生的灾难。你们会发现，当没有食物可以吃，没有水能够喝，甚至没有空气适合呼吸的时候，自豪和高尚都毫无意义。”

他将手伸进自己的长袍中——抽出一把匕首。

愤怒的咆哮声从每一个霜狼兽人的喉咙中穿出。他们都在斥责这种背叛的行为。

“镇定！”

盖亚安大声高喊，薪火传承者已经跳到了古尔丹面前。古尔丹明智地停住了手中的动作，盖亚安已经挡住了他，让其他霜狼兽人无法伤害到他。

母亲在干什么？杜隆坦心中寻思。像其他兽人一样，他站在原地没有动，尽管他的身体一直在呼吼着要冲向古尔丹。

盖亚安的目光扫过人群。她高声说道：“古尔丹高举谈判的旗帜来到这里，他所做的一切都受仪式保护。让他继续……无论我们想做什么。”

随后，盖亚安一抿嘴唇，退开一步，让古尔丹将那把模样可怕的匕首抽出来。加拉德显然已经为这个时刻做好了准备，他看古尔丹向他一点头，便伸出手，手心向上，让那把匕首横放在他的手掌上。

“我向你提起利刃的测试，将我的生命放在你的手上。”古尔丹说，“它就像狼牙一样锋利，我将接受它的抉择。”

杜隆坦全神贯注地看着父亲粗大的手指向那把匕首靠近。他的父亲曾亲手扼死一头塔布羊——当时那头羊冲过来，撞飞了加拉德手中的长矛。火光在长长的刀刃上跳动。加拉德在众人的注视中将匕首举起，用它划过小臂外侧。深红色的血液随着刀刃涌出，加拉德让它滴落在地上。

“你带着锋利尖锐的武器而来，这件武器能够夺走我的生命，但你没有使用它。”霜狼酋长说道，“这是一场真正的谈判。我接受这把匕首，作为对此次谈判的认可，并且我泼洒自己的鲜血，以此表明你将安全地离开此地。”

他的声音强劲有力，随着冰冷的夜风传出很远，让在场的每一名兽人都清楚地听到了其中被格外强调的严肃态度。随后，他保持了片刻的沉默，只让这段话在风中回荡。

“现在，滚吧。”

杜隆坦再一次感到紧张，他身边的奥格瑞姆也是一样。加拉德不加掩饰的轻蔑态度已经让他的儿子明白，古尔丹的提议对霜狼酋长造成了多么严重的冒犯。古尔丹肯定会请求得到一个机会来弥补这一失礼的行为。

但那个绿色的兽人只是再一次点了点头，表示接受，随后就用力攥紧他那根可怕的手杖，站起身，用那双放射出怪异光芒的眼睛审视面前寂静的人群，仿佛在凝聚对霜狼氏族的敌意。又过了一段时间，他才迈步向前，同时拽了一下另一端锁住那个混血兽人女性脖子的铁链。迦罗娜灵活而优雅地站起身。从杜隆坦身边经过的时候，她毫不避讳地与杜隆坦对视了一眼。

她的眼眸凶猛而且美丽。

你是什么人……你又是古尔丹的什么人？杜隆坦觉得自己永远都不会知道答案了。

霜狼兽人为这个术士让开道路。杜隆坦知道，他们这样做不是因为尊敬，而是不愿和他有任何碰触，仿佛最轻微的一点身体接触都会让他身上的死亡气息伤害到自己。

“好啊，好啊，”奥格瑞姆在和杜隆坦一起走向等待他们的座狼时哼哼着说道，“我还以为我们只会有一场无聊的宴会来庆祝狩猎成功。”

“我觉得我的母亲会很高兴把那个家伙做成一顿大餐。”杜隆坦说道。他看着黑暗将绿色的兽人和他的奴隶吞没，然后又向德雷克塔尔转过头，不由得感到一阵毛骨悚然。

盲眼萨满像岩石般一动不动，将头侧向一旁，仿佛正努力倾听着什么。他人的注意力还集中在那个正在离去的闯入者身上。杜隆坦相信此时此刻只有自己看到泪水浸湿了覆盖德雷克塔尔那只空眼窝的布片。

第四章

“已经过去了整整三天了，但除了那场谈判，好像没有别的谈论话题。”奥格瑞姆骑在猛咬的背上，拉长的面孔尽是郁闷。

“看样子，这也包括你在内。”杜隆坦说。奥格瑞姆紧皱眉头，陷入了沉默，显得有一点困窘。他们现在的任务是寻找木柴，为此他们已经从村中跑出了好几里远。这不算是最糟糕的任务，但必须有人去做，毕竟这远不如狩猎那样令人兴奋。木柴是氏族在冬季生存所必需的，刚刚取得的木柴还要先熟化和晒干。

但奥格瑞姆是对的，加拉德肯定一直在思考那次会面。因为第二天清晨，酋长没有离开他的屋子，只有盖亚安现身了。母亲从杜隆坦身边走过的时候看到了他询问的眼神，便说道：“你的父亲因为古尔丹的话感到困扰，他要我去找德雷克塔尔。我们三个也许应该讨论一下那个绿色的陌生人描述的现象，研究它们会如何对众灵产生影响，以及我们该如何最有效地发挥我们的传统。”

其实杜隆坦只是扬了扬眉毛，但母亲却做出了如此详细的解释。杜隆坦心中立刻产生了警觉。“我也要参与讨论。”他说。盖亚安摇摇头，她镶缀着骨头和羽毛的辫子也随之左右摇摆。

“不，你还有其他事要做。”

“我以为父亲对古尔丹已经没有兴趣了，”杜隆坦说，“现在你却告诉我你们要为此进行讨论。作为儿子和继承人，我应该出席。”

盖亚安再一次挥手示意儿子离开。“只是一次谈话，仅此而已。如果有需要，我们会找你的，儿子。而且我说过，你还有其他事情要做。”

收集柴火。当然，无论是什么工作，哪怕是氏族中最弱小的成员所做的事情也不会比酋长的工作低微，霜狼兽人相信，每一个人都有自己的价值和发言权。但这一点无法掩盖现实——氏族正面对着严重的问题，杜隆坦却被排除在外。他不喜欢这样。

杜隆坦回想起自己还是孩子的时候，有一次他被命令去收集柴火以维持篝火。他大声抱怨，因为他想和奥格瑞姆练剑，因而受到德雷克塔尔的责备：“砍倒大树却只是为了生活所需，这有失慎重且危险，大地之灵不喜欢这样。它已经为我们提供了充足的树枝来建起篝火堆，还有干燥和易于被点燃的松针。只有懒惰的小兽人才不愿为了尊崇众灵而多走几步，却只是像狼崽子一样号啕大哭。”

当然，杜隆坦是酋长的儿子，不愿意被称作懒惰的小兽人，更不愿意被说成像狼崽子那样哭泣，所以他立刻听话地去执行任务了。长大以后，他曾经问过德雷克塔尔那时对他说的话是不是真的。

萨满“嘿嘿”笑了两声，“肆无忌惮地砍树的确很愚蠢，”他说道，“而且砍倒过于靠近村子的树木会让外来者更容易发现我们。不过……是的，我确实觉得这是一种无礼的行为。你不觉得吗？”

杜隆坦不得不同意萨满的话。不过他紧接着又问：“众灵的规则会一直符合酋长的意愿吗？”

德雷克塔尔咧开大嘴露出微笑：“它们有时候是相符的。”

现在，当杜隆坦和奥格瑞姆并骑前进的时候，一个念头突然出现在他的脑海中。砍树……

“古尔丹说，当南方的兽人砍开树干的时候，树木的气味……不正常。”

“现在是谁开始说古尔丹了！”奥格瑞姆说。

“不，说实话……你觉得这是什么意思？还有那颗血苹果……他让我们看到的那个里面没有一颗种子。”

奥格瑞姆耸了耸宽大的肩膀，朝前方的杂木林一指。杜隆坦看到落在地上的许多枯枝，仿佛无数黑色的骨殖，还有堆积在它们下面的褐色干松针。“谁知道？也许那些南方的树不想再被砍伐了。至于说那颗苹果，我以前也吃到过没有种子的果子。”

“但他怎么会知道？”杜隆坦坚持问，“如果他在我们面前切开那颗苹果，却看见里面是有种子的，那他就只会在我们的嘲笑中被赶出村子。他早就知道那里面不会有一颗种子。”

“也许那个苹果早就被切开过了。”奥格瑞姆跳下猛咬，打开了空口袋，准备用枯枝将它填满。猛咬开始在原地转圈子，想要舔奥格瑞姆的脸。他的主人不得不和他一起转圈子，一边笑着说：“猛咬，停下！你还要扛柴火呢。”

杜隆坦也笑了，“你们两个别只是跳舞……”这句话说了半截就梗在了他的喉咙里，“奥格瑞姆。”

朋友语气的变化立刻让奥格瑞姆心生警觉。他顺着杜隆坦的目光望过去，几步以外，灰绿色的松树林中，树皮上的一个白点表明有人从那里砍掉了一段树枝。

他们俩从能走路时就一起狩猎，练习在暗中靠近用皮革制作的野兽玩具。他们之间的默契更胜过语言的交流。奥格瑞姆此时绷紧了肌肉，在沉默中等待着酋长儿子的命令。

观察，杜隆坦的父亲这样教导他。那根树枝被整齐地砍断，不是被折断或者拧断的，这意味着这人有武器。断口上还在渗出琥珀色的汁液，也就是说它刚刚被砍断不久。这棵树周围的雪也被踩乱了。

片刻间，杜隆坦也只是一动不动地站在原地，倾听周围的声音。他能听到冷风轻微的叹息和松针的沙沙作响。当他深深吸气的时候，树林中洁净的香气便会飘进他的鼻翼。但他的确嗅到了一些东西的味道：皮毛，还有一种麝香气味，陌生，但并不会让人感到不快。杜隆坦知道这不是德莱尼的那种怪异的花朵香气，而是来自于其他兽人的气味。

在这两种熟悉的气味中，还夹杂着第三种明确无疑的刺鼻味道：鲜血的刺鼻腥气。

杜隆坦向利齿转过身，将一只手放在这头狼的鼻子上。利齿顺从地倒卧在雪地上，像他的主人一样安静。除非受到攻击或者杜隆坦召唤，否则他绝不会动一下，也不会发出任何声音。

猛咬和利齿是同一窝出生的，也和利齿一样训练有素地执行了奥格瑞姆的命令。两头狼用聪慧的金色眼睛看着他们的主人谨慎地前行，避开可能埋着树枝的雪堆，以免树枝的断裂声会暴露他们的形迹。

他们随身的武器只有斧头、座狼的牙齿和他们自己的身躯——这些武器足以对付普通的危险，但杜隆坦还是很希望有一把战斧或一杆长矛。

他们向那棵被砍断枝杈的树靠近。杜隆坦摸了摸断口上滴落的树脂，又向被踩了许多脚印的雪地指了一下，仿佛是在说这些闯入者是多么明目张胆。这些兽人根本不在乎是否有人知道他们的存在。杜隆坦弯腰去检查脚印。数尺以外，奥格瑞姆也在做着同样的事。经过一番迅速却又详细的调查，杜隆坦竖起四根手指。

奥格瑞姆摇摇头，用两只手表示出一个不同的数字。

七个。

杜隆坦面色变得严峻起来。他和奥格瑞姆都正年轻，身体灵活，动作迅捷，肌肉强健。他相信他们能顺利地干掉两个敌人，甚至是三个或四个，哪怕他们手中只有短柄斧。但七个……

奥格瑞姆看着他，向树林深处一指。他从出生时起就热衷于战斗，现在他同样渴望着去和那些闯入者较量一番。但杜隆坦缓慢地摇摇头——不。奥格瑞姆的眉毛拧在了一起，虽然没有发出声音，他的表情却无异于向杜隆坦发出了一声惊呼。

这会成就一次伟大的洛克瓦诺德——杜隆坦将在英勇奋战之后死去，并因此得到赞颂，在歌声中被铭记。但他和奥格瑞姆现在离村子实在是太近了，杜隆坦抱起手臂，仿佛怀中有一个孩子，告诉奥格瑞姆——回村报信才是最重要的。奥格瑞姆不情愿地点点头。

他们回身向座狼伙伴们走去。两头狼仍然匍匐在雪中。杜隆坦不得不压抑住立刻跳上狼背的冲动。他将一只手探进利齿咽咙处柔软的长毛中，白狼站起身尾巴慢慢摇动，和杜隆坦一起向远处走出一段路，直到那片树林和隐藏在其中的危险已经远离他们。在确信树林中的人不会听到或者跟踪他们之后，杜隆坦才跳上利齿的脊背，催促白狼，用他有力的四条腿施展出的最大速度向村庄奔去。

* * *

杜隆坦径直冲向酋长的屋子，没有知会一声便推开了屋门："父亲，有陌生人……"

他的声音停在嘴唇间。

根据氏族律法，酋长的居所是村中最大的一栋房子。一面旗帜悬挂在这里的墙壁上，酋长的盔甲和武器被放置在角落里，烹饪器具和其他日常用品整齐地摆放在另一个角落中。屋子里的第三个角落通常都会用来储存作为被褥的毛皮。它们被卷起来，竖在墙边，不会影响家人在房间里的活动。

但今天的情形和往日截然不同。加拉德躺在覆盖硬土地面的一块裂蹄牛皮上。另一张皮子盖在他的身上。盖亚安一只手伸到他的脖子下面，将他的头撑起来，让霜狼酋长能够从她另一只手握住的瓢中吮吸液体。杜隆坦闯进来的时候，盖亚安和站在她身边的德雷克塔尔都猛然向他抬起头。

“把门关上！”盖亚安喝道。惊骇到无法说话的杜隆坦立刻服从了命令。他迈开长腿，两步就走到父亲身旁，跪倒下去。

“父亲，出什么事了？”

“没什么，”酋长喃喃地说着，有些气恼地推开了还在冒着热气的瓢。“我累了。你也许会以为在我身边晃悠的不是德雷克塔尔，而是死亡本人，有时候我真的很怀疑他们两个其实是同一个人。”

杜隆坦看看德雷克塔尔，又看看盖亚安，他们都面色严峻。盖亚安看上去似乎在过去三天中都没有怎么睡过觉。杜隆坦这时才发觉，他的母亲为了进行谈判仪式而戴在头发上的珠子直到现在都没有取下来。以前每一次仪式结束以后，盖亚安都会立刻脱掉仪式服装。

不过杜隆坦还是首先向盲眼萨满开了口：“德雷克塔尔？”

那位老兽人叹息一声：“这不是我所熟悉的疾病，也不是创伤。但加拉德的感觉……”

“很虚弱。”盖亚安说。她的声音在颤抖。

看样子，这才是她催促杜隆坦在这三天里离开村庄去收集木柴的原因。他不希望杜隆坦在村里，总是提问题。

“严重吗？”

“不。”加拉德嘟囔着。

“我们不知道，”德雷克塔尔并没有理会加拉德的话，“这才是让我担心的。”

“你认为这和古尔丹所说的那些事有关系吗？”杜隆坦问，“关于这个世界正在生病的事？”

疾病是否已经蔓延到了霜火岭？

德雷克塔尔又叹了口气：“有可能，或者这可能没有任何关系。也许是一种我无法探知到的感染，也可能是……”

“如果是感染，你就一定会知道。”杜隆坦刻板地说，“众灵说了什么？”

“它们非常不安，”萨满回答道，“它们不喜欢古尔丹。”

“谁又能怪它们呢？”加拉德说道。他向杜隆坦眨眨眼，想安慰儿子，但只起到了反效果。整个氏族都在因为绿色兽人恐怖的预言而惴惴不安，再让加拉德以这样的状态出现在族人面前显然是不明智的。盖亚安和德雷克塔尔是对的，应该等到他恢复到……

杜隆坦暗自骂了一声。一开始看到父亲变成这副样子，他完全被吓呆了，甚至忘记了自己为什么闯进父亲的房间。

“我们在树林中发现了入侵者的足迹，就在大约十一二里远的东南方，”杜隆坦说道，“那些足迹还带着血腥气，可以判断那些人绝不是简单地杀死了一头野兽。他们的血腥味已经在那里很久了。”

加拉德满是血丝的小眼睛里充盈着泪水。听到儿子的报告，他眯起眼，把毯子掀到一旁，一边挣扎着坐起身一边问道：“有多少人？”

但他的腿还没办法支撑住身体，盖亚安扶住了他。杜隆坦的母亲非常强壮，拥有多年积累的智慧，但在杜隆坦的记忆中，他第一次看到自己的父母显露出老态。

“我会召集一支战队。”杜隆坦做出决定。

“不！”喝止的命令在身后响起，杜隆坦停下了脚步。服从父亲的命令已经成为他根深蒂固的习惯，几乎就像是一种直觉。

但盖亚安却不同意酋长的命令：“杜隆坦会处理好那些闯入者的，就让他率领战队吧。”

加拉德一把推开妻子。酋长的动作专横而满怀怒意，但杜隆坦知道，是恐惧让他父亲变成这样。通常如果父亲对待母亲如此不敬，盖亚安肯定会还以颜色。加拉德是酋长，但她是酋长的妻子，她绝不会容忍被这样对待。

而这一次，母亲没有任何回应。

“听我说，”加拉德对屋子里的所有人说道，“如果我不亲自去处理这个威胁，整个氏族都会知道——会相信——我怕了，甚至连这样的事情都做不好。因为古尔丹的谬论，他们已经在感到不安了。如果他们再看到我无法领导……”他摇摇头，“不，我会亲自指挥这支战队，带着胜利回来。我们那时就能以胜利者的姿态解决我们的一切问题。我会让霜狼看到，我能够保护他们。”

他的话无可辩驳，即便杜隆坦拼命想说些什么。他看看自己的母亲，从母亲的眼中看到了无声的请求。今天，盖亚安不能与加拉德并肩战斗。在他们的人生中，盖亚安第一次怀疑丈夫将无法回来。氏族不能在一场可怕的战斗中同时失去酋长、薪火传承者和酋长的儿子。痛苦绞勒着杜隆坦的心。

“我会一直看着他，母亲。他不会受到伤害……”

“我们流放那些软弱的人，杜隆坦，”加拉德打断了他，“这就是我们的处世之道。你不能只在我的身边打转，更不能干涉我。如果这是我的命运，我会接受它，但我不会接受别人的扶助，无论是在寒冰的背上，还是用双脚站在大地之上。”他说话的时候，身子还在微微晃动，盖亚安伸手扶住了他。这一次当他将自己的爱侣推开时，动作中没有半点粗蛮。他伸手抓起那只瓢，看了它一会儿。

“告诉我，你都看见了什么？”他对杜隆坦说道。在听取儿子的报告时，他一口口喝下了瓢中的药汁。

第五章

盖亚安和杜隆坦帮助加拉德穿上战甲。它与狩猎甲胄不同，是专门被设计来抵挡斧刃、战锤和狼牙棒的，而狩猎护甲防御的主要是蹄子和长角。野兽往往攻击身体从胸口到大腿的中心区域，兽人也会攻击这些部位，但肩膀和喉咙这样的脆弱部位更是近战中兽人武器所青睐的目标。喉咙要用厚硬的皮颈甲护住，肩头要戴上镶有金属钉的大块甲片。但对于一个荣誉就是全部的种族，护甲远比不上武器重要，兽人带上战场的武器都非常巨大。

奥格瑞姆手持的武器是毁灭之锤，他的家族正是以这件武器作为姓氏。它由一块巨大的花岗岩作为锤头，被镶嵌金钉的双股皮带固定在粗橡木柄上。仅仅是这根沉重坚硬的橡木柄就已经是一件致命的武器了。

雷击是加拉德在狩猎时使用的家族武器，他在战场上使用的武器是一把名为“裂斩”的巨斧。这把斧子有双侧钢刃，都被精心打磨到只有一片树叶那样薄，是一件名副其实的强大武器。加拉德很少会将它绑在背上，但今天，他自豪地拿起了它。

杜隆坦从没有像现在这样因为自己是加拉德的儿子而感到自豪——当霜狼酋长大步走出屋门时，腰背挺得笔直，就像杜隆坦每一次见到他的时候一样，一双深褐色的眼睛里闪耀着正义的怒火。奥格瑞姆已经将命令传达给了氏族中的战士们，他们之中绝大多数人也都披挂好了战甲。

“霜狼兽人！”加拉德的声音在人群头顶回荡，“根据我的儿子带回的消息，有人闯入了我们的森林。那不是公开拜访我们的狩猎队伍，而是一些鬼鬼祟祟的家伙。他们从我们的树上砍下枝条，他们的身上带着陈血的气味。”

不久之前的回忆让杜隆坦不由自主地想要打哆嗦，他立刻压抑下这种冲动。兽人认为新鲜的血腥气有一种独特的气味——只要那些血是因为狩猎或荣誉而泼洒，但陈血的味道，那种腐败变质的臭气……没有兽人愿意让身上有这种气味。战士们浴血奋战，以此为荣，但随后就会将血污清理干净，穿上洁净的衣服庆祝胜利。

会是古尔丹所说的那些红步氏族吗？他们是不是因此才自称“红步”？因为他们走过的每一步都会留有他们的杀戮所泼溅的血液？当古尔丹提到他们的时候，杜隆坦本来对他们还有一些好感，觉得如果他们来到霜狼的地界，他会欢迎他们。任何拒绝那个术士的兽人都是值得尊敬的兽人。在嗅到那些兽人的气味之前，他一直都抱有这样的想法。

应该允许被杀死的灵魂离开——无论是兽人的灵魂，还是像裂蹄牛这样野兽的灵魂，哪怕只是一只小小的雪兔。他们被杀死，被吃掉或火化，从此返回到大地、流水、空气和火焰中。他们留下的皮革都会得到清洁和鞣制，上面绝不会有一点烂肉和血渍。

想到会有兽人执著于生命的腐败，杜隆坦不由得在心中感到惊骇——每一名认真倾听酋长说话的霜狼兽人一定也有着和他同样的心情。

"我们会冲向这些入侵者，"加拉德继续高呼，"把他们从我们的森林中赶走，如果他们反抗，就杀死他们！"

他举起裂斩，高声吼道："Lok'tar ogar！"胜利，或死亡。

霜狼兽人们一同呼吼起来，并在这吼声中与他们的酋长一同驾驭已经迫不及待的座狼奔向战场。杜隆坦跳上利齿，回过头，越过没有披甲的肩膀迅速向父亲瞥了一眼。只是一瞬之间，刚刚还重压在加拉德身上的疲惫感又掠过了酋长的面庞。随后，加拉德将一切倦意都赶走了。杜隆坦明白父亲有着怎样纯粹而坚强的决心。

杜隆坦突然感到喉咙一紧，仿佛被一只无形的手捏住。

* * *

加拉德强迫自己将迟钝的意识集中在胯下坐骑的纵跃上。霜狼兽人正全速扑向那片遭受入侵的树林，没有采取任何隐蔽的措施。

他的儿子和奥格瑞姆报告说看到了七个兽人的脚印，毫无疑问，那里还会有更多兽人。敌人的数量甚至有可能超过霜狼战队——人数从来都不是他的氏族的优势。有一件事是可以确定的：杜隆坦和奥格瑞姆都没有发现任何入侵者带有座狼的痕迹。那些入侵者（如果他们真的是红步兽人）将要面对二十余名兽人战士，但真正与他们作战的力量将更加强大一倍，他们的霜狼也都接受过和兽人战士一同作战的训练。在霜狼氏族中，兽人和座狼的关系更像是朋友，而不是主仆。

他们有足够的力量消灭敌人。至少加拉德是如此希望的。他也只能希望自己可以坚持得足够久，履行职责，返回家园，继续和这种拖累他的，该死的虚弱作战。

现在他的症状很像是被一种低贱却危险的虫子咬了，兽人叫它“掘地者”。被咬伤的人会连续数日衰弱无力，这对兽人而言是非常可怕的事。疼痛、剧烈地抽搐、断肢，这些症状兽人都知道该如何应对，但那种虫子带来的萎靡和昏睡会让兽人不知所措。

但盖亚安和德雷克塔尔都没有找到他被掘地者咬过的痕迹，德雷克塔尔也没有从众灵那里听到任何声音，能够揭示这种神秘的疾病本质是什么，实际上，盲眼萨满什么声音都没有听到。当杜隆坦带回有敌人出现的消息时，加拉德就知道这是一个预兆。他将起身奋战，他将重整旗鼓，战胜这种疾病，就像战胜其他所有敌人一样。

实实在在的胜利也会鼓舞起氏族的士气。古尔丹可怕的预言，他的出现所引起的不安，他那个奇怪的奴隶，他的绿皮，还有所有那一切都让霜狼氏族笼罩了一层不祥的影子。让敌人流血会让他们重新振作起来。加拉德渴望着再一次挥起正义的战斧，让热血随之喷涌。也许这正是众灵的一次试炼——只要赢得胜利，他的力量就能恢复。疾病一直在暗中觊觎他的氏族，即使是作为酋长的他也无法幸免。现在一切都会像以前一样，他将彻底把恶疾打退。

那些傲慢的闯入者在受伤的树下留下了一片宽阔的足迹，他们的脚印污浊了新雪。霜狼们紧随其后，宽大的狼爪沿着他们的足迹一路前行，在一座山脚下拐了个弯。老祖父山的顶峰此时消失在了低矮的云层里。

这些闯入的兽人正在山丘的另一侧等待他们。加拉德对此感到高兴。

他们站成一排，腰杆挺直，一言不发。一共只有十七个兽人。霜狼兽人的护甲和武器都显示出北方民族的风格，而这些入侵者的护甲却显得五花八门，格外怪异——熟皮，生皮，金属甲片杂驳纷乱。他们的武器也同样形制不一。

但这不是让霜狼兽人感到惊诧的原因。加拉德知道，让他们感到惊诧的原因是他们的盔甲上，皮肤上，尤其是他们的脸上全都覆盖着铁锈色的，脏污的，干结的陈旧血印。

那些兽人之中最为高大，肌肉也最发达的一个站在队伍中央，比他的同伴靠前一些。加拉德相信他就是他们的首领。他剃光了头壳，也没有戴头盔。

加拉德轻蔑地看着他。这些也许就是红步兽人吧，他们在北方活不了多久。在寒冷地带，兽人战士会保留自己的头发，头发和头盔在保护肩膀上的脑袋的同时也有助于保暖——在这方面，奥格瑞姆是氏族中唯一的叛逆者。加拉德决定要砍掉那颗秃头，看着他落在雪中，看着从那里面流出的热血将白雪融化。

早些时候，盖亚安曾经请求他不要参与这场战斗，几乎是乞求。盖亚安从没有做过这样的事，妻子的恐惧比折磨他的疾病更让他感到警惕。盖亚安是他认识的最勇敢的兽人，但现在，加拉德发现自己已经成为妻子的弱点。他们在人生的道路上结伴而行已经有这么长时间，加拉德完全无法想象没有盖亚安陪伴在身边，他该如何战斗。但这就是他现在要面对的状况，他很清楚盖亚安为什么会选择留在村中。

这种耗竭性的疾病是不适合兽人的，加拉德不会容忍它继续存在下去。

他不会责怪盖亚安没有陪伴他。

他从喉头发出一阵低吼，凝聚起全部力量，用它们做了两件事——举起裂斩，张开嘴发出洪亮的战吼。

他的声音立刻得到了其他霜狼兽人的回应。他的身边有儿子和奥格瑞姆。就像他们和盖亚安以前经常做过的那样，两名年轻的战士协同一致向前猛冲，气势悍勇，令人胆寒。他们的座狼紧紧靠在一起让两名骑士并肩冲锋，然后便分向两边，朝各自的目标冲锋而去。

加拉德则盯准了敌人的头领。在他的眼前，这名高大的兽人微笑着点了点头。他手中的斧头上能看到一些黏滞的液体——是树脂。毫无疑问，这个没有敬畏之心的兽人早先曾经用它砍伐过树木的枝干。这种恶劣的行为在加拉德心中点燃了怒火，加拉德让这股火焰熊熊燃烧。他感觉到能量开始在体内升腾——真正的能量，哪怕它是来自于兽人的嗜血之心。

高大的秃头兽人一声吼叫，向加拉德扑来。粗壮的双腿推动着他，让他在雪地中也能跑出相当快的速度。但徒步的兽人绝对无法和霜狼相比，加拉德先一步冲到敌人面前，笑容在他的獠牙两侧显现。

寒冰也已经做好了战斗准备。他张大了嘴，红色的舌头从雪白锋利的牙齿间垂挂出来。加拉德举起裂斩，双手紧握斧柄，计算好时间，只等时机一到便俯身砍下这个敌人的头颅。

但就在此时，秃头兽人喊道："玛格拉！"

加拉德突然移动重心。寒冰有些吃力地调转方向。加拉德从没有听到过兽人会在战斗中提出进行玛格拉的要求。红步兽人此战必败无疑。这时提出用一场决斗来决定胜负是纯粹的懦夫之举。如果是霜狼一方处于劣势，他们会与强大的敌人奋战至死，以此来赢得自己的荣誉，而不是企图用一对一的格斗来改变战争的结局！

加拉德对红步的厌恶更加强烈了，但他的心中也闪过一丝忧虑。通常情况下，他会欣然接受这个南方兽人的挑战，但此时非同寻常。他的四肢正在威胁着要背叛他，他无法安心依靠自己体内残余的力量。

但他又怎么能装作没有听到对方的挑战？如果其他兽人听到玛

格拉，看到他背弃了荣誉，那么蒙受羞耻的将是加拉德，而不是闯入者。秃头兽人看到了加拉德脸上矛盾的表情，残忍的笑容扭曲了他獠牙两旁的嘴唇。

这种傲慢是无法忍受的。加拉德从寒冰背上跳下来，微微打了个趔趄，但他很快就站稳脚跟，用意志支撑住自己。你很强壮，他对自己说，这一点疾病会过去的，不会压倒你。你是酋长，它则什么都不是。你会战胜这名挑战者，你的霜狼氏族会彻底消灭红步。

“我接受！”他呐喊一声，冲向了敌人。

仿佛强大的裂斩只不过是小孩子用来训练的玩具，秃头兽人沾染树脂的斧头轻易就将它挡在一旁，也让加拉德心中一惊。他急忙稳住重心，紧紧攥住战斧，努力不让自己跌倒。现在站不稳就只有死路一条。

那个红步兽人开始攻击了。只是举起裂斩挡住这致命的一击，就让加拉德吃力地哼了一声。现在他能做的只有这个了。他的手臂和双腿已经没有了力气。他的身体中再也榨不出一点能量来发动攻击。太晚了，他明白自己做出了错误的选择，被引诱进现在的困境。苦恼和愤怒涌遍他的全身，让他再次鼓起力量，高举大斧，最后一次强猛地向下劈斩。

但他的对手已经从他眼前消失了。秃头兽人跳到旁边，冲着加拉德竭尽全力挥出的斧头哈哈大笑。在他们周围，霜狼兽人显然已经赢得了这场战斗。红步兽人战斗得很顽强，但他们不熟悉雪地战场，人数也处于劣势。秃头兽人向周围扫了一眼，冷冷一笑。

“我最好快一点结束这一切，”他说道，“毕竟只有你和我知道这是一场玛格拉。”

他举起战斧。加拉德愤怒地哼了一声，竭力想要挥动裂斩发动反击。但裂斩刚刚被提起数寸便从他虚弱的手指中掉落下去，他只能无助地看着自己的手臂在颤抖。

即使这样也好。就这样吧，加拉德想道，我毕竟还是死在了一场公平的……

突然间，他明白了。加拉德的敌人知道他能够被轻易击败。

那把匕首——古尔丹的刀子……

当他彻底看清事实的时候，他的心也变得像冬天一样寒冷。

红步兽人的战斧劈落下来。

第六章

除了已经变成尸体的主人，寒冰不需要其他骑手。当加拉德倒下的时候，这头高大的霜狼发出哀恸的长嚎，紧接着便猛扑上去，迅速而血腥地解决了那个杀人凶手。现在，寒冰站立在雪地中，浑身颤抖，杜隆坦正在将父亲的尸体绑到强壮的狼背上。兽人和狼四目相对，杜隆坦在寒冰那双琥珀色的大眼睛里看到了自己心中深深的哀伤。大多数兽人氏族都只将他们骑乘的狼看做是可驾驭的猛兽——能够成为兽人的脚力，仅此而已，从某种角度来说，还不如他们带上战场的武器重要，因为狼是会死的，无法让子孙继承。

霜狼兽人却从不会这样想。恰恰相反，霜狼会选择主人。他们会一直陪伴自己的主人，直到死亡结束他们之间的羁绊。寒冰会哀恸主人的逝去，也许和兽人的哀悼不同，但那一样是痛彻肺腑的悲伤。杜隆坦不知道寒冰是否还会再允许别人骑到自己的背上。他很同情这头巨兽，还有他的母亲。想到自己必须将这个可怕的消息告诉母亲，杜隆坦就有一种心碎的感觉。他给了自己一点时间，好看清楚自己到底失去了什么：父亲，朋友，导师，酋长。

霜火岭的生活是严酷的，岁月迁延，这种生活只是变得更加严酷。父亲在孩子面前离去并不是什么非同寻常的事。但加拉德就这样离开他们，这实在是一种令人难以承受的重担。许多年以来，加拉德一直是一位睿智、强大、成功的领袖。他不应该如此被笼罩上一层阴云。

杜隆坦和其他许多人都看见了加拉德在死去的时候甚至无法握紧裂斩。

现在，杜隆坦是霜狼的领袖了——至少此时此刻，他需要担负起这个责任——他们全都在看着他。当确认自己的父亲在返回霜火岭的路上不会掉下狼背之后，他就在寒冰身边转过身，扫视了一遍这支战队。

“今天，我们奔赴此地，应对挑战，”他说道，“我们与敌人拼杀，我们赢得胜利。卑劣的敌人变成雪地上僵硬的尸体，我们消灭了对氏族的威胁。但这场胜利并非没有代价，我们失去了加拉德，杜高什之子，罗库克之孙——我们氏族的首领。像所有霜狼战士一样，他死得其所：在战场上，为了保护氏族，消灭敌人而英勇献身。”

杜隆坦停顿了一下，翕动着鼻翼，准备驳斥任何反对的言论。没有人说话，但积雪在轻声呻吟——有人在不安地挪动着重心，并躲避着杜隆坦的目光。

“我们会安静地带他回家。作为他的儿子，我是他的继承人，除非众灵认为我不具备这样的价值。”或者除非我受到挑战，他心中想。他没有将这个想法说出口。如果已经有人动了这样的心思，他自然无法阻止，但他不会亲自埋下这样的种子。

即使如此，阴影已经落下了。加拉德在不应该倒下的时候倒下了，这对杜隆坦，对霜狼氏族都是一个非常不好的预兆。

但决心赶走了他的哀伤。当杜隆坦跳上利齿的时候，在眼前这一片充满漩涡的混乱迷雾中，他清楚一件事：他将用自己的全部力量来洗清一位伟大兽人身上的尘埃，为他赢回全部的荣誉。

* * *

加拉德是一位在位时间很久的酋长，所以现在的霜狼兽人中很少有人曾经参加过这样的仪式。每一名霜狼氏族的成员，从发色灰白的老者到还在吃奶的孩子都来到了德雷克塔尔受命布置的一个特别场所。它和村庄保持着一段不算远的距离，位于一片足以容纳整个氏族的开阔地上。杜隆坦痛苦地意识到，尽管这片地方今晚是哀悼逝者之地，但它也是氏族在舞蹈中庆祝仲夏日的场所。

加拉德的尸体被安放在火葬堆上。这座火葬堆消耗了氏族大部分的木柴储备。杜隆坦暗自想着一件苦涩却又讽刺的事：正是一次收集木柴的任务导致了氏族这一次大量的木柴消耗。

这一切都是如此不正常，如此可怕。四天以前，他们还根本没有听说过什么名叫古尔丹的绿色兽人。今天早晨，加拉德还在呼吸，整个氏族还沉浸在幸福之中，完全不知道那些可怕的红步兽人已经近在眼前。杜隆坦不知道自己是否还能将那些干血的臭味从鼻腔中清除干净。

加拉德的尸体已经被洗净，但他胸前的巨大创口仍然敞开着。就像活着的人身上的伤痕，夺取战士生命的伤口也会给予他们荣誉。如果兽人在战斗中倒下——无论是与敌人还是与猎物——他身上的伤口就会让所有人看到这位氏族的成员都有过怎样的英勇行为。加拉德还穿着牺牲时穿戴的盔甲，他的胸甲也因为那致命的一击而损坏了。看到父亲的身体再不会动弹一下，痛楚之情再一次充满了年轻兽人的心。

为德雷克塔尔服务的年轻萨满正在火葬堆的周围摆下一圈石块。石块圆环有一个缺口，让杜隆坦能够进入其中。这些石块都由氏族收藏，接受过圣歌的洗礼，伴随着虔敬之心被逐一摆放。当每一名氏族成员都静静地坐到了圆环周围时，杜隆坦能够感觉到能量在这个圆环中逐渐凝聚。

终于，圆环即将完成，德雷克塔尔一直沉默地站在一旁，一只手按在慧耳身上。现在那头狼引导着他的主人走进这个圣石圆环中。德雷克塔尔轻轻拍了他一下，低声让他离开，然后站直身体。

“霜狼兽人们！”他高声说道，“我们知道，我们的生活是值得保护，值得为之奋战的。今天，我们的战士就履行了他们的职责。绝大多数战士都在胜利中回来了，但有一个不能再与我们共同继续这样的生活。对于任何故去的战士，我们都将为之哀悼，向他的牺牲表达敬意。今天我们也要这样做，但我们聚集于此还有另一个原因。在今天牺牲的兽人是我们的酋长，加拉德，杜高什之子，罗库克之孙。所以我们必须寻求大地、空气、水流、火焰和生命之灵的祝福，赐福于加拉德的儿子——杜隆坦，让他领导我们，就像他的父亲一样英明睿智。”

人群中没有议论声，至少是听不到多少声音。这场仪式太过重要，容不得半分不敬。但还是有人在转着眼珠，有人在微微晃动身体——这都让杜隆坦怒火中烧。他没有理会这些异动，只是注视着德雷克塔尔，等待盲眼萨满召唤他走进圣石圈的信号。

但盲眼萨满首先召唤的是杜隆坦的母亲。他用柔和的声音说道：“盖亚安，尊盖尔之女，珂祖格之孙。你是加拉德的人生伴侣，送别他的火焰应该由他的挚爱之人点燃。”

盖亚安通常都是整齐结成辫子的头发现在松开来，垂在腰间。当她大步走向火葬堆的时候，身子挺得像松树一样直。只有熟悉母亲的杜隆坦能够看出她的眼睛里有泪光在闪烁。以后，她会哭泣，以后，他们都会哭泣，在只剩下他们和内心的痛苦时。但现在，当苦涩的污渍还笼罩着他们深爱的丈夫和父亲的回忆，他们必须让自己坚强起来。

如果众灵有和氏族中一些成员同样的感觉……

不，他绝不会容忍这样的想法，哪怕一瞬间也不行。加拉德是一位伟大的兽人酋长。杜隆坦知道他没有做任何会让家人，让氏族，让众灵蒙羞的事。一切都会好起来。

必须好起来。

他的手指攥成了拳头。

“杜隆坦，加拉德之子，杜高什之孙，到圣石圈里来。吾众从时间之初便开始崇敬众灵，并将永远崇敬它们，即使今日来至此地之人均已被忘记，再没有人传诵我们的名字，这份崇敬仍然不会泯灭。现在，你就将受到众灵的裁判。”

杜隆坦从余光中看到奥格瑞姆正专注地看着他。他高大魁梧的同伴缓慢而审慎地将拳头按在宽阔的胸膛上，扬起下巴，向他表达敬意。片刻之后，另外几个兽人也依样而行。越来越多的兽人都依样而行。等到年轻萨满将圣石圆环闭合的时候，整个氏族都在向加拉德的儿子致敬。杜隆坦感激地向奥格瑞姆看了一眼，便镇定下来，准备迎接即将到来的挑战。

对于仪式的内容，德雷克塔尔没有向他吐露过半个字。不过有一点很明显，这一定会是他从未有过的经历，他不可能做好妥当的准备。“我怀疑这对于任何人都会很难。”盲眼萨满只是这样对他说。杜隆坦知道一件事，当众灵对他进行评价的时候，它们同时也会和德雷克塔尔进行交流。

德雷克塔尔手中捧着青烟叶，干燥的叶片被紧紧扎成一束长辫。在燃烧的时候，这种植物会散发出芬芳的气息。长辫的一端从萨满的手里落入火中，慢慢被火焰吞噬，袅袅轻烟缓慢地升起。杜隆坦跪倒在萨满面前。萨满手持烟叶长辫的一端，让冒烟的另一端在杜隆坦面前摆动。

青烟叶的气味很好闻——洁净而清新。德雷克塔尔把青烟叶交给他的助手帕尔卡，另一个名叫雷卡戈的年轻萨满向杜隆坦捧来一只杯子。杜隆坦一饮而尽杯中的液体。这种液体又热又浓，带有树木汁液的甜美。他将空杯子还给雷卡戈，等待着盲眼萨满的下一步指示。

“现在，坐下来，年轻人。”德雷克塔尔说道，他的声音中充满关爱——他和加拉德的关系非常要好，现在这位萨满一定也在努力压抑着故友骤然离去的空虚感，“众灵会随着它们的意愿而至。”

杜隆坦听从萨满的一字一句。现在，他感觉到自己的眼皮在变沉，便让自己闭上了双眼。

然后，他的眼睛猛然睁开。

过去，杜隆坦见到过冬日的夜空中有仿佛雾霭般的光辉在跃动。梦幻般的景象出现在他的面前，掀起一阵阵看似宁静的波澜，向他展示出苍穹深处的优雅和绝美。但和杜隆坦现在所见到的相比，那只不过是参天大树旁的一株幼苗。杜隆坦发出敬畏的惊呼，像无知的孩子一样，不假思索地向远处的缤纷景象伸出手。

绿色、红色、蓝色和黄色，它们在他的眼前舞蹈。不过他知道，这并非是现实的情景。它们只出现在他的意识中，在他的耳朵、眼睛、血液和骨髓里。它们纵跃盘旋，是那样真实，但他知道，这些只有他一个人能够见到。

在他的幻景中，他脚下的雪消失无踪，舞动的光辉也随之一同隐退。杜隆坦坐在松软厚实的土地上，就如同躺在母亲怀中的婴儿。他惊奇地将双手按在泥土上，十指深深地插入其中，充溢在他的指缝间的是最肥沃的土壤。

杜隆坦露出微笑，一阵微风不知从何处吹来，拨散了他捧在手心里的泥土，引得他发出一阵有些惊讶，又无拘无束的笑声。和风中带着新鲜的青草气息，轻轻拂过他的面颊。他深深吸气，感觉到自己的肺叶松弛下来。

风在他的身边盘旋，渐渐出现了色彩。但那不是之前在他的眼前跳跃的，轻柔活泼的光晕，而是明亮的，强烈的弧光：清晰跃舞的红色、橙色、白色和蓝色，一团火焰突然在他的周围爆发。面孔已经被严寒冻得麻木的杜隆坦很欢迎火焰的温暖。没有火，霜狼就无法生存，火焰对于他们异常珍贵。火焰之灵似乎也知道这一点。

某种湿润的东西碰触到他的面颊。硕大的白色雪花飘飞下来，火焰和它们碰撞的时候，就会爆起明亮的火花，发出微弱的“呲呲”声。尽管喜爱火焰的温暖，杜隆坦还是平静地接受了它被水之灵取代。没有了冰霜，霜狼又会怎样？冰和雪让霜狼氏族变得与众不同，变得坚强有力。水清洁和净化，滋润干渴，还会充盈一个人的眼睛，从他的面颊上滑落下来，就像现在这样。水给人带来抚慰与治愈。杜隆坦接受它在这种形态的温柔，正如同接受它在另一种形态的锋利。

流转的光色在亦幻亦真的世界中盘旋，彼此追逐，如同狼崽追咬着彼此的尾巴。但它们的速度是那样快，没过多久就变成了一团幻雾。灿烂的白色在杜隆坦面前绽放，是那样强烈，那样美丽，让他无法直视。

大地、空气、火焰、流水——它们一同到来，欢迎世间最伟大的灵：生命之灵。

自从父亲死后，杜隆坦一直处在麻木的状态。他亲眼看到父亲被敌人砍倒，却无法及时伸出援手。霜狼酋长失掉武器，失掉生命。而他只能压抑下心中的情绪，在氏族面前表现得坚强。现在，他无法再这样压抑下去。他的心中迸发出剧烈的火焰，让他感觉到自己的活力，无论这对他而言会有多么痛苦。爱与痛在他的胸膛中激荡，强大的力量让他无法承受。一个渺小的兽人怎么可能……

但你不是，一个微弱的声音在他的意识中响起，你体验了生命所有的喜悦、畏惧、恐怖、失落、祝福和力量。你希望能够成为族人们坚强的酋长——承担起它们，哪怕只是短短一瞬，你将有能力保护你的族人。他们害怕，他们渴求，他们会笑，会哭，他们会一直生活下去——明白这一点，杜隆坦，加拉德之子。明白这一点，对它永远保持虔敬之心！

杜隆坦感觉自己被拉伸，被重塑，现在的他远比他曾经的想象更加丰富厚重。他只是一个兽人，除此之外，要成为酋长，他还需要具备些什么，才能照料好他的族人？如果不能真正体会到他们的心境，他又该怎样率领他们？杜隆坦在敬畏中颤抖着，接受了生命的试练。他被充满，不只是被充满，他变得如此广博辽远，他……

然后，一切都消失了。

它们全都不见了。

杜隆坦睁开眼睛，看到一个单调的，缺乏色彩的世界。他的心脏在胸膛中飞快地跳动着，他的肺在剧烈地扩张又收缩。但杜隆坦再次回到自己——一个兽人。片刻之间，强烈的孤寂感让他难以承受，就像刚才承担整个氏族那样艰难。但到最后，这种感觉也消散了。

他凝聚起目光，看到他的母亲站在父亲的火葬堆前。一点微笑出现在母亲的唇边，她眼睛里也不再有哀痛的目光，而是闪动着强烈的自豪。杜隆坦还处在众灵离去后的眩晕中，他能看到一张张面孔，熟悉得就像是他自己的脸映照在池水中，现在这些面孔却又让他觉得如此陌生，如此焕然一新，蓦然之间向他展示出珍贵的美好，生机勃勃的活力。

霜狼兽人曾经追随他的父亲。现在，他们将会追随他。他将为他们竭尽全力，就像加拉德一直努力去做的那样。杜隆坦想要说话，但他的心中洋溢着激动之情，让他找不到一个能说出口的字。

“众灵接受了你，杜隆坦，加拉德之子，杜高什之孙，”德雷克塔尔的声音响起，“你们呢，霜狼兽人？”

欢呼声震耳欲聋。杜隆坦站起身，向天空中高举起拳头，仰起头，发出充满喜悦和希望的吼声。

在欢呼声止歇之后，新的霜狼酋长在回响的耳鸣和加速的心跳中转向德雷克塔尔。直到这时，他才注意到这名萨满严肃的表情。杜隆坦明白了，尽管氏族接受了他，但在众灵的世界中有些不好的事发生了。

第七章

仪式之后，盖亚安点燃丈夫的火葬堆。她和她的儿子注视着火焰在柴枝上跳动，越升越高，变成一堵明亮炽热的火墙，对抗着夜幕笼罩下渐渐侵袭而来的寒冷黑暗的阴影。杜隆坦回忆起火焰之灵的跃动和它千变万化的色彩。他凝视着火葬堆，也在自己的意识之眼中看着火之灵。氏族的成员穿过夜色走来，将木柴放入火中，让火葬堆保持着热度，能够将加拉德的身躯化为灰烬。当太阳露头的时候，一切都结束了。火焰吞噬了加拉德，风吹散他的灰烬，水将骨灰带回大地，大地接受它们进入土壤。生命终结，却也依然在继续。

仪式完成之后，杜隆坦向他的母亲走去，却发现自己的身体因为在火葬堆旁站立太久而变得僵硬了。不等他说话，盖亚安先说道："我已经安排人将你的东西搬进酋长的屋子。我现在会搬进你的屋子。”

杜隆坦明白，这是理所当然的事情。自从他第一次狩猎之后就住在自己的屋子里。现在，作为酋长，他要返回那幢迎接他来到这个世界上的屋子去了。尽管他并不希望这件事这样快发生，也非常不喜欢现在这种严峻的环境。

“你总是在我想到之前就会把一切都安排好。”他哀伤地说道。

盖亚安努力露出微笑，“我是薪火传承者，遵循传统是我的职责。这段时间里，你要有许多事忙碌了。”

“不必担心，盖亚安，”说话的是奥格瑞姆，“我会保证他的睡眠，哪怕我要亲手把他打晕。”

盖亚安静静地向她现在的小屋走去，她会在那里悄悄地哀伤。杜隆坦看着她离去的背影，然后转向奥格瑞姆，“妈妈说，我在随后的几天中将有很多责任要履行。”

奥格瑞姆笑了一声，“她的‘很多’大概意思应该是‘几百’吧。”

“我需要有人能帮助我处理好它们，”杜隆坦说，“一个我能够完全信任的人。一个如果我发生意外，就能接替我领导氏族的人。”

奥格瑞姆强壮，冷静，有很强的能力，杜隆坦觉得仿佛没有什么事能够困扰他。但现在，他瞪大了眼睛，“我……杜隆坦，我感到非常荣幸。我……”

杜隆坦把手按在朋友肌肉隆起的宽大肩膀上，“仪式和辞令已经让我心烦意乱，疲惫不堪。薪火传承者也回去她的屋子了。现在……请说‘好’就好了。”

奥格瑞姆笑了。然后，他说了“好”。

随后，杜隆坦找到了德雷克塔尔。盲眼萨满向这位年轻的酋长解释了他在仪式中所经历的一切。众灵对杜隆坦没有任何异议，但就像杜隆坦猜测的那样，这个世界出了问题。

“古尔丹不能信任，”德雷克塔尔明白地说，“众灵……”他搜索合适的词汇，然后摇摇头，“我只能说，众灵‘害怕’他，尽管这个词和这样的概念不应该被用在它们身上。它们不会靠近他，不过……对于一些事情，这个术士——”德雷克塔尔说出这个名号的时候，声音中充满了鄙夷，“——没有说谎。世界正在改变，年轻的酋长。你跟随你父亲的脚步前进，现在也许是我们氏族历史中最黑暗的时代。艰苦的环境不会改善，只会更加恶化。”

“但众灵的确接受了我。”杜隆坦强调说。他希望德雷克塔尔的话中没有其他的意思——他不需要安慰，这只会证明他的担忧。

“是的，这一点非常明确。”

“那么我一定值得它们信任。我的父亲是一位成功的领袖，所以古尔丹才会长途跋涉来到这里，只为了要求我们和他结盟。我不认为他这样做是出于好意，我们肯定有他想要的东西。我们的力量，我们耐受艰苦的能力。我的父亲拒绝跟从他，因为这些美德对于南方兽人并没有用处，只有我们——霜狼兽人能从中获益。我会依照他的方针继续领导氏族。”

他伸手拍了拍德雷克塔尔的胳膊，以示安慰，同时感觉到萨满皮衣下面的肌肉依然刚强有力。“我会照顾好我们的族人。”

* * *

众灵的礼物虽然严厉，却也有着意料之外的温柔。在稍作休息之后，杜隆坦去找了他的母亲，一同为他的父亲落泪。这样做并不羞耻。杜隆坦向母亲讲述了众灵的赠礼，还有他保护氏族的决心。

“它们让你能够理解父母对子女之爱，我的儿子。”盖亚安说道，微笑透过了依然在润湿她面庞的泪水，“没有任何力量能比它更强。我依然是，并且永远都会是你的母亲。现在你是我的酋长了，作为氏族的萨满和薪火传承者，我会尽我所能为你提供建议。只要你发出命令，我们都会服从。”

那一夜，杜隆坦睡在曾被父亲作为被褥的皮革上。他是那样疲惫，完全没有做一个梦。

第二天早晨，杜隆坦召唤来氏族中最优秀的猎人——不仅是那些体力最强悍的，还有曾经用非凡的技艺猎杀过凶猛猎物，在这方面素有威望的族人。他向他们说明，每个人都可以畅所欲言——只要有必要，即使是提出异议或者有所争论也可以。而他们的目标就是发现哪一种武器最有利于猎捕哪一种猎物。他们还要向他——其实也就是向所有人——指明在哪里最容易找到塔布羊，将他们所说的地点用一端烧焦的木棍画在干皮子的地图上。还有他们要说明哪一片湖水里有鱼群，那些鱼最喜欢吃什么。

“但是，酋长，”诺卡拉看着一个有些瘦弱的兽人说，“所有人都知道这些事。”

“我们都知道吗？”杜隆坦问道，“这里的每一个人都知道？或者我们之中有人隐瞒了秘密，这样他在食物匮乏的时候就会显得格外有价值？”几个兽人的脸红了。杜隆坦继续说道：“我们必须思考怎样做对所有人才是最好的，而不只是有利于一个人，或者一个家庭。所有人。我们是霜狼氏族——我们拥有技艺、智慧和勇气。照我说的去做，发掘一切食物资源。”

连续几天，杜隆坦都在以这样的思路与不同的团体进行会议。他和负责巡逻的战士们交谈。到现在为止，几乎还没有闯入者给霜狼氏族带来麻烦。老祖父山让绝大多数入侵者都望而却步。但在氏族中，没有人想要再见到红步兽人回来，杜隆坦尤其不想。他们已经杀死了杀害加拉德的凶手，还有他所有的同伙，但杜隆坦怀疑红步氏族的成员并非只有那么几个。从那天晚上开始，霜狼的战士们提高了戒备，白天和黑夜都会进行巡逻。

杜隆坦召唤来萨满，了解治疗草药的知识，并请求萨满认真考虑是否能用魔法制造出亮光，让植物在日照短暂的月份中还可以结出果实。他找来剥皮和制皮匠人；找来负责收获和干制果实的人，仔细讨论他们的工作，并促请他们将技术与其他族人分享。杜隆坦甚至和孩子们坐在一起，与他们共同游戏，观察他们，确认谁是天生的领导者。

一开始，霜狼兽人对他颇有一些抵触，但杜隆坦顽固地坚持着他的行动，族人们也纷纷服从了他的命令。虽然随之而来的春天也相当寒冷，但新的仲夏日宴会却是霜狼在相当长的一段时间以来最丰盛的一场筵席。仲夏篝火在黄昏时被点燃，兽人们尽享美餐，直至深夜。他们欢笑嬉闹，直到每一个人都沉沉睡去——有些人是因为跳舞跳得太累，有些人是因为喝了太多像融雪一样肆意流淌的苹果酒。

在欢笑，饮宴，舞蹈和欢快的鼓声中，杜隆坦离开宴会，眺望村子西边宽阔的草场。

“这里还有绿色，”奥格瑞姆来到朋友的身边，“但不是古尔丹和他的奴隶的绿色。”

吃了一惊的杜隆坦发出笑声，奥格瑞姆却显得异常冷静：“老朋友，在过去这几个月中你证明了自己是一位优秀的酋长。看看你的族人，他们都填饱了肚子，他们的孩子在安全的环境中玩耍，他们睡觉的地方也很温暖。”

“这应该是一位酋长必须做到的。”这番赞扬让杜隆坦感到有些不舒服。

“但在这些日子里……它们比以往有着更加重要的意义，”奥格瑞姆说，“为什么还站在这里？来跳舞吧！酋长需要一位伴侣，告诉你，这里可有许多女孩想要和你做伴呢。”

杜隆坦笑了。他回头向草坪上翩翩起舞的族人们瞥了一眼。没错，不止一位女性兽人大胆地回应着他的目光。不可否认，她们都是美丽和力量的完美结合。“这件事先不必着急。我……奥格瑞姆，我一直在想那些被我们流放的人。我想知道，他们之中是否有人会回来。”

奥格瑞姆耸耸肩，“有一些人会吧，如果他们足够强壮。也有一些人回不来了。为什么你要在乎这种事？这就是我们一族的处世之道。”

杜隆坦想到那些曾经是悍勇战士的老兽人，现在他们几乎已经被遗忘，只是坐在篝火旁点着头，等待着死亡。他也邀请他们在会议中发言，分享他们的回忆，整个氏族都因此而受益。为什么要任由这样的智慧从氏族中失散？在过去的那么多年里，霜狼氏族又曾经失去了多少宝贵的知识？德拉卡和其他那些生而衰弱的兽人又怎么样，他们仍然有能力为氏族作出贡献，能允许他们留下来吗？霜狼氏族会不会错误地剥夺了他们能够为部落效力的机会，因此而丧失了宝贵的资源？

他叹了一口气。他没办法把这些想法说给奥格瑞姆听。现在还不行，因为他自己还没有能将这些事完全想透。“这并不容易，奥格瑞姆，”他承认，“酋长的责任很重，父亲却让它显得那样轻松。”

“他是一位伟大的霜狼酋长，”奥格瑞姆表示同意，“一位伟大的兽人。不必担心，杜隆坦。他会为你感到骄傲的。”

杜隆坦希望如此，但他还无法确定。他只知道，当他的目光越过这片草原的时候，他希望自己能看到一位被流放的霜狼兽人回家来。

但他没有看到。

* * *

日子一天天过去，古尔丹的恐怖警告似乎逐渐被族人淡忘。巡逻还在继续，但在月亮升起又落下的循环中，一些族人已经开始抱怨这份让人感到吃力的工作了。

诺卡拉尤其认为这是在浪费时间。“我们已经为你的父亲报了仇，”他对杜隆坦说，“并且那次战斗中没有一个敌人逃走。派我和其他战士去多进行一些狩猎才是应该的。”

对于所有合理的要求，杜隆坦都会欣然接受。尽管诺卡拉的提议已经接近于冒犯，但杜隆坦不得不承认，这位霜狼战士的话至少有一部分是真实的。父亲的死亡的确一直在困扰着他，但每日的巡逻真的有必要吗？就连古尔丹在提到红步兽人的时候，语气中也充满了轻蔑，而且并不是很害怕他们。他相信红步兽人很快就会灭亡。同时，如果这里还有红步兽人，狩猎队也会发现他们。

“你是一位技艺高超的猎人，诺卡拉，也许每日巡逻的确没有必要。”杜隆坦将巡逻频率缩减为每五天一次，同时更加频繁地派出了狩猎队。

这个夏天还是太短暂了，秋季的收获也相当贫乏，不过大家的士气都很旺盛。虽然诺卡拉的提议看起来是正确的——更多的狩猎的确带来了更多的食物，但杜隆坦不会允许自己懈怠。德雷克塔尔一直在留意众灵的预兆，杜隆坦在和他商议后，发布了一系列和族人的心态完全相反的命令。

对杜隆坦而言，要求他的族人收储坚果和种子以备冬天食用似乎是愚蠢的，但他认真倾听了一位老年女兽人的建议，下达了这样的命令。鱼和兽肉最好是趁新鲜的时候吃，那时的味道很甜美，也更适合战士们的胃口。但他命令族人在进行更多狩猎的同时，也不能过分暴饮暴食，要用盐将鱼和肉腌渍起来，留到食物匮乏的时候。现在大家每吃一口，杜隆坦都催促他们要留下三口食物。他不需要提醒族人今年冬天会持续多久。

“他们还没有真正理解，” 一天晚上，奥格瑞姆对杜隆坦说，“我们是兽人，危险和死亡都来自于长矛的锋刃。我们天生就是为了——战斗，而不是——”他看了一眼面前的盐堆“——这个。”

“饿肚子的人可唱不动洛克瓦诺德。”杜隆坦说，“当然，即便是被饿死的人也还是会有人记得。”

“有时候你所说的事实真的很让我感到气恼，”奥格瑞姆嘟囔着，“但这的确是事实。”

“正因为如此，酋长才是我，而不是你，”杜隆坦笑着说，“不过，先把嘴闭住，我有一个任务要给你，库尔戈纳尔的狩猎队刚刚回来。他说他们找到了一些野兽足迹，大概是几天以前的。只是他的狩猎队必须返回村庄，没办法追踪。明天你率领一支新狩猎队出发，再给村里带回一些美味的肉来。”

“哈！如果这样能让我离开这堆臭盐，那我肯定会胜利完成任务！”

第八章

奥格瑞姆亲手挑选了他的队员。库尔戈纳尔详细向他讲述了狩猎队是在哪里发现的足迹。“真希望能和你一起去。”这位年长的兽人说道。

“让其他人也赢得一些荣誉吧。”杜隆坦说。他习惯让所有兽人战士都轮流参与狩猎，这其中有几个原因——每一个兽人都想要带这荣誉回家就是主要的原因之一。私下里，杜隆坦希望自己也能骑上利齿，和朋友一同在猎场上飞奔，“奥格瑞姆需要一些东西来恢复他的骄傲。他已经有些失去锐气了。”

“他从来就没有过锐利过，”诺卡拉揶揄道，“他用的可是毁灭之锤！”

所有人都笑了。杜隆坦能感觉到族人们情绪的变化。新鲜的肉能够振作每一个人的士气，给予大家力量。不久之后，奥格瑞姆的狩猎队就欢呼着冲出了村子。

他们至少要两天以后才会回来，杜隆坦希望他们能大获成功。现在就连鱼干的储备也消耗得很快。他已经命令一个名叫德尔加的兽人带领另外几个人穿上厚实的衣服，冒着寒冷在冰上钓鱼。有人反对这样做，但都被他心平气和地反驳回去。

盖亚安看着那支狩猎队离开。“你做得很好，我的儿子。”她说道，“你的父亲如果要让霜狼战士们去钓鱼，大概只能依靠玛格拉决斗了！”

“钓鱼也是狩猎，”杜隆坦说，“至少现在是如此。”

“我要去一趟村子周遭，”盖亚安告诉杜隆坦。她所说的是零星分布在远离村庄中央公共篝火的那些小屋子，“今晚他们承诺会用晒干的根茎做汤招待我。也许我们可以换换口味，喝上鱼汤了。”

* * *

袭击在正午时分到来。

杜隆坦听到狼嚎声时正在萨满小屋里和德雷克塔尔说话。他在眨眼间意识到，狼嚎并不来自于村子中央，而是在南边——正是盖亚安去拜访的霜狼村庄边缘地区。就在一瞬间，杜隆坦已经抓起雷击，跨上了利齿，全速向南边那一阵阵狂野的吼叫声冲去。

那里大约有六七个红步兽人，身上全都有那种险恶的血手印，他们正向村庄发起狂暴的攻击。两名霜狼兽人一动不动地倒在地上。盖亚安发出响亮的战吼，高举一把小手斧冲向一名正扛起一袋地蔓果的红步兽人。其他霜狼兽人——大多是工匠或者年岁大些的孩子——纷纷拿起简单的武器勇敢地向敌人冲了过去。他们的勇气让杜隆坦精神一振，同时却又有一种心碎的感觉。

他催赶利齿扑向正在偷窃食物的红步兽人，用雷击戳穿了他的躯干，就像是在篝火旁用烤肉钎子穿过一块塔布羊腰。那个兽人只能愣愣地盯着他，眼神茫然空洞。

另一个红步兽人似乎被霜狼氏族的反抗激怒了，向一些孩子扑过去。霜狼的孩子们跳到他身上，用雕刻小刀攻击他，让他穷于应付，直到诺卡拉的妻子卡葛拉手持一柄钉锤跑到他身后，打碎了他的脑袋。

盖亚安把小手斧扔向一名红步兽人，斧刃深深嵌进他的脖子和肩膀之间，卡在那里。那个兽人被打得踉跄了一下。盖亚安吼叫着跳到他身上，拔出短柄斧，把他踹倒在地上。现在其他霜狼兽人也从村子中心处赶了过来，都装备着战斧和大锤，一个个气愤填膺。另一名红步兽人倒在了他们面前。剩下的两个都惊慌地转身逃走。其中一个抱着一大捧皮毛，另一个扛着一桶腌鱼。

格鲁卡格和杜隆坦追上了他们。当杜隆坦在喘息中低头盯着还在抽搐的敌人尸体时，他意识到了两件事。

一：居住在村子边缘的霜狼兽人都是不安全的，所有族人都要搬到尽可能靠近村子中心的地方；

二：敌人是在几乎全部战士去钓鱼或者狩猎——离开村庄的时候发动袭击。这意味着红步兽人观察霜狼的村庄已经有一段时间了。

杜隆坦抬起头看了盖亚安一眼，他们的视线交汇在一起。他明白，母亲和他有着同样的想法。“所有人，”他说道，“收拾好你们的物品。从现在开始，大家都要住到主篝火堆周围去。”

* * *

杜隆坦派出骑手召回了钓鱼和狩猎的团队，命令他们全部帮助族人搬运家什。

终于，最后一个家庭带着他们简单的家当——几件家具、兽皮，还有分配给他们的冬季食品来到了村子中央。在新房子造好之前，这里的兽人会暂时收留他们。杜隆坦和奥格瑞姆放下最后几件物品，接受了迁居家庭的感谢，便去公共篝火旁找德雷克塔尔。

“孩子们长大了。”杜隆坦说。

“孩子们总是会这样的。”奥格瑞姆不动声色地说。烤塔布羊腰的诱人香气在暮秋清冷的空气中飘散，虽然不得不中途返回，奥格瑞姆至少还是取得了一定的成功。

一阵愉悦的笑容出现在杜隆坦的脸上。他推了自己的朋友一把。奥格瑞姆笑着，鼻孔喷着气，伸手又从钎子上割下一块肉。这时，年轻酋长的表情恢复了严肃。

“我一直都没有见到过新生儿。”他说道，奥格瑞姆也冷静了下来。

“狼也没有生小崽，”奥格瑞姆说，“今年的牛群里也没有多少小牛。”

“这样也不奇怪，”杜隆坦沉思道，“食物变少了，能够让人吃饱的月份也变少了。”

“是的，”德雷克塔尔说道。他正和他们坐在一起，把手伸向篝火取暖，“这其中自有原因。生命之灵理解潮涨潮落的轮回。但如果没有新的小牛长大，我们又该吃什么？如果没有强壮的年轻兽人补充氏族的力量，霜狼兽人又会变成什么样？”他将一双盲眼转向杜隆坦，“你的谨慎拯救了很多人，杜隆坦。”

杜隆坦紧皱双眉，摇了摇头，“如果我能够更加谨慎一些，红步兽人也许就不敢攻击我们了。”

“即使是这样，也绝不能小看你所做的一切努力。孩子们在今晚的篝火旁玩耍，如果没有你预见性的规划和悉心照料，他们可能已经被饿死了。但谨慎并不能创造生命。”

“那么，生命之灵有没有给你任何预兆？”

德雷克塔尔摇摇头。“这段时间以来，众灵和我接触的次数变少了。不过我不需要幻象和信息就能知道一些很简单的事情。这个氏族现在强大而且健康，但现在不是未来。”

这句话对杜隆坦来说非常沉重。他想到了古尔丹和这个术士所承诺的新的土地，富饶、葱翠、生机勃勃的新土地。他很想知道，那名术士和他的部落是否已经启程前往那个神秘的世界。杜隆坦回忆起古尔丹那种令人不安的肤色，他眼睛里放射出的绿光，还有他用来装饰身体的骷髅。

杜隆坦摇摇头。他的全部理智，还有盖亚安、加拉德和德雷克塔尔都在告诉他，无论那个术士向他们做出了怎样的承诺，都会让他们付出代价。这时，一阵笑声从刚刚安顿好的一个家庭中传来，那是自由、喜悦和满足的笑声。

到现在为止，他的氏族依然强壮而健康。到现在为止，杜隆坦还可以安稳地走在自己的路上。

* * *

这个冬季非常严酷，它紧跟着一个干燥的秋天而来。树林中干瘪的果实上很快就结了厚厚的一层霜。人们在夏天一边低声抱怨一边收集的木柴现在保障了全族的温暖。夏季时他们将滴着甜美汁水的鲜肉腌渍晒干。现在，当暴风雪在门外疯狂咆哮，狩猎变得全无可能的时候，他们依然可以在温暖的房间里享受肉干带来的饱足。

当氏族聚集在赐予生命的篝火旁，杜隆坦会向年轻人讲述关于他的父亲和他第一次狩猎的故事。那时他学到了霜狼的真正意义。他还请求盖亚安讲述加拉德年轻时的故事，还有他自己小时候的故事。他邀请无法参与狩猎和战斗的年长兽人们坐在中央篝火旁，分享他们年轻时的回忆。对于所有讲故事的人，他唯一的要求就是他们的故事应该能引来众人的欢笑，或者“让大家觉得我们的氏族变得更好了。”

霜狼氏族平安度过了那个冬季，没有人因为寒冷和缺乏食物而死去。当春天终于回来的时候，他们把精心收藏的坚果和种子种植在泥土中，并精心培育。

没有人再悄声议论加拉德的“被砍倒”。没有人会提起古尔丹，除非是谴责他跑来这里散播恐怖。盖亚安告诉自己的儿子，他的父亲会为他感到骄傲。

但有一些事，杜隆坦没有告诉过任何人，甚至那么多次和他推心置腹的奥格瑞姆也不知道，他在深夜里有多少次无法入睡，在心中点数着他们还有多少桶干谷物，或者盘算他们是否还有足够的柯瓦克叶片来平缓小家伙们的咳嗽。以及他曾经有多少次在内心交战，怀疑自己做出了错误的选择。

他知道自己的父母之间是如何相处的，也清楚地记得加拉德是怎样与妻子商讨各种问题，向她寻求建议。毫无疑问，父亲肯定会将他所恐惧的事情讲与妻子听。也许为自己找一位妻子才是明智之举，但杜隆坦至今为止都没有发现任何女孩能拨动他的心弦。

也许只是因为他内心的压力实在太大了。

第九章

“要我说，今晚最后一个给仲夏日篝火添柴的人一定是舞蹈者，而不是酒徒。”奥格瑞姆说，“舞蹈才刚刚开始，那帮醉鬼却已经喝了不少了。”

杜隆坦笑了。不久之后，他会坐到石王座上。但现在还是白天，石王座又距离正在熊熊燃烧的篝火太近，坐在上面会很不舒服。他和奥格瑞姆站在村子的外围，舞者们正在欢呼呐喊，在遍布鲜花的草坪上腾跃。

他们度过了漫长而艰苦的一年，只为四位族人举行了葬礼。其中两个人在狩猎中牺牲，一个人死于意外，还有一位老兽人死在篝火旁。那时他讲完自己年轻时的故事，就这样进入到无尽的长眠之中。杜隆坦的族人对现在的生活很满意。他们并不抱怨酋长为他们安排的勤勉而简朴的生活。他们是霜狼，习惯于艰苦。今晚是他们狂欢庆祝的时刻，杜隆坦也和他们一起感到高兴。

“能看出你早就开动了。”杜隆坦指了指奥格瑞姆手中的水囊。他非常清楚，那里装的绝不是水。奥格瑞姆笑着将这袋苹果酒递给他的朋友。杜隆坦喝了一口，带有刺激性的甜美汁液流进他的喉咙。然后他将水囊还给奥格瑞姆。

“只喝了一口！”奥格瑞姆说，“酋长，你需要给你的氏族做一个好榜样，一口喝干！”

“我要做一个明天不会头疼得要死的榜样。”

“我也不会头痛的。”

“那是因为你们毁灭之锤的头壳都又硬又厚，就算是裂蹄牛在上面跳舞也不会……”杜隆坦的声音忽然低了下去。

草原上有一些异动，一个小斑点出现在远方。跳舞的人们都还没有注意到，它移动的样子不像野兽，也不会有霜狼兽人孤身走出那么远。杜隆坦认出那是一个兽人，而且那个兽人正径直向村庄冲过来。

红步。

自从上一个秋天遭到攻击之后，杜隆坦就命令族人对这个身带污血的丑恶“氏族”保持高度戒备。但今天，他没有安排巡逻队。今天他让自己的氏族彻底放松，享受节日的庆典。懈怠。他开始咒骂自己。

奥格瑞姆平静地说：“我去把狼带来。”

* * *

利齿感觉到了主人急迫的心情，他将耳朵紧紧抿在脑后，在草原上飞驰；奥格瑞姆的猛咬也是名不虚传。杜隆坦和奥格瑞姆并没有向氏族发出警报，那名奔袭而来的红步显然只有孤身一人，两个人应付他绰绰有余。但是当他们在族人面前跑过开阔的草地时，杜隆坦回过头，看见篝火旁的舞者们全都停止了动作，看着他们两个，面色变得紧张起来。

奥格瑞姆宽阔的背上绑着毁灭之锤，杜隆坦有力的大手中紧攥着雷击。他下巴紧绷，显示出坚定的决心。他们正处在入侵者的下风头，杜隆坦嗅了嗅，试图分辨出那种能表明敌人身份的污血气息，但他嗅到的只有兽人的麝香气味。

奥格瑞姆和他保持着一贯的默契："没有臭味。"

那个小点在他们的眼前越来越大。杜隆坦将重心后移，利齿的速度放慢下来。猛咬又向前冲了几步，奥格瑞姆才让他绕回来，站到利齿身边。

跑过来的那个人影肩膀显得很宽，杜隆坦一开始以为那是一名男性。但他渐渐注意到来者身体上的一些棱角，才发觉那是一个女人，只不过在肩头扛着什么东西。那个女人的步伐稳定有力。杜隆坦已经能看出她的身上挂着一片布，在太阳的照射下闪烁着蓝白色的光彩。

杜隆坦紧绷的神经很快放松，并不由得开始颤抖。喜悦如同锋利的刀刃将他切开。

"奥格瑞姆，我的老友，你真是有一个白痴酋长。"他一边说话，一边发出喜不自胜的笑声。

“我一直都有这种感觉，”奥格瑞姆说，“但为什么你会这么想？”

“今天是什么日子？”

“仲夏日，当……然……”奥格瑞姆睁大了眼睛。

“那不是红步兽人。那是霜狼！”

奥格瑞姆惊愕却又喜悦地高呼一声。两个兽人全都俯身向前，他们的座狼在欢快的情绪里再次发足飞奔，急匆匆地向那位霜狼女子跑去。来人停住脚步，等待着他们。她的肩头扛着一只雌塔布羊。微风吹起霜狼旗帜的一角，在她的身边抖动。当杜隆坦和奥格瑞姆停在她面前的时候，她的一双深褐色的眼睛正看着杜隆坦的眼睛。她咕哝了一声，耸肩卸下塔布羊，让猎物落在地上。她扁平的肚子裸露出来，肌肉强壮的双腿包裹在做工粗糙的长裤里，修长的手臂上也是肌肉虬结，棕褐色的皮肤显得温暖光亮。一颗紫色的水晶被筋腱制成的绳索拴住，挂在她的脖子上。她仰起头，笑着举起一把小斧头，向霜狼酋长致敬。那颗紫水晶也映射着阳光，闪闪发亮。

“你好，杜隆坦，加拉德之子，杜高什之孙！”她的喊声明艳清澈，“我是……”

“德拉卡，科尔卡之女，拉齐什之孙。”杜隆坦笑着说。

德拉卡把带回来的塔布羊放到利齿的背上，然后和杜隆坦一起向庆祝宴会走去。他几乎觉得有些头晕目眩，觉得心中被塞得满满的。当然，这一定是众灵送来的信息，告诉他一切很快就会好起来。杜隆坦从未见到有人从流放中归来，更让他不相信眼前的情景是回来的人正是曾经软弱无力的德拉卡，这像是命运的安排。她现在变得如此强壮，回到了她的家园，就在她的氏族最需要力量的时候。

她得到了英雄一样的欢迎。没错，她正是杜隆坦心目中的英雄。她曾经瘦得只有皮和骨头，又轻又小，弱不禁风，就像古尔丹带来的那个女性奴隶。但现在，她拥有发达的肌肉，强韧健美，英气逼人。杜隆坦记得她在众人的目光中离开氏族时不曾向任何人低头。所有的人——也许包括她自己在内——都相信她注定难逃一死。而现在，她又高昂着骄傲的头颅回来了。

德拉卡离开氏族已经有两年时间，她的父母都在这两年中去世了，但盖亚安用温暖的怀抱欢迎了她。一开始，德拉卡的身子还有些僵硬，但渐渐地，她抬起手臂，紧紧抱住这位女性长者。德雷克塔尔露出开心的笑容，当他给予这个女孩正式的氏族祝福时，声音还在不住地颤抖。杜隆坦为她让出了石王座，在片刻犹豫之后，她接受了酋长的邀请。杜隆坦亲自为她切了一块滴淌汁水的烤肉，德拉卡吃得狼吞虎咽。她有着强健的肌肉，但她的身材很瘦，非常瘦。全身上下没有一点多余的脂肪能够让她的线条显得柔美一些。杜隆坦则努力确保她能安静地享用美食，替她挡住人们潮水般的问题。

终于，德拉卡叹了口气，坐直身子，将一只手放在吃饱的肚子上。她向周围环顾了一圈，说道：“杜隆坦，我为你的父亲感到哀痛。”

“他死在了战场上，”杜隆坦说，“这不是需要哀伤的事情。”

他们对视了片刻，然后德拉卡说道：“你知道吗，我几乎不会回来了。”

“为什么？”

她毫无幽默感地笑了两声，盯着跳跃的篝火。太阳已经落下，现在篝火变得温暖宜人了。“我是被流放的人，我的氏族抛弃了我。”

杜隆坦感到心中一紧。“这是我们的处世之道，德拉卡。”

“所以我一直都没有回来。这一直……”她摇摇头，“霜狼做得很好，其他氏族都没能做到这么好。外面的世界是残酷的，杜隆坦，加拉德之子。”

“这里的世界也是一样。”

她转向他，褐色的眼眸显得无比专注，“外面的世界比这里要大很多。”

“你都遇到了什么？你是怎样活下来的？你都见到过什么？我想要听你说所有的事情。”

德拉卡仔细端详他，“为什么？”

原因有很多，所有这些原因都让氏族酋长理所应当地了解这位女子的情况。但杜隆坦犹豫了一下：“这里……发生了许多事，我会把它们告诉你，但我想要知道你所见到的一切。”

“为什么？”德拉卡继续问道。

“我现在是酋长了。我需要尽我所能保护霜狼氏族。你再一次成为霜狼氏族的一员——如果你愿意的话。你可以帮助族人，帮助……我们。”

德拉卡微笑着问：“还有呢？”

杜隆坦没有立刻回答。他并不特别亏欠德拉卡什么。他是酋长，德拉卡是回归的流放之人，他应该做的只是让德拉卡在氏族中拥有自己的位置。但德拉卡身上有着某种对他来说非同寻常的东西，让他不再想做一名酋长，不再永远都要斟酌自己说出口的每一句话，不再永远都要竭尽全力领导众人，不容许一点错误。

“我亲眼看到你离开，”杜隆坦在沉默了许久之后终于说道，“那时你腰杆挺得笔直，是那样高傲，但你又是那么瘦弱，仅仅是包裹的重量就要将你压垮，但你没有再回一下头。我觉得那是我能见到的最勇敢的事。去年，我向西方眺望，想着你是不是会回来。但你没有回来。”

“但我还是回来了。”她平静地说道。

“是的，你回来了。”

德拉卡笑起来，笑声微弱轻柔。她大胆地看着杜隆坦，仿佛因为她曾经遭受的一切，所以她有权利这样与酋长平等对视。也许她的确有这样的权利。最后，她似乎是做出了某个决定。她从石王座上站起身，伸展开修长强健的身躯，躺倒在草地上，看着灰色的烟雾从篝火上升起，盘卷萦绕，仿佛要去与星星相会。

“一直都是这样，”她说道，“南方富饶葱翠，而我们北方，我们的霜火岭，荒凉又单调。这一点我们都知道。让我们自豪的是，我们没有变得懒惰，我们一直在接受挑战的磨砺，让我们成为霜狼，而不是其他某个氏族，我很高兴我们是霜狼。即使我是一名流放者，从某种角度讲，我也为我即将的遭遇做好了准备，但南方兽人没有这样的准备。我知道霜狼兽人应该是什么样子，哪怕我的身体是孱弱的，我的心……”她攥起一只拳头，用力捶了一下自己的胸膛，“我的心是坚强的。我的心和我的头脑让我活了下来。机警和聪明，这两点足以让我活下来，直到我的身体足够强壮。”

杜隆坦专注地看着她，忽然意识到自己的眼睛一直都在盯着这个女孩。于是他也在她身边躺倒下去，虽然没有碰到她，但和她挨得很近。他们一同看着遥远的星空。杜隆坦一直都很羡慕那些安闲宁静的星星。

德拉卡继续说道：“我在上一个仲夏日的时候就能回来了，但我没有回来。我想知道，我的弱小，我被流放是不是有自身以外的理由。我想要知道外面都有些什么，所以我开始了一段旅行。”

“你去了哪里？”杜隆坦不知道自己能不能做出同样的事情，但他的氏族太重要了，已经将他紧紧拴住。如果他离开家人，离开他们的生活方式，他的心是会像德拉卡一样坚强，还是会变成碎片？如果他能够一个人生活一年，他会不会只是为了看看外面都有些什么而选择离开？

“我去了许多地方。南方，西方，东方，北方。我在东方看见太阳从一座山峰上升起。我迷失在一座古老的森林里，老祖父山和它相比，也显得那样年轻。我学会了如何狩猎、进食，还有许多东西。什么样的植物是可吃的，什么样是不能吃的。”

她转过头看着杜隆坦。在火光的映照下，她的眼睛里闪烁着橙红色的幻彩。

“一种枯萎的疾病正在蔓延，不过暂时还没有到这里。一切都变得病态、丑陋，生物不仅仅是死亡，而是……”她寻找着合适的词汇，“先被扭曲。这很难解释。”

“你有遇到其他兽人吗？”

她点点头。“是的，遇到过许多不同的氏族。其中一些是狩猎队，就像我们在这里遇到的一样。他们讲述了他们家乡的故事，告诉我他们是多么饥饿，多么害怕。”

“他们是那样说的？”

她笑了。“没有说那么多。但我能从他们的身上闻到。杜隆坦，他们很害怕。”她沉默了一会儿，又说道，“我也看到了另外许多事，我曾经和德莱尼一同旅行。”

“什么？”杜隆坦感到一阵惊讶。他知道德莱尼普遍生活在南方，不过也有一些居住在霜火岭附近，杜隆坦曾经见到过一次。被他们蓝色的皮肤，弯曲的角，长尾巴和带蹄子的脚迷住了，虽然他们看起来更像塔布羊，而不是兽人。后来他们很快就离开了。加拉德说过，德莱尼人在兽人面前总是会选择退却，他们是一个以羞赧胆怯而著称的种族，如果霜狼逼近他们，他们就会立刻离去。兽人和德莱尼一直在回避对方，这也保持了两个种族之间的和平。德莱尼从不会侵犯或者破坏霜狼的疆土。加拉德说，对于这些从不会向他们挑衅的人，只有想给自己找一点脸面的懦夫才会去和他们作战。

“那次旅行的时间并不长。他们狩猎的时候，我恰巧路过。他们都是生性和善又睿智的人，这是他们给我的礼物。”德拉卡将杜隆坦早先就曾注意到的那根项链举起来。即使是在昏暗的光线中，它依然闪闪发亮，“他们在北方建造了一个小规模的庇护所，给它起名为‘安息所’。那是一个安全的地方，在长途旅行中，他们可以在那里休息。有一次，当我受伤，需要休息的时候，他们收留了我。他们并不是我们想象的那种人。”

“他们看上去是那样……”杜隆坦努力寻找合适的词汇，“被动。他们不会战斗，就连塔布羊也懂得反击。”

德拉卡摇摇头：“不，他们是有荣誉感的，但他们也很强大，只是和我们不一样。我们曾经一同工作。”

“怎样工作？”德莱尼的语言在杜隆坦听来又快又模糊。德拉卡发出真挚有力的笑声。

“他们的话其实和我们并没有那么大区别，但我还是听不懂，我只学了几个单词和短语。他们不是兽人，但他们也是智慧生物。说实话，加拉德之子，我并不因为遭受流放而感到难过。你的父亲也许以为他给了我一个荣耀的死亡，但他其实给了我另一些东西。当然，这一切都结束时，当我生命的太阳落下的时候，我要让它落在这里，在霜火岭。”

他们就这样并排躺了一段时间，两个人都不需要再有什么交流。霜狼的狂欢还在他们周围继续——欢快的鼓点和笑声充满在空气中。奥格瑞姆已经不知跑到哪里去了，杜隆坦很想知道，他的朋友明天到底会不会头痛。想到此，他发现自己正在微笑。他感到很满足。在很长一段时间里，他第一次有这样的感觉。他相信，在离开氏族的这两年时间里，德拉卡一定遇到过很多令人兴奋的事情，他很想让她一一讲给自己听。

他的微笑很快就消失了：有一个问题他必须要问。他一直在拖延，享受着躺在这个女孩身边的惬意，一切都是这样简单，不必碰触，不必开口。但这件事，他不得不问。

“德拉卡，”他说道，“在你的旅行中，有没有听说过……一个术士？”

就像他所担心的那样，德拉卡充满厌恶的冷笑破坏了这个温柔的时刻。“呸！”她将头从他面前转开，愤怒地啐了一口，“绿皮奴隶主古尔丹。是的，没有错，我听说过他。他四处宣扬一个遥远的，完美的魔法之地，以此来欺骗兽人，让他们拜倒在他的脚下。他说那里的野兽会相互争斗，只为了决定由谁来当你的晚餐，说那里的水果会不停地从树上落下，甚至砸伤你的脑袋，说那里的鸟会尿出苹果酒。”

杜隆坦哈哈大笑，德拉卡也跟着笑了起来。他们躺在一起，在笑容中对视。片刻之后，杜隆坦和德拉卡讲述了古尔丹的来访，描述了那个术士和他的奴隶。德拉卡认真地倾听着。当他说到加拉德死在红步兽人手中的时候，德拉卡用臂肘撑起身子，她的目光始终没有离开杜隆坦的脸。

杜隆坦说了很长时间，讲述了德拉卡被流放之后在这里发生的每一件事，一句句话不由自主地脱口而出。和这个女孩交谈是这样简单，就连他自己都不知道是为什么。有一些事，他甚至都没有和奥格瑞姆提起过。也许这是因为德拉卡刚刚从流放中回来，在那些事发生的时候并不在场；或者是因为她在旅途中有了许多见识，能够为他提供一个新的视角；或者只是因为她身上散发出的那种令人舒服的专注感，仿佛她是在用自己的全部倾听他的话，而不只是她的耳朵。

当杜隆坦终于闭住嘴的时候，德拉卡说话了。

“红步兽人，”女孩的声音像冰川一样寒冷，“我见过他们。”

杜隆坦也用臂肘撑起身子，看着她，“和我说说。”

“这是他们的自称，因为他们用猎物的血涂抹自己。但这个名字其实是错的。”德拉卡缓慢地摇了摇头，她的黑色发辫也随之微微摇摆，“他们并不是红步，不再是了。”

“我不……”说到这里，杜隆坦明白了。

“他们用了……德莱尼的血？”

德拉卡点点头，“还有……兽人的血。”

第十章

第一场雪在德拉卡回来之后的第二十九天就落下了。这场雪并不大，落在地上的只有几朵水晶一样的小雪花。但雪从没有这样早地出现过，杜隆坦感到气恼又烦闷。

在夏天的时候，还有一些人反对他贪婪地储备给养的行为，当雪花飘落的时候，这种反对声立刻就消失了。对于天气的变化，兽人们无可奈何，但整个氏族都明白，他们应该庆幸自己为迅速到来的冬天做好了准备。杜隆坦对于族人们的勤勉耐劳也感到非常自豪。

德拉卡的意外回归激励了霜狼兽人。年轻兽人们都痴迷于她的故事——就连一些已经不那么年轻的兽人也都听得如醉如痴。在杜隆坦的要求下，她在鞣制好的干皮子上画下地图，描绘出她去过的地方，以及那些地方的种种风物特色。她还带来了霜狼氏族从不曾听闻过的技术：命中率更高的持弓方式；缠裹剑柄，让它们更易于抓握的方法。但杜隆坦知道，最重要的是，她带来了希望。如果一名流放之人能够在整整两年之后回到霜狼氏族，安然无恙，甚至更加强壮，那么他们一定能在这个世界中继续生存下去。

在落雪之后不久，杜隆坦请盖亚安、奥格瑞姆、德雷克塔尔和德拉卡来到他的酋长居室。这其中前三个人一直是杜隆坦信任有加的顾问，同时他相信德拉卡也一定能给他中肯的建议。一开始，这个新加入的人让其他人都有些拘谨不安，但渐渐地，大家全都放松下来。

“我一直都很想念霜草茶，”德拉卡从杜隆坦手中接过一杯温热的茶水时说道，“还有其他一些草药茶也很滋补，但味道要差许多。”

德雷克塔尔捧着自己的杯子，转过头向她问道：“其他草药茶？对我们而言，只有霜草茶和柯瓦克叶片是能够安全食用的。”

“我原先也这样想，”德拉卡说，“但我现在知道这种想法是错误的。火草和箭根也都是可以吃的。一只红麻佧叮了我的腿，幸好我咀嚼箭根做成药膏，才救下这条腿。而星星花……”她的眼眸闪烁起光彩，“嗯，如果你需要好好睡一觉，做一些有趣的梦，只要喝一杯用它泡的花茶就行。”

盖亚安有些笨拙地坐稳身子，她的神情显得格外震惊。“星星花只会给人死亡，而不是睡眠。我们都得到过这样的教导，你也是一样，德拉卡。为什么你会喝下那种药水？”

“我喝下它的时候，并不知道那是什么。”德拉卡说，“雷神氏族的兽人说它有助于让精神平静。”

盖亚安缓慢地摇摇头，“你言之凿凿地告诉我们，它不是毒药，但……”

“毫无疑问，我们的祖先这样教导我们是有原因的，”杜隆坦说，“可能有些人喝下了过于浓烈的星星花药剂，再也没有醒过来。”

“这可能给予我们很大的帮助，”德雷克塔尔说，“任何能够治疗和喂养族人的东西都是一份礼物，德拉卡，科尔卡之女，拉齐什之孙。请你稍后来萨满屋舍，告诉我们你还学到了什么知识。”

德拉卡的双颊突然红了起来，杜隆坦几乎笑出了声。这个女孩在兽人们认为无异于死亡宣判的流放中生存下来，走过了许多地方，也曾经见到在身上涂抹腐败污血的兽人，却依然保持着刚强又不失幽默的个性……而她现在脸红了。突然之间，杜隆坦明白了。

他轻轻将一只手按在德拉卡的手臂上：“你已经不再是流放之人了，德拉卡。你是我们的一员。你一直都是。”

德拉卡哼了一声，甩脱杜隆坦的手，嘟囔了一些杜隆坦没有能听清的话。但她看着杜隆坦的眼睛里充满了感激。

随后不久，趁着天气还好的时候，杜隆坦组建了一支狩猎队。他很想亲眼看到德拉卡在狩猎中示范她传授给族人的各种技术，便邀请德拉卡一同出发。但让他惊讶的是，德拉卡拒绝了。

“为什么你不参加？”他问道。

“因为我不想去。”

“我们需要你的技巧，德拉卡。我们需要知道你所学到的知识。”

“我在这里，在这个村子里已经教过许多人，”她说道，“弓箭手和战士都学得很快。”

她大步走开。杜隆坦追了上去。“霜狼需要你和我们一同狩猎。”

“你们这两年里都不曾需要过我。”她丢下这样一句，继续向前走。

任何氏族成员都不会在酋长说话的时候这样肆意地走开！杜隆坦有些生气了，他抓住德拉卡的手臂，逼迫她停下。德拉卡想要把手臂拽开，一双黑眉紧皱在一起，强有力的下巴两侧凸起了肌肉的棱线。

就像所有男性兽人一样，杜隆坦的手要比德拉卡的手臂粗壮了许多。“我是你的酋长，”他怒气冲冲地说道，“你要听从我的命令。”

德拉卡那双像大地一样的深褐色眼睛里仿佛深藏着许多秘密。她用这双眼睛紧紧盯住杜隆坦的双眼：“这就是你的统治方式？也许我还是应该远离此地。”

杜隆坦放开她，后退了一步。“不，这不是我领导族人的方式。而且，你能回家来，我完全不知道该如何形容自己有多么高兴。”

他等待着她再一次大步离开，但她只是站在他面前。这让他重新鼓起了勇气。这一次，他平静下来，认真地说：“如果你不愿意，就不必和我们一起行动。但我只是不明白，德拉卡，你有这么多东西要教给我们，为什么你不和我们一起去狩猎？”

德拉卡的眉毛皱得更紧了。她转过身说，“你知道，我小时候身体很弱，没有人教过我该如何使用武器，也没有人认为我能活到可以使用武器的时候。我只能自己学习使用它们，或者就去死。”她耸耸肩，“我学会了。”

“是的，你让我感到吃惊，德拉卡。”她转过头看着杜隆坦，为酋长的真诚和谦逊感到吃惊，“请将你学到的技艺展示给我们看，我，我自己就非常想看。”

“但有一些事情，我在流放中没有学会，”她说道，“有些事情我根本没有机会学习。杜隆坦，我能够狩猎，但……我不会骑狼狩猎。”

就算是这个女孩现在把他揍一顿，杜隆坦也不可能更吃惊了。德拉卡小的时候从没有得到过杜隆坦过多的注意。杜隆坦是酋长之子，而且像大多数小孩子一样，他一心只想着自己想要什么，渴求什么，还有他能感知到的困难。他一直都以为所有霜狼兽人都知道该如何骑乘，即使是那些遭到流放的人也不例外。但德拉卡实在是太瘦弱了，很明显，就连她的父母也认为她会被流放并因之而丧命。一个将死之人为什么需要学会骑乘？

“听我说，”杜隆坦温柔地说道，“你可以。今天，你就将和我一同驰骋，在一个光荣的位置上——利齿的背上。你将坐在我的身后，在我的耳边告诉我该怎样做，如何握持武器。我会听从你的教导。所有人都会看到你在向我传授技艺。以后，当没有其他人看见和议论的时候，我会带你到村外去，教会你如何骑乘利齿，或者是选择你自己的霜狼。只有我来教你，而不是其他任何人。”

德拉卡的脸美丽而又棱角分明，竖在她嘴角的那一对小獠牙格外锋利。现在那张脸上的表情从隔阂与戒备变成了开朗和惊愕。她认真地看着杜隆坦，然后低下头，单膝跪倒。

“你让我感到荣幸，酋长。”她说道。女孩的声音稍稍有些颤抖。

杜隆坦俯下身，要把她拉起来。“不，德拉卡。我——我们所有人——才是感到荣幸的。来吧。”他笑着向她伸出手，“来给我们露一手。”

她试探着伸出手，那是一只生满老茧的，非常有力量的手。上面的指甲因为辛苦的劳作都被磨秃了。杜隆坦的大手将它包裹在其中，粗大的手指轻柔地握紧它，仿佛握住了一份珍贵的宝藏。

他们带回六头塔布羊，氏族在那一晚举行了宴会。

尽管过早的落雪让人们在身上和心中都感觉到了寒意，但这个秋天还算是温和。树木结出了足量的坚果，大量水果被勤劳的霜狼兽人晒干并储藏起来。氏族在上一个秋天就掌握了储备这种食物的经验。霜火岭甚至还迎来了一段时间的秋暑，这让杜隆坦能够轻松地与德拉卡进行单独骑行。

现在德拉卡已经得到了一头霜狼的青睐。在出生只有几天的时候，霜狼氏族的孩子就会和狼群一同玩耍，同狼崽建立密切的关系。他们的第一位霜狼朋友往往能够活着与他们一同见证十五个季节的轮回。而这位朋友的去世总是会伴随着巨大的哀伤和深深的敬意——这经常会是霜狼兽人一生中第一次失去亲人的体验。随后会有另一头霜狼选择这名失去挚友的兽人。这种模式被不断重复，直到死亡逼迫这名霜狼兽人撇下他的最后一位狼朋友，就像寒冰和加拉德的分离。失去主人的狼会一直深陷于哀痛之中，直到他选择另一名兽人。有时候，这样的事情永远不会发生，那头狼在余生之中都没有人能够骑乘他了。

没有人比德拉卡更吃惊……一天晚上，寒冰从狼群中走出来，卧倒在正坐在篝火旁的德拉卡身边。德拉卡一直都是个大胆而且心志坚定的女孩。还是个孩子的时候，她就曾经用单纯而好奇的目光注视过这头巨狼，但她现在几乎不敢相信双眼所见的景象。

“呃……他选择了……我？”德拉卡问道。在说出最后那个字的时候，她的话音都有些走调了。杜隆坦向她保证，这正是寒冰所做的选择。女孩伸开双臂，抱住了杜隆坦父亲的座狼。杜隆坦在她的眼睛里看到了喜悦的泪光。一开始，杜隆坦还有些担忧。寒冰是一头强大而且顽固的霜狼，但寒冰似乎感觉到了德拉卡的犹疑，对待这个曾经的流放者就像对待一只狼崽。

奥格瑞姆开始无情地逗弄杜隆坦。“她会成为一位很好的妻子，就连你父亲的狼都这样想！你们能够生出最优秀的孩子。她强壮又美丽——而且，”他又说道，“还比你聪明。”

“你说的都对，老朋友，”杜隆坦说，“就连最后这一点都是对的。”

“你不觉得她很讨人喜欢吗？”

“我根本形容不出自己有多喜欢她，但我觉得现在不是向她说这些话的时机。现在还有许多事要做。”等冬天再说吧。

奥格瑞姆气恼地低吼了一声，“如果你不是我的酋长，我一定会打你一耳光。当然，我不应该进一步伤害你的脑袋，现在你甚至缺乏足够的智慧，让你知道感谢并接受摆在你面前的礼物。”

“你可以试一试！”杜隆坦发出挑战。自从世界变得严酷以来，他和他的儿时老友第一次打成了一团。没过多久，他们有了很多淤伤，还有更多的笑声。

* * *

冬天来了，就像死亡一样无法逃避，向世人显示出它的残酷。尽管去年冬季的猎物就已经少得令人无法相信，今年的猎物更加稀少了。狩猎队不得不出发去很远的地方寻找兽群，有时候会连续数日都无法回来。有一次，库尔戈纳尔率领他的队伍两手空空地回到村子。他将酋长拽到一旁。

“我们看见了塔布羊，”他生硬地说，“但我们没有追赶他们。”

“什么？”杜隆坦不得不压低自己的声音。库尔戈纳尔脸上阴沉的线条告诉他，这不是一个应该让族人知道的消息。杜隆坦用更低的声音问：“为什么不追？”

“它们生病了。”库尔戈纳尔说，“是一种我们从没有见过的病。它们看上去就好像没有了生命，只是还能动弹。毛发从它们身上一块块剥落，它们的皮肤……看上去是绿色的。”

杜隆坦感觉到一阵和寒冷无关的战栗。“它们可能是吃了什么有毒的东西，”他说道，“有时候，毒草能够让动物在死亡前改变肤色。”

“甚至变成绿色？”库尔戈纳尔怀疑地问。

“我的父亲曾经告诉我，他遇到过一个几乎像德莱尼一样全身蓝色的兽人。他说，在其他氏族的水源受到污染的时候会发生这种事。如果能变成蓝色，为什么不能变成绿色？”

库尔戈纳尔的神情放松了一些。“可能就是这样。只是我从没有见过这种情形。很高兴知道你的父亲曾经这样说过。”

“我也是，”杜隆坦承认，“不过，不要和大家提起这件事。我们现在的麻烦已经够多了。没有必要让我们的梦里也充满忧虑。”

* * *

一天晚上，族人们聚集在篝火旁，听古拉格诵唱洛克瓦诺德。他的声音是氏族中最强有力的。一群兽人的笑声和欢呼声忽然和颂歌的词句混合在一起。现在正有一支巡逻队在村周围执勤，所以杜隆坦知道，能够走进村子的一定是回来的狩猎队。听到这个声音，所有人的表情都明亮起来——这意味着食物。他们已经连续十二天只能吃干果子和腌鱼了。

“酋长！”诺卡拉一边走近一边高喊。他还骑在狼背上，火光照亮了他鼻子和尖耳朵上的圆环，也映照出他灿烂的笑容，“我们带回了好消息！”

“你们的平安归来就是好消息，不过我相信你们并不是空手而归的。”

“我们带回了三头塔布羊……还有来自众灵的昭示！”诺卡拉从狼背上跳下来。德雷克塔尔向诺卡拉转过了头。

“这要由我来判断，诺卡拉，但我像所有霜狼一样，很高兴能听到你这样说。”盲眼萨满说道，“你们看到了什么？”

“我们跟踪塔布羊群的足迹到了老祖父山的山根，”诺卡拉说，“那里出现了一片以前并不存在的湖泊。”

“那周围还有青草，”诺卡拉的女儿莎卡萨插口道。她是那样兴奋，甚至等不到父亲把话说完。这仅仅是她的第三次参与狩猎，但她已经逐渐成为了氏族中最优秀的追踪者之一。她有一双锐利的眼睛，只有她从父亲那里继承的锐利舌头堪能与之相比，“酋长，那里的水是热的！”

兴奋的窃窃私语声在人群中响起。“那肯定是得到了火焰之灵的祝福，对不对，德雷克塔尔？”诺卡拉急切地问道，“在我们经历过的最可怕的严冬之中，我们却找到了这样一片绿洲？”

“我听说过泉眼中冒出热水，但从没有这样的热泉突然出现过。”杜隆坦说。

“我也不曾听闻这样的情形。我已经活得够久，听过许多古老的故事，”德雷克塔尔说道。他显示出谨慎的乐观态度，“奇怪的是，火焰之灵并没有来找我。不过我相信，它施行这样的奇迹肯定不是为了让我们对它感恩戴德。众灵不会如此。我相信，这是一个很好的兆头。现在我们知道了一个会吸引猎物的地方。它们能够在那里找到食物，这意味着我们也能找到食物。”

“还能洗澡！”诺卡拉说，“它和夏季冰冷的湖水完全不一样。你一定要来看看，酋长，亲眼看看这件礼物！”

第二天一大早，杜隆坦和另外几个人，包括奥格瑞姆、盖亚安和德拉卡在内一同骑乘座狼来到老祖父山脚下。看到这副奇景，杜隆坦瞪大了眼睛。正像诺卡拉和莎卡萨所说的那样：一个小泉眼，本应该早已冻结成固体，现在却不断喷涌出冒着热气的水。它的周围是一片葱绿，和厚厚的白色雪垫形成了鲜明的对比。当杜隆坦走进这一潭令人心旷神怡的清水中时，几乎有些烫的泉水先是让他震惊，随后便给他带来深深的抚慰。他也相信，火焰之灵正在向他们露出微笑。

第十一章

在梦里，德雷克塔尔能够看见许多。

在他的梦中，他来到老祖父山脚下的那一眼热泉前面。从雪兔到裂蹄牛，各种生物正和平地聚集在这片绿草地上。就像以往每一次一样，当他注视这座宏伟的山峰时，便能看到老祖父山的面孔——古老到超过一切历史。一直以来，这位老祖父的表情都是恬淡而亲切，也许遥远，但非常亲切。

现在，老祖父山的岩石面孔却变得扭曲，仿佛正在发出无声的狂啸。就在德雷克塔尔心怀恐惧地注视那座高山的时候，他脚下生出了丑恶的黑色根茎，将他捆缚在地面上。他看到一滴泪水凝聚在老祖父山的眼角。那不是清澈的水滴，而是一滴硕大的红色液体，沿着他的岩石面颊滚落。那颗泪滴在滚落时不断变大，变成一股小溪，一道奔流，一条血河。

血泪猩红而黏稠，源源不断地注入山脚的池塘中，将其变成一池沸腾的猩红色滚汤。本来平静地聚集在池水周围的生物全都发出痛苦的咆哮。他们的身体变成了黏腻的灰色尘埃，随血水飘动，很快就化作一片厚重的毯子，覆盖在池水之上，紧接着又被红色的液体吞没。

德雷克塔尔听到一阵恐怖的声音，意识到这是他自己痛苦的尖叫。他低下头，看见自己的褐色皮肤，随后他的目光深入到身体内部，透过肌肉和骨骼，看到每一根血管里流动的液体。那不是血液，而是火焰，白色、黄色和橙色的烈火。

他的尖叫持续不断，嘶哑但却凶暴，让他的喉咙仿佛被一片片撕碎，直到他向黑暗睁开眼睛。

“醒醒，德雷克塔尔！”呼唤他的声音平静而又熟悉，是帕尔卡。片刻间，盲眼萨满不明白自己为什么无法看见，他觉得自己的眼睛一定是被老祖父山的血泪烧瞎了。然后，他才回忆起咬瞎自己的那头狼。

他坐起身，拼命寻找帕尔卡的手，一找到就将它紧紧攥住。

“叫杜隆坦来，”他用沙哑的声音说，“马上！”

* * *

德雷克塔尔从不讳言自己年轻时的鲁莽无知，他也正是因此而失去了双眼。但在杜隆坦的印象里，这位盲眼萨满永远都是那样睿智而镇定。现在，杜隆坦却看到他在不停地颤抖，摸索，飞快地说着话，却又语无伦次，仿佛想到什么就会说什么。这让这位年轻的酋长内心深处开始剧烈地颤抖。

他抓住盲眼萨满胡乱挥舞的双手，握紧，然后竭力用平静的声音说："德雷克塔尔，是我，杜隆坦。深呼吸，老朋友，告诉我你都看见了什么。"

盖亚安也随杜隆坦一起来了。盲眼萨满向他们讲述了自己在梦中见到的景象，他仓猝惶惑的话语就像是那条从老祖父山巉岩嶙峋的面颊上滚滚留下的血河。薪火传承者和酋长越听越感到担忧。杜隆坦完全不明白这代表着怎样的含义，但它们让他从骨髓中感到一阵阵寒冷。

"你认为这是什么样的征兆？"盖亚安问。

德雷克塔尔摇摇头。杜隆坦感觉他的身子还在颤抖。他说道："这是一个警告，非常清楚，这是一个关于那一眼泉水的警告！"

"但我们都以为那是一个好兆头。"杜隆坦说。他的一双浓眉因为忧虑和困惑拧在一起。

"如果它曾经是好兆头，那么现在它只剩下了血和灰烬，周围全是死亡。"德雷克塔尔说，他向杜隆坦扬起双目昏暗的面孔，"氏族必须离开这里，趁我们还有时间！"

"离开？"盖亚安盯着他，"我们不能离开！从我们成为霜狼氏族开始，霜火岭一直是我们的家园！是众灵给了我们石王座，老祖父山一直在护卫者我们！我们的根在这里！"

"正是那些根让我没有能逃离那个幻象，"德雷克塔尔提醒她，"是那些根毁了我。"

盲眼萨满的话让杜隆坦颈后和手臂上的黑色毛发直立起来。他从没有多想过一名萨满的人生会是什么样子。对于萨满，他只会羡慕他们与众灵的深厚联系，而现在，听着德雷克塔尔越来越恐怖的话语，他第一次感觉到言语无法形容的庆幸——这幸好不是他的命运。

盖亚安转向他。“这是我们的家，杜隆坦，”她对自己的儿子说道，“德雷克塔尔有可能是误解了这个幻象。那一眼热泉对我们来说只会是好事。难道你会抛弃我们无数个世代以来所知道的一切，只是因为一个梦？”

“你让我很受伤，盖亚安，”德雷克塔尔说，“我宁愿在这件事上错了，那是多么高兴的事。”

杜隆坦坐下去，心中充满矛盾。他面前的这两位兽人都拥有非凡的智慧，深得他和整个氏族的尊敬，也都得到了古老传统的支持。他从来不曾感觉到酋长的责任是如此沉重。他爱自己的母亲，也无比信任她，但德雷克塔尔能够和众灵对话。盲眼萨满的话急迫慌乱，闻之令人胆寒，但杜隆坦同样能感受到这番话的笃定无疑，这让他做出了最终的决定。

“母亲，”他低声说，“去找奥格瑞姆。让他带德拉卡绘制的地图来，就是那张有德莱尼安息所的地图。我们要离开家乡了。如果德雷克塔尔是错的，我们还会回来，那样我们损失的只是时间。但如果他是对的，我们留在这里……”他甚至无法将话说下去。

盖亚安给了她的儿子一个痛苦而愤怒的眼神，獠牙周围的嘴唇扭曲变形，但她还是点了一下头，僵硬地说道：“你是我的酋长。”

随后便去执行命令了。

杜隆坦又和德雷克塔尔一起坐了一会儿，确保盲眼萨满将每一个可怕的细节都告诉了他。然后他命令帕尔卡召集其他萨满，帮助德雷克塔尔做好撤离的准备。当他走出萨满居所的时候，发现盖亚安和奥格瑞姆正在一群人面前争吵。

“我们尊敬德雷克塔尔，但也许这只是一个梦？”格鲁卡格问。

“我们需要时间搬运全部的谷物和腌鱼桶，”古拉克坚定地说，“每个人首先都应该参与这个工作。”

“不，”诺卡拉说，“我们首先需要我们的武器。如果我们要转移，就必须能够保护自己。”

怒火在杜隆坦的头顶燃起，就像德雷克塔尔所描述的那条河流一样鲜红、滚烫。他大步向人群走去。但没有等他开口，德拉卡的声音已经在人群中响起。

“你们的酋长给了你们命令！”她高声说道，“从什么时候开始，霜狼兽人学会了抱怨和不服从命令？像只有奶牙的狼崽一样相互啃咬？这里不是你们吵架的地方。就连我，一个离开氏族两年的人，也知道这一点！”

即使是在这样的时刻，即使胸中充满怒火，杜隆坦还是从德拉卡激烈的斥责中感觉到温暖和坚强的力量。奥格瑞姆是对的，他从没有遇到过比德拉卡更值得追求的女子。实际上，他一直在担心自己会不会配不上她。

“我就在这里。”杜隆坦高声说着，走到篝火的光亮中，“我是杜隆坦，加拉德之子，杜高什之孙。众灵接受了我，你们一样也接受了我。现在，众灵向我们最具智慧，经验最丰富的萨满送来警告，这个警告很可能将会拯救我们的生命。我听到我的命令被质疑了？”

没有人回答。他看着奥格瑞姆的眼睛点点头。奥格瑞姆扬起拳头：“战士和猎人们，到我面前来。我们要准备好武器。”

“我来指挥收获种子和加工食物的人。”德拉卡说。

“我生过孩子，”盖亚安说，“希望和我一起照顾小孩子的人来找我。我们要把孩子们带到我的屋子去，照看他们，直到其他人……”

一阵悠长而阴森的吼叫充斥在冰冷的夜空中。一开始声音很低，随后逐渐升高，又再次低落。杜隆坦神经紧绷，努力倾听，想要搞清楚刚刚发生了什么。那是老祖父山的哀嚎吗？就像德雷克塔尔所说的那样？他几乎是立刻就意识到，那是一种他更加熟悉的声音，同时也足以让他的心中充满警惕。

村中的每一头霜狼都嘶声长嚎，形成了一种怪诞而恐怖的和声。

一瞬间，杜隆坦感觉到一阵炽热突然向他的脸上袭来——但他的背后才是篝火。他抬双手遮住面孔，转过身，完全无法理解到底发生了什么。几乎无法忍受的高热从南方袭来。他转过头，勉强将眼睛睁开一条缝隙，想要寻找热浪的源头……

流动的火焰闪耀着如同铁匠铸炉口一般的橙红色强光，从老祖父山的最高峰喷涌而出，高高射向天空，照亮了那座大山的每一个棱角罅隙，随后飞速落下，变成熔岩溪流，在大山上描画出一道道蜿蜒曲折的轮廓线。

血的河流。

片刻之后，黑夜被炸开了。

霜狼的哭嚎被震耳欲聋的爆炸声淹没。兽人们喊叫着捂住双耳，许多人都跪倒在地。杜隆坦的面孔因为痛苦而扭曲，他也拼命捂住了几乎要失聪的耳朵。

燃烧着的熔融石球如同雨点般在他们周围落下。杜隆坦听到了恐怖的惨叫声，嗅到了皮肉烧焦的气味。他吸进一口灼热的空气，打算呼喊命令。这时却有另一个声音响起，强壮而且镇定。

“空气之灵！请接受我求助的呼唤！”

这是德雷克塔尔的声音。杜隆坦将目光从痛苦的老祖父山转开，把自己从恐怖景象所造成的震慑中拔脱出来。他看到氏族的众位萨满站成一排，手臂伸开，脊背弓起，都将手杖指向天空。

原本宁静的夜幕中，忽然从北方刮来了一阵风。极度的寒冷和凛冽的湿气缓冲了杜隆坦和其他霜狼兽人承受的热浪。他们都开始剧烈地颤抖。杜隆坦又回头去看正在爆炸中喷出橙色火流的大山——厚重的灰色烟云随同火流一起从峰顶涌上高空。他看到无形的湿冷空气形成一阵阵波涛，将灰色的浓烟逼退。不成形状的石块还在他们周围落下，上面冒着烟，但它们表面已经冷却了。

“流水之灵！请将你们的泪水借给我们！”

空气中飘起了大片的白色雪花，由空气之灵挟带着向喷火的高山扑去。杜隆坦在心中感激着众灵，它们正协力保护霜狼氏族，抵挡它们变得异常危险的火焰兄弟。但他知道，他们的平安只是暂时的。火焰正在反击，熔岩洪流正不可阻遏地向霜狼村庄涌来。

现在没有时间进行井然有序的撤离了。杜隆坦向前迈步，他的双脚已经完全摆脱了一直束缚着他的畏惧之根。高温空气烧灼着他的肺。

“奥格瑞姆！”他一边高喊，一边扫视被吓坏的族人们，“盖亚安！德拉卡！”

“在这儿，杜隆坦！”奥格瑞姆的声音微微颤抖着，但这名高大的战士还是推开众人，向酋长走过来，“下令吧！”

“集结战士和猎人。你们每个人骑乘一头狼，拿一件武器。你要先派一些人向北疾驰，找到德拉卡所说的那个安息所。你看过地图。你觉得你们能找到那里吗？”

“但……”

杜隆坦抓住他的副手的胳膊，让他转过身，看着老祖父山。“那条火焰河流的行进速度很快。萨满能挡住它的时间很有限。我再问一次，你还记得她所说的位置吗？”

“是的，我记得。”

“很好。每人一件武器！出发！”

奥格瑞姆点了一下头，又挤进人群，一边大声呼吼着要战士们跟他走。杜隆坦咳嗽几下，转向盖亚安和德拉卡。萨满的风墙挡住了毒性最强的烟瘴，大雪缓和了灼烧兽人气管的高温，但杜隆坦对奥格瑞姆说的话没有错，萨满的防御已经开始被削弱了。

“妈妈——骑上歌手去萨满居所。你的任务是趁萨满们还能挡住火焰的时候收集知识卷轴和医疗草药。你是我们的薪火传承者，你知道哪些最珍贵。但，”他按了一下母亲的肩膀，“一定不要耽搁太久，只收集能轻易携带的。听德雷克塔尔的命令。当他命令撤退的时候，立刻撤退。如果他自己拒绝离开——就把他带走！”

杜隆坦的话让盖亚安打了个哆嗦，但她还是点了头。杜隆坦明白，一想到氏族的历史将要灰飞烟灭，母亲的心肯定都要碎了。但她是霜狼，她知道，氏族的生存比一切都重要。

又是一阵巨大的爆裂声。杜隆坦猛转回头，看到老祖父山一块巨大的面颊滑落下来，仿佛是被裂斩砍掉一样。又一阵流火从创口中喷出，就像是鲜血从伤口流出。

一只手紧握住他的手臂。他转头看见了德拉卡，他们的目光交汇在一起，一股不同于老祖父山火焰之血的热流在他们之间涌动，但现在每一分一秒都是宝贵的。“把狼群集结起来，”杜隆坦对她说，“查看每一幢房子，给每两个人一头狼，有小孩的家庭要再多给一头狼。确保没有人被落下，然后……”

“向北逃，去安息所。”她打断了杜隆坦，话语简练急切。杜隆坦察觉到她还握着自己的手臂。下一刻，他伸手按住她的手，向村中的小屋一摆头。德拉卡没有再说一句话，像离弦的箭一样疾奔而去。

即使对于霜狼兽人而言，北方也只有世界之缘。那是众灵栖居的地方，是对生命最为严苛的地方，或者根本没有生命能活下来。德拉诺的南方一直都是富饶繁盛之地，那里的居民拥有各种能够轻易获取的奢华美食，可能是霜狼兽人永远都无法品尝到的。但现在，南方罹患了疾病，南方的山脉饱受烈火的折磨，反而是北方给了生命一个活下去的机会。

杜隆坦又吸了一口灼热的空气。这给他受伤的肺叶造成了剧烈的痛苦，但必须呼吸。“霜狼兽人们！”他喊道，“不要绝望！德雷克塔尔的预见已经让我们得到警告！现在我们勇敢的萨满挡住了老祖父山的火焰之血，让我们能够聚集起家人，向北转移。奥格瑞姆和德拉卡会让狼载着你们到达安全之地！他们的命令就是我的命令。服从他们，我们一定能活着度过这一夜！”

仿佛火焰之灵在向他发出嘲笑，又一阵头颅大小的石块雨坠落下来。一些石块被萨满弹开了，但还有一些击中了地面和房屋。更多恐惧的呼喊声撕碎了这个已经破烂不堪的夜晚。

“听我的！”尽管觉得自己的喉咙就像是刚刚被灌进火焰之血，杜隆坦还是高声喊道，“你们不是塔布羊！你们不是猎物，即使面对危险，你们也不会惊慌地四散奔逃！听从德拉卡和奥格瑞姆的指挥，听从萨满的指挥。保持镇定。向北方前进！你们是霜狼！现在，你们要更加清楚地记住‘霜狼’意味着什么！”

“霜狼！”一个声音在人群中喊道。“霜狼！”又一个声音发出回应。越来越多的呼喊声响起。充满勇气的吼声在空中回荡，挡住了被烈火吞噬的山脉发出的稳定而恐怖的咆哮。这不是萨满诵唱的圣歌，它本身就拥有不可思议的魔法和力量。兽人们不再像裂蹄牛群一样拥挤在一起，而是开始行动——没有慌张混乱，只有明确的目的和快速的动作。

杜隆坦又在原地站了一会，看着德拉卡安抚一小群被吓坏的族人，给他们分配了最稳健的坐骑。在另一个方向上，跟随奥格瑞姆的战士们发出一阵战吼。杜隆坦跑进自己的屋子，拿起裂斩和雷击，还有德拉卡绘制的旅行地图。在去找利齿之前，他做了他命令德拉卡去做的事情：走遍了村中的每一幢房子。

看到泼洒在地上的饮料，散乱的皮毛被褥和被丢弃的木制玩具，他感到一阵阵心痛。霜狼将会失去这么多辛勤劳动得来的宝贵财富。石王座，从古老时代起霜狼兽人就在上面起舞庆祝仲夏日的草坪。很快，所有这些都将被埋葬在火焰之血的洪流下。但霜狼一定能坚持下去。

任何艰难险阻都无法困住霜狼。过去不会，将来也不会。

第十二章

杜隆坦带领着最大一批逃难的氏族同胞首先离开了被毁的村庄。他命令奥格瑞姆和他的战士们作为队伍的后卫，德拉卡和盖亚安最后负责寻找走散的族人和保护萨满尽快追上来。杜隆坦的队伍骑在狼背上向北进发。不需催促，每一头狼都在以最快的速度发足狂奔。但即便如此，烟尘还是紧紧地追赶着他们，刺伤他们的眼睛，彻底遮蔽了夜空。现在他们就连大树的树梢都看不见了。他们无法依靠星星来指路，令人窒息的灰色尘毯完全挡住了星光。

但杜隆坦有地图，他不需要星星和月亮，就能找到德拉卡告诉他的安息所，只要全速向北方奔驰几个小时就能到达。根据德拉卡的描述，安息所有一片巨大的淡水湖泊。有湖水的地方就会有动物，还有能够耕种的土壤。而且那里还有能遮风避雨的地方——德拉卡向他保证过：那里有许多大块的砾岩，其中一些很长很薄，它们在漫长的岁月中倾倒堆砌，形成了天然的房屋。而且这些石屋位于一片开阔平原的中央，这意味着他们能够有很好的视野观察猎物和靠近的敌人。最后，那里有树，就意味着有燃料。

德拉卡还在地图上画出了一路上的地标：一棵被闪电击中过的大树，一段古老的河床。在从这些地标旁边经过的时候，杜隆坦的精神在群狼长嚎之后第一次振作起来。

终于，他们找到了安息所。这里的确有数十堆巨石，它们的位置让它们能够成为理想的庇护所。杜隆坦派出一小队人收集木柴，指示他们，如果有必要的话，可以砍伐活树的枝干。之后他会请德雷克塔尔向大地之灵忏悔，请求原谅。想到这种讽刺的现实，杜隆坦抿了抿嘴唇——一条火焰的河流摧毁了他的村庄，迫使他们逃离家园，但一小堆安定的火焰对他们而言却意味着生命。

许多氏族成员都因为恐惧和长途奔逃而精疲力竭。杜隆坦让能睡觉的人尽量睡下，像他一样无法入睡的人则负责照料篝火、站岗放哨。

在杜隆坦点燃篝火之后没多久，奥格瑞姆带着他的战士们到了，没有一人伤亡。但他们并没有严格遵守酋长的命令，而是在他们的狼背上驮了远远多于一件武器的物资。杜隆坦因为他们的抗命而责备了他们，却在心中暗暗感到高兴。这一切都发生得如此之快，他们几乎全都是净身逃出了村庄。现在，他们的威胁——至少是那条火焰河流迫在眉睫的威胁——消失了，这些战士带来的每一件武器都会有很大的用处。

时间一点点过去。终于，盖亚安和德拉卡到了。看到她们两个和她们率领的队伍，杜隆坦的心才算放下。盖亚安从歌手背上滑下来，双腿颤抖了一会儿，才迈步向儿子走过来。杜隆坦用力拥抱了她。

“很高兴你来了，母亲。”杜隆坦说道。他向那些萨满望过去，他们都疲惫不堪，几乎无法从狼背上下来。“但……卓库尔和雷卡戈在哪里？”

“来不了了，”盖亚安低声说，“他们选择留下来，抵挡火流到最后一刻。其他人也都想要留下，帕尔卡和我不得不用强力劝服德雷克塔尔离开。”

杜隆坦知道，奢望整个氏族能够完全平安脱险是愚蠢的，但他一直在这样奢望着。“他们的牺牲会随同洛克瓦诺德一起被传唱。至少德雷克塔尔和其他萨满还和我们在一起，我们将比以往任何时候都更需要他们。药物和卷轴呢？”

哀伤的皱纹深深地堆积在盖亚安脸上。“大部分都损失掉了，”她回答道，“我只带出来一点。”那些卷轴都是古老且无可取代的，但萨满牺牲生命拯救了霜狼族人，却无法拯救它们。为了保存那些卷轴，盖亚安也绝不会吝惜自己的生命，但传承比卷轴更重要。

有人在呼唤盖亚安。薪火传承者转过身，杜隆坦没有阻拦。他的眼睛在新到的人群中寻找着德拉卡。当他们四目相对的时候，杜隆坦才明白自己一直都是多么担心她。

德拉卡用手臂环抱着泣不成声的莎卡萨。看到杜隆坦时，她低声向那个女孩说了些什么，又用力抱了她一下，才向酋长走过来。她面色严肃，来到杜隆坦面前就直接说道：

“有族人牺牲了。”

“盖亚安告诉我有两位萨满留下了。”杜隆坦开口道。但是看到德拉卡在摇头，他陷入了沉默。

“我们失去了科尔格姆和帕加，还有他们所有的孩子。”

杜隆坦觉得自己就像是被裂蹄牛踢了一下肚子。“什么？整整一家人？怎么……”

“我是带队的人，”德拉卡的声音中充满自责，“是我的错。莎卡萨刚刚告诉我，那一家人在队伍的最后。莎卡萨说他们最小的孩子翟戈忘记了一件玩具。”德拉卡的声音微微颤抖着，“他滑下狼背，向屋子跑去，一家人都去追他。他们向莎卡萨保证，他们会追上来。”痛苦掠过她的面庞，“我甚至不知道他们走了。”

杜隆坦伸手按在她的肩膀上：“你只有两只眼睛，德拉卡。如果没有人到前面来告诉你，你又怎么能知道？至于说帕加和科尔格姆……我无法想象他们该怎样面对这个选择。我不相信你能够阻止他们，让他们丢下自己的孩子。德拉卡，即使你知道翟戈跑掉了，你也无能为力。”

他理解德拉卡的心情。从逻辑上来说，那对父母正确的做法是继续撤离，放弃一个孩子，以拯救其他的孩子。但当他看着德拉卡的时候，他发现自己正在想象如果和这位非凡的女性结合，成为孩子的父亲，那时他又会怎样想，怎样做？他能够做出那样的选择吗？还是他也会赌上一切，只为了救自己的孩子？一个独一无二的小生命，来自于爱和坚强有力的羁绊，能够就这样被放弃吗？

这样的想法让他感到沉重和不安。他强迫自己压抑下起伏不定的心情，至少先让自己的声音镇定一些："我们都是霜狼。其他兽人也许会认为这是很容易做出的选择，但我们不行。现在，我们的孩子比以往任何时候都更加珍贵。你能就这样撇下他吗，德拉卡？"

奇怪的是，他觉得这个女孩的回答对他来说将至关重要。她移开了目光，杜隆坦能够看见她喉头的起伏。然后，她向他转过那双温暖的深褐色眼睛。

"不，"她低声说道，"如果那是我的孩子，我会用我的一切去拯救他，无论后果会怎样。也许你不知道，杜隆坦，但在这一点上，德莱尼和霜狼是一样的。他们深爱着他们的孩子，会用自己的生命保护孩子。"

那么一瞬间，杜隆坦觉得德拉卡的回答很奇怪，但他立刻就想起——正是德莱尼将德拉卡带到了这个地方。他发现自己又开始对这位坚强的女性都有过怎样的经历感到好奇了。

他让自己的双手从德拉卡的肩头落下，后退了一步。"休息一下吧，德拉卡。你辛苦了。"

德拉卡露出哀伤的微笑，"我会有很长一段时间无法安心休息了，杜隆坦。我相信你也一样。"

* * *

逃离霜火岭之后的第一个早晨，黎明显得灰暗而寒冷。南方的群山中依然能看到缭绕的烟尘。空气还相当污浊，但至少不会在呼吸时烧灼肺叶了。霜狼们随身携带的水和食物——只有零星的一些水囊和坚果袋——都在昨晚被吃喝干净了。杜隆坦决定去寻找那个湖泊，德拉卡要求陪他一起去。

德拉卡曾经告诉过他，这里是一个避难所。但是当这两名霜狼兽人站在湖边的时候，杜隆坦知道这里已经无法再被称为避难所了。这里还有森林和巨石，能够为他们遮风避雨，帮助他们抵挡猛兽或敌人的攻击，但他们眼前的这片湖水上覆盖着一层灰色尘埃。愚蠢的动物喝了有毒的湖水，变成腐烂肿胀的尸体，半冻结在湖边的冰面上，显得格外可怕。现在是冬天，但杜隆坦能清楚地看到，这一地区的草木在几个月以前就都枯死了。完全没有新鲜的粪便能够让他们相信，这一地区还有任何猎物。

在这个本应生机盎然的地方，他们默默地看着死去的湖水，寒冷的灰色清晨只是映衬出一副令人绝望的景色。

“请原谅我，酋长。”德拉卡在长久的沉默之后开口道，“我带你走上了一条死路。”

“不来这里，我们也只会盲目地逃向别的地方。”杜隆坦用安慰的语气对她说，“至少这里还有石屋，让我们有机会重整队伍。”

德拉卡狠狠地喷了一下鼻息，她显然是在对自己感到气恼。“我一直在让氏族失望。”

“难道你不觉得，我也一直在这样想我自己？”杜隆坦问她。

德拉卡惊讶地看着杜隆坦。很明显，她从没有想到过这一点。杜隆坦的氏族几乎失去了一切——他们的家园，他们的历史，甚至还有孩子的生命。杜隆坦却把他们领到了一个荒凉的地方，几乎就像那个被覆盖在坚硬岩石下面的村庄一样荒凉。

“我们必须把关于这个湖的消息带回去。”杜隆坦说。

德拉卡深吸了一口气。“我们会找到洁净的水源，还有能够维系生命的土地。你必须相信这一点，酋长。更重要的是，你必须让他们相信这一点。”

她是对的。没有了对首领的信任，氏族就会毁灭。杜隆坦低声表示同意，然后他们转回身，向那一片岩石房舍走去。

第十三章

非常年幼和非常老的人是第一批死去的。

随着残忍的灰色阳光覆盖了大地，一位母亲发出哀痛的哭号，她发现自己沉沉睡去的孩子再也不会醒来了。在随后的几天里，又有一些人开始了痛苦不堪的咳嗽。他们柔嫩的肺无法从灼热和灰烟的侵蚀中恢复过来。最年长的人没有足够的体力抵抗老祖父山崩毁的最初几分钟所造成的严重伤害。送别死者的任务令人心碎，更引发了一系列的争执——有人想要砍伐树木火化尸体，另一些人则坚持埋葬尸体。但活人比死人更需要木柴，而土地都已经冻结，变得异常坚硬。到最后，兽人们收集石块，覆盖在死者身上，至少让食腐生物无法啃食这些勇敢的霜狼兽人。

每天都会有队伍被派遣出去。一些人去狩猎，另一些人去搜寻食物和清水，这些物资都很匮乏。一些人再也没有能回到安息所。那些被派去寻找他们的人或者遇到了被食腐兽咬坏的尸体，或者能幸运地找到那些走得太远，迷失了道路的族人，但还是有一些人，无论怎样寻找都再也找不到他们的半点踪迹。杜隆坦首先想到的是红步兽人攻击了他们，但没有迹象表明那些令人厌恶的怪物出现过。杜隆坦开始希望他们在霜火岭被火焰彻底毁灭了——也许这是那一场灾难中唯一的好事情。

他们找到了一些水——有的空树洞中保留着没有被火山灰覆盖的清水。第一批落下的雪花很肮脏，不是白色，而是灰色，但经过一段时间之后，它们终于变得洁净了。在雪水中加入一些东西烹煮似乎也能让它们更适合入口。用松针、草药和地蔓果煮的汤变成了族人的主要食物。在最初被流放的日子里，德拉卡身体不够强壮，无法猎捕大型动物，只能以昆虫和小动物为食，她也因此而精通了设置陷阱的技巧。当成年人外出狩猎的时候，她就教孩子们如何布下陷阱。每隔几天，陷阱里都会捉到一些小动物。这些猎物被切碎放进汤里，这样至少每一个人都能得到一些营养了。

杜隆坦竭力保持氏族的士气，制造新的物资以弥补他们的损失。他鼓励族人将所获不多的几张皮子鞣制出来。刚开始，骄傲的霜狼兽人对于将兔子皮缝制成被褥的想法只会嗤之以鼻，但没持续多久。或粗或细的树枝被收集起来，编成篮子和其他容器。树干被挖空用来储存越来越难以找到的水。

德雷克塔尔和其他萨满努力向众灵寻求答案，但众灵的声音却越来越难以听到了。在一个非同寻常的夜晚，德雷克塔尔听到水之灵对他说，要注意一只直线飞过大地的红樫鸟，或者在早晨，或者在黄昏。于是孩子们便有了一个游戏——观察鸟雀。杜隆坦答应他们，无论是谁找到这样一只鸟，氏族都会专门为他写一首歌曲。

这是他们从众灵那里得到的唯一一个预兆。许多天过去了，天空中什么都没有。杜隆坦开始怀疑，也许那只鸟再也不会出现了。

直到它出现的那一刻。

* * *

德拉卡、杜隆坦和盖亚安黎明之前分别率领两支狩猎队出发。奥格瑞姆则受命进行巡逻，保卫营地。当杜隆坦回来时，奥格瑞姆正大步走向营地。“真高兴你回来了，”他对杜隆坦说道，“我对于众灵的事情可是一窍不通，只有德雷克塔尔知道。”

德雷克塔尔正坐在一块岩石上，宁静安详。在他身边，诺卡拉最小的女儿妮兹卡可是一点都不安静，她显得非常激动，一刻不停地玩弄着她那根长辫子。这会儿她正用她的小牙齿咬着辫梢。杜隆坦走到年长的萨满面前，眉毛紧皱在一起。

“出了什么事？”他问道。

德雷克塔尔说：“水之灵给我们送来了一只红樫鸟，正像它承诺的那样。”

“什么？”

“年轻的妮兹卡首先看到了它，就在黎明之后。她和其他孩子们一直跟着那只鸟。她告诉我，那只鸟落在了距离这里不远的一块大石头上。我们在等你回来进行调查。”

“你说过会给我写一首歌的，大酋长！”妮兹卡细声细气地说道。诺卡拉和卡葛拉站在妮兹卡身后，一直在注视着他们的小女儿。片刻间，杜隆坦有些想不明白他们和往日里有了些什么样的区别。然后，当他看清楚的时候，他险些跌了一跤。

所有人都在微笑。

杜隆坦发觉自己的目光已经不知不觉地转向了德拉卡。她也显得惊愕却又高兴。当她和杜隆坦对视的时候，脸上的微笑就变得更加灿烂。杜隆坦费了些力气才将目光转回到妮兹卡身上。

“你应该得到一首歌。”他说道，“而且不仅是这样。我认为你还应该与我和德雷克塔尔一起去进行调查。我们现在就去看看那块红樫鸟引领你找到的石头。”他将妮兹卡放到自己没有披甲的肩膀上，妮兹卡发出欢快的笑声。他已经多久没有听到过这样的声音了？

水之灵啊，杜隆坦心中想道，请不要戏耍我们，不要在这个时候。“那么，告诉我，目光犀利的小英雄，那只红樫鸟飞向了哪里？”

“那边！”妮兹卡指了指方向，又将辫梢放进嘴里。帕尔卡扶德雷克塔尔站起身，四个人一同朝孩子所指的方向走去。他们不孤单，德拉卡很快也来到杜隆坦的身边，向他和那个欢天喜地的孩子微笑。盖亚安也来了。不等杜隆坦反应过来，他的身后已经跟上了一小群人。

妮兹卡领着他们来到一堆石头前。在这片介于有毒湖水和森林之间的平原上，这堆石头处在正中央的位置。“就是这里。不，不，不是那一块，是另外一块，那边的那块。看起来很像睡着的鸭子的那一块。”

在杜隆坦看来，那块石头并不像睡着的鸭子。他们向那块石头靠近，杜隆坦的步伐逐渐慢了下来。这会是什么？它只是平地上的一块石头。他们曾经见到过，却从没有注意过的石头。它看上去没有任何特别的地方。杜隆坦知道，这里不会有水。

德拉卡来到他身边，给予他无声的支持。奥格瑞姆困惑地盯着这块大石头。帕尔卡靠在德雷克塔尔身边，向盲眼萨满悄声描述这里的情景。

德雷克塔尔显得有些困扰。“水之灵已经给了我们昭示，”萨满坚持说，“我们要做的是理解它。妮兹卡，孩子，那只鸟落在了哪里？”

“就在这上面。”妮兹卡说。杜隆坦将肩头的女孩交给她的父亲，走到这块岩石前面，仔细查看它，在上面寻找裂缝，希望能看到珍贵的清水从其中渗流出来，但什么都没有找到。他在大石块旁边跪下去，伸手按在光秃秃的地面上——没有潮气，这块石头并不只是压在地上，它有一部分还被埋在土中。

他站起身，转向奥格瑞姆，他们的目光牢牢锁在一起。杜隆坦的老友了解他，所以杜隆坦什么都不必多说。他们并肩站立，也许他们没有血缘关系，但他们是精神上的兄弟。他们一同将肩膀抵在大石块上，一同用力。

什么都没有发生。他们又试了一次，然后又是一次。

这时，德拉卡走过来，也用肩膀顶住了这块大石头。作为一名女性，她很强壮，但她还是缺乏男性兽人的体重和绝对的肌肉力量。她的努力无助于让这块石头移动。杜隆坦想要对她说些什么，让她退开。她却只是一甩头，眼睛里闪耀着不容置疑的决心。杜隆坦点点头，三个人再次一齐用力。

“众灵认为我们是值得拯救的！”德雷克塔尔的声音响起，“水之灵告诉我，你们显示出了对于它的信任。在此之前，我被禁止帮助你们，但现在我得到了许可。”

德雷克塔尔站稳身子，在杜隆坦的注视下，他走向大石，将手杖从一侧挥至另一侧，让手杖轻轻划过这块大石头的曲线。然后，他将手杖的末端插进大石头下面的沙质土地中，深入大约一个手掌的长度。这里的地面太坚硬了，没办法插得更深一些，就算德雷克塔尔有足够的力气，这支细小的手杖也不过是树梢末端的一根嫩枝，他再多加些力气可能就会把它折断。杜隆坦知道，用这根小木棍不可能将这样的巨石撬起，这一点他很清楚，但他还是希望自己错了。

他全神贯注地看着这一幕，甚至不敢呼吸。盲眼萨满将身体压在手杖上，木杖在他的体重下弯曲。杜隆坦准备着听到那个不可避免的断裂声，但就在这时……大石块移动了。德雷克塔尔继续按压手杖，无论杜隆坦觉得多么不可思议，那块巨石还是离开了在数不清的岁月中一直与它结合在一起的地面。

巨石松动了。杜隆坦、奥格瑞姆和德拉卡跳上前，他们的体内涌起了新的力量，把巨石猛地向旁边推出数尺。耗尽体力的杜隆坦喘息着，转头去看巨石下的那个大坑。

他惊讶地发现，那个坑里并不是冻结的干土，而是泥巴。他跪倒下去，开始挖出大块被水浸透的泥土。土坑慢慢汇聚成水潭。这的确是水之灵送给他们的礼物——还有大地之灵，它一直隐藏着这处水源，保护它，让它没有受到落灰的污染。

杜隆坦尽可能小心地用大手捧起尽量多的清水，站起身，看着眼睛里满是兴奋的妮兹卡，然后向她走了过去。

“这个小家伙看到了水之灵的启示。”他对聚集在面前的人们说，“她跟随那个启示来到这里，她将是第一个饮用这一眼清泉的人。然后是德雷克塔尔，是他看到了众灵的预兆。”

妮兹卡舔舔干裂的嘴唇，贪馋地看着杜隆坦手中的清水，却说道：“不，应该让德雷克塔尔先喝。他是我们的长老，如果不是他告诉我们，我就不可能知道要找红樫鸟。”

杜隆坦感到眼睛发热。他努力让自己说话的声音不会颤抖：“妮兹卡，诺卡拉之女，葛泽克之孙……你是一位真正的霜狼兽人。”

妮兹卡将腰杆挺得笔直，眼睛里闪耀着自豪。杜隆坦转向德雷克塔尔，将稍有一点浑浊的水捧给他。帕尔卡将盲眼萨满的手引到杜隆坦手掌下，接过那一捧水。德雷克塔尔迫不及待地喝了几口，然后抬起被润湿的脸。

“纯粹且干净，”他的声音因为激动而颤抖，“除了有一丝我所深爱的泥土味道。”补了这一句之后，他大笑起来。最后的一点紧张情绪烟消云散，每一个人都发出宽慰的笑声和欢呼声。小妮兹卡被举起来，由一双双充满爱意的手臂传递着。她是今天的英雄……

“大家都尽情痛饮吧！”杜隆坦大喊，“然后我们回营地去，带着我们做好的碗回来。我们要开怀畅饮，直到再喝不下一滴水。虽然我们被老祖父山带来的毁灭赶出家园，但流水之灵和大地之灵已经告诉我们，我们没有被忘记。”

他后退一步，看着大家。在这黑暗而漫长的几个星期里，他的心从没有这样充实过。干净的饮水意味着更少的疾病；意味着能够走更远的路去寻找食物。等到他们将水源挖开，野兽们也会到这里来饮水。这意味着他们将有食物填满空了太久的肚子。

“今天是一个好日子。”德拉卡说。她已经站到了杜隆坦的身边。

“是的，”杜隆坦回答，“一个在黑暗的时代中值得我们铭记的日子。”他转向德拉卡，“你用肩膀顶住了石头，尽管你并不可能移动它。”

德拉卡耸耸肩，看上去有些拘谨。“我觉得有必要这样做，德雷克塔尔不是也不可能移动它么。”

“德雷克塔尔所用的方法和我们都不一样，他得到了众灵的协助和建议，你却什么都没有。”

德拉卡平静地看着杜隆坦，摇摇头，也甩动了她的长辫子。“你错了，我有你，我的酋长。”

她的话深深地触动了杜隆坦。突然间，杜隆坦很想要她知道一件自己从不曾告诉过别人的事情，甚至盖亚安和奥格瑞姆也不知道。杜隆坦明白，只有她能理解这件事，只有她才能够理解他。霜狼的年轻酋长不习惯变得脆弱，给予别人伤害他的力量，但他能感觉到，德拉卡绝不会滥用他将要给予她的信任。

杜隆坦深吸了一口气："自从我父亲死后，一切都变得很难。你也许听到过人们暗中的议论。"

德拉卡侧过头，不确定杜隆坦到底想要说些什么。"是的，我听到过，"她诚实地回答，"到最后，他甚至没有能举起自己的武器。"

"他害怕的不是战斗。"杜隆坦低声说。就在人们在他周围尽情庆贺，依照他的命令痛饮泉水的时候，他将父亲在死前与一种怪异的疾病奋力抗争的事情告诉了德拉卡。盖亚安和德雷克塔尔当然知道此事，加拉德生病的时候，正是他们在尽力照料他。但除了他们以外，杜隆坦从没有向任何人提起过这件事，甚至连奥格瑞姆都不知道。德拉卡认真地听着，完全没有插口说一个字。杜隆坦告诉她发生了什么，以及这件事是如何驱使他竭尽全力想要除掉一切关于父亲的回忆中的污点。

"所以，"等到杜隆坦说完之后，德拉卡终于开口说道，"你不仅要应对失去父亲的痛苦，以及我们绝对不会面对的挑战和困难……而且你还背负着一个额外的重担，要让所有人看到加拉德的荣耀。一个氏族真正的力量在于彼此支持的能力。我很高兴你能有你的母亲和奥格瑞姆帮助你，杜隆坦，但即使是这样，你的试炼也远远超过了其他人的想象和能够承受的限度。”

杜隆坦一直都受到族人们的尊敬，到现在他才明白，在加拉德去世以前，他的人生要比氏族其他成员都更加轻松——因为从没有人拒绝过他。但此时此刻，当他伸手去握住德拉卡的手时，心中却充满了忐忑。她的手在他手心里，是那么小。

“是的，我是幸运的，”他说道，“我有长老们的智慧和一个比亲兄弟更亲的朋友。但你是对的，我的肩头也背着沉重的担子。”

杜隆坦回头看了一眼自己的族人，其中一些人已经拿来了工具，有几名兽人正在努力挖开这个珍贵的水源。

他又向德拉卡转回身，目光落在她放在自己手心里的小手上。在说完所有的心里话之前，他不想去看她的表情。“德拉卡……你很聪明，能够给我很好的建议；当氏族受到伤害的时候，你会用温柔的心对待族人。有些话我一直都不愿意说，因为我觉得我没办法给你什么。在这以前，成为酋长的妻子意味着荣耀和舒适的生活，但现在，我什么都没办法给你。你能得到的只有责任，被迫和我一同做出困难的决定。但……我觉得如果你能在那样的时候帮助我，我一定能做出更好的决定。如果我的心中能有你的爱，我的心也一定会变得更加坚强。还有……”

现在，他终于有勇气看了她一眼。德拉卡瞪大了眼睛，呼吸变得非常急促，但她没有将手抽走。“尽管我会给你带来许多重担，但我会尽全力做一个好丈夫。德拉卡，科尔卡之女，拉齐什之孙……你愿意接受我吗？”

德拉卡的表情变得温柔起来，温暖的深褐色眼睛里闪动着泪光。“杜隆坦，加拉德之子，杜高什之孙，”她说，“你说得很对，对我们而言，这是一个黑暗而且令人畏惧的时代。你的肩头已经有了很多重担。没有人知道明天还会有什么样的挑战在等着我们，正因为如此……”

杜隆坦强打精神，准备接受她的拒绝。

“……你才是个彻头彻尾的大白痴，竟然这么晚才和我说这些话。我会一直陪着你，只要你愿意听我说实话。”

他们的族人依旧处在饥饿的边缘；他们的房屋很不够，没有人能够真正享受温暖；就在不久之前，他们还没有可靠的水源，但只要杜隆坦能看到德拉卡害羞的，甜美的，充满爱意的脸，这一切就都不算什么。

“正因为你总是会说实话，我才爱你。”他说道，“我会一直爱你，直到我的最后一息，无论发生什么。”

“无论发生什么。”德拉卡回应。

* * *

正在为清新水源而欢欣鼓舞的霜狼兽人们在听到这个消息的时候发出了雷鸣般的欢呼。德拉卡刚刚回到氏族中的时候，人们都只是用好奇的眼光看着她，但她很快就以她的知识和技巧证明了她对于氏族的价值。那天晚上，族人们用石块和木头迅速为这对新人搭建起一幢小屋，他们两个就在那里永远地结合了。当德拉卡躺在杜隆坦的臂弯里时，她的丈夫重重地哀叹了一声，说这里根本配不上她。德拉卡推了丈夫一把——兽人女孩的动作凶狠却又轻柔，她告诉他，她需要的只有他。

他们拥有彼此，氏族拥有他们——一对将心连在一起，将为霜狼氏族付出全部力量，用坚强的意志率领族人的夫妻。只要他们一息尚存，他们就会为霜狼的生存和未来全力奋战。

无论发生什么。

第十四章

整个冬季，霜狼氏族都全心全意地崇敬着众灵。尽管火之灵毁掉了他们在霜火岭的家园，但在这漫长、黑暗和贫瘠的数个月中，每天每时每刻他们都欢迎火的存在。感谢水之灵派来的红樫鸟，那一眼地下泉水保障了整个氏族不致遭受干渴之苦，霜狼氏族也对这眼泉水精心照料，从没有让它冻结过。就像杜隆坦预料的那样，洁净稳定的水源吸引来了猎物，于是他们在得到了饮水的同时也得到了更多的食物。至少一开始是这样。但随着时间的迁移，前来饮水的动物越来越少了。而且这些动物也比杜隆坦以前见到的更小，更脆弱。杜隆坦想起了库尔戈纳尔所说的“绿色”的塔布羊。感谢众灵，至今为止这样的变异生物还没有在他的眼前出现过。但很明显，这种疾病正在动物群落中蔓延。不管怎样，坚强的霜狼兽人还是开始了仓促逃亡之后的重建工作——在微弱的冬日阳光中，衣服、工具、武器，各种物资正由冰冷的手指逐一制造出来。

在一个可怕的夜晚，一场暴风雪扫荡了这片平原。他们没有得到任何预警：片刻之前，天空还洁净如镜，没有一丝风吹过，甚至空气也要比之前的许多天温暖一些。但是突然袭来的风暴要比任何时候都更加凶猛残忍。

两支狩猎队被困在暴风雪中，只能和他们的狼拥抱在一起，在严寒中苦撑。两个兽人——一对母子正在前往泉水的路上，他们在距离营地不远处迷路了。大雪遮蔽了他们的眼睛，肆虐的狂风将他们朝错误的方向揪扯，淹没了寻找他们的人所发出的呼唤。还在营地中的人也全都被大雪埋没。他们用了几天时间才从这场突然降临、毫无征兆可言的打击中恢复过来。

杜隆坦被迫禁止一切追悼死者的行动，直到春季到来。要找到并清洁尸体，再收集石块掩埋他们需要太多体力——这是他们现在无力承担的损耗。

“她是我的妻子！”格鲁卡格喊道，“和我唯一的孩子！”格鲁卡格的冷静镇定和他强大的力量在族中都是有名的。多年以前，他在玛格拉中挑战雷神氏族也是因为那个兽人冒犯了霜狼氏族的荣誉，并非是因为他怒火中烧，头脑发热。但现在，眼前的一切狠狠地撕裂了他的心，他在眨眼之间就失去了全部的家人。

“我不会轻视你的痛苦，”杜隆坦说，“我知道你对他们的感情有多么强烈，我们现在已经人丁稀少，每一个族人的逝去都会伤害整个氏族——让我们每一个人感到深深的伤痛。但玛盖阿和普尔祖会想让你为了搬运石头盖住他们的身体而死在严寒之中吗？他们会不会希望有任何霜狼兽人因此而死？”

很明显，格鲁卡格想要反驳，但他无话可说。氏族现在有了一些食物和饮水，但这些物资都太宝贵了。即使心中无比痛楚，他也很清楚这一点。他只是盯着杜隆坦，在沉默了很长一段时间之后，阴郁地点点头，转身离开。

那天晚上，杜隆坦辗转难眠。德拉卡躺在他身边，一只手轻抚他的胸膛，任由自己的丈夫深陷在沉思之中。终于，杜隆坦说话了，他的声音冰冷而生硬。

“我迷失了，”他说道，“绝望的黑狼和我只有一线之隔，当我什么都不知道的时候，当我所学的一切，我的父亲教导我的一切都被一场暴风雪彻底摧毁的时候，我又该怎样领导好我的族人？如果当时有更多的族人远离营地……”

“但他们都在这里，”德拉卡用臂肘撑起身子，看着自己的丈夫，“在黑暗的时刻，当太阳没有露出面庞，黑暗的念头很容易就会滋生。”然后，她又露出微笑，那笑容和杜隆坦现在的心境实在是截然不同，“但即使看上去世界已经死亡，生命依然是存在的。”

杜隆坦哼了一声。“今天，生命就在我们面前消失，而众灵几乎没有对我们发出一点声音。生命之灵……”

德拉卡握住丈夫的大手，将它放在自己平坦的小腹上。

“就在这里。”她对他说。妻子的声音很轻柔，微微颤抖。

杜隆坦凝视着她，几乎不敢相信她的话。然后，他将妻子抱进怀中，用力抱紧。

* * *

春天到来了，阴沉而且寒冷。小孩子们爬上树梢寻找鸟蛋，却经常是双手空空地回来。曾经被这里不多的青草吸引来的动物全都消失了，纷纷转移到其他地方寻找食物。

在整个冬季，霜狼氏族只能在沉郁的气氛中坚守这片苦寒之地。现在，随着冰雪消融，他们也终于不再安于现状。离开此地就成了族人心中最急迫的想法。

但是随着虚弱春天的回归，古尔丹也来了。

一名信使送来消息，告知霜狼氏族："部落首领古尔丹将与加拉德之子，杜高什之孙，霜狼氏族酋长杜隆坦谈判。"

杜隆坦看着这名骑着消瘦灰狼的兽人，沉默良久才回答道："古尔丹怎么知道我的父亲已经不再是酋长？"

信使耸耸肩，回答道："古尔丹是术士。他想要知道的，就一定能知道。"

这句话让一阵寒意掠过杜隆坦的脊背。古尔丹上一次来进行谈判的时候完全没有向加拉德显示任何力量，杜隆坦相信这个术士这一次不会再那么老实了。他回想起盖亚安对这个术士的厌恶；德雷克塔尔也坚持认为众灵不喜欢古尔丹。霜狼的年轻酋长很想拒绝第二次打着谈判旗号前来的古尔丹，但他不得不承认，自己多少也有一点好奇。霜狼氏族并不容易被找到，为什么古尔丹会费这么大力气来和他们接洽？这一次他又会提出什么条件？

更重要的是，他想要从杜隆坦和霜狼这里得到什么？

而且对于兽人团结一致这件事，杜隆坦比以往更加有兴趣。德拉卡就曾经和其他氏族打过交道，不仅是和异族兽人，甚至还和奇怪的德莱尼一起打过猎。这些经验让她的人生更丰富，见识更加广博——她从中学到的技巧更是确保了她能在这个严酷的世界中活下来。杜隆坦又想到了那个恐怖的夜晚——老祖父山淌下火焰的河流，喷出毒烟和热灰——那场灾难至今都在折磨着霜狼氏族。还有孱弱的兽群，患病的动物，不会成熟的苦涩水果，不再葱郁变绿的草原。一定有很多人因为食物缺乏而没有能撑过这个冬天，或者在距离安全之地几步远的地方死在了暴风雪之中。

“我会与古尔丹谈判，”他对信使说，“但我不会做出任何承诺。”

盖亚安，德雷克塔尔和奥格瑞姆都很不喜欢酋长的决定。他们与杜隆坦和德拉卡坐在他们的新屋中。这对新人结婚那天之后，这幢小屋又得到了加固和扩建，但现在五个人坐在里面依然显得很局促。不过他们也有意凑到了一起，压低了说话的声音，以免被屋外的人听到。几乎没等众人放好自己的斗篷，把冰冷的双手放到火堆上烤暖一点，盖亚安就开始了发言：“他已经被霜狼拒绝了。”

“杜隆坦不是他的父亲，”奥格瑞姆合理地指出这一点，“而且自从古尔丹第一次与霜狼谈判之后，又发生了很多事。也许他认为杜隆坦会对他有不同的回应。”

“杜隆坦是他父亲的孩子，是一个真正的霜狼。”盖亚安说，“我们的氏族经受了这么多苦难，”她转过头，带着恳求的神情对儿子说，“你肯定不会在这个时候抛弃我们的道路吧？”

“奥格瑞姆说的没错，我不是我的父亲。但我相信我们氏族的处世之道，还有我的父亲领导我们的方式是正确的。不过，听听他要说些什么应该没有坏处。也许这一次，他会给我们带来切实的证据，证明他口中所说的那片丰饶沃土的确存在。”

“那个动物们会争抢着成为你的晚餐的地方？”德拉卡说。众人都露出了微笑。酋长的妻子继续说道：“我承认，我很高兴你决定和他会面。我从没有见过这名术士，但我听过很多关于他的传闻。”她轻轻碰了一下丈夫的手臂，面色变得严肃起来，“小心，我的爱人。我的确拿他开过玩笑。但就我所知，他非常危险。”

“我认为，”杜隆坦盯着哔啵作响的火焰，回忆起那条燃烧的河流，“我已经学会如何重视危险了。”

* * *

当古尔丹骑狼进入营地的时候，霜狼兽人竭力依循传统，表现出氏族的庄重与威严。古尔丹的部队一进入视野，鼓手们就用大鼓敲响了速度相当于心跳的稳定节律。杜隆坦穿上装饰骨片和亮色羽毛的外衣，站在全体氏族成员之前迎接客人——那些羽毛都是孩子们在风暴暂时停息的日子里努力搜集来的。他的一只手握着雷击，背上绑缚着裂斩。一条长斗篷从他的肩膀上垂挂下来，是用兔子皮缝制而成的，装饰的骨片也只是来自于一些小动物。不过这都没有关系，不管他披在身上的是裂蹄牛皮还是兔子皮，斗篷是新还是旧，他都是杜隆坦，霜狼氏族的酋长。

德拉卡站在他身旁，脖子上戴着一串骨质项链，在深棕色的喉头下，项链上也点缀着羽毛。她浓密的黑色发辫上系着仪式小珠。两年以前，这些珠子曾经是盖亚安的发辫装饰。那时薪火传承者还是霜狼酋长的妻子。在杜隆坦的左侧是高大沉静的奥格瑞姆。盖亚安站在德拉卡身旁。德雷克塔尔靠在那根曾被众灵赐福，撬起巨石的手杖上，站在奥格瑞姆旁边。

“部落的首领”古尔丹来了。和加拉德还是酋长时相比，这一次他带来了更多的随行人员——六名强健得令人惊讶的兽人。毫无疑问，是他们保护这个术士平安穿过了灾难频生的荒野。他们都披着带有大兜帽的斗篷，这让杜隆坦无法看清他们的面孔，但他们的身体无疑都很强壮有力。

但就算是这六名彪悍的战士也无法取代那个身材细瘦的女性奴隶迦罗娜。为什么古尔丹总是把她带在身边？要带这样一名弱不禁风的女子走过这段漫长而又荒蛮的旅途显然十分冒险。杜隆坦觉得自己只用两根手指就能掰断她的胳膊，但这个术士两次北上都带着她。她对于古尔丹一定有着某种特殊的价值。

古尔丹滑下狼背，向前走来。杜隆坦的目光扫过他的全身，不放过每一点细节。他的腰更弯了，身躯却又比杜隆坦记忆中显得更加庞大。他的绿色皮肤也比上一次更阴暗——也许这只是下午昏暗的日光造成的假象。但古尔丹还在微笑——那种自信、狡诈、略显阴森的微笑和上次完全一样。

他的衣着也没有任何改变。他还披着那条带有尖刺和小颅骨的斗篷，也还是拄着那根刻满花纹的手杖大步向前，那双小眼睛里还是燃烧着让杜隆坦起鸡皮疙瘩的绿色火焰。

杜隆坦听到德拉卡在轻声咆哮。那吼声很低，只有他能听见。他发现妻子盯住的并不是那个气势迫人却又令人生厌的古尔丹，而是迦罗娜。现在杜隆坦能看出来，锁住那个混血兽人的大铁圈在她过于细小的脖子上磨出的一道道伤痕。即使是这样，她仍然高昂着头，脸上尽是挑衅的表情，仿佛这个粗粝的铁环是一只美丽的项圈。让杜隆坦感觉到惊讶的是，他对这样的表情非常熟悉。那正是德拉卡在很久以前刚刚返回氏族时的表情。他还记得，就在他第一次见到迦罗娜的时候，他的心中立刻就想到了德拉卡。他不由得有些好奇，他的妻子是否也在这名眼神炽烈的奴隶身上看到了她自己。当他第一次对这个迦罗娜产生出无数疑问的时候仅仅是在两年以前吗？为什么她是绿色的？为什么她对古尔丹如此重要？那时，杜隆坦没有提出这些问题。那是他父亲的谈判，不是杜隆坦的。但现在，这场谈判的主人变成了他自己，只是毫无疑问，像他父亲一样，杜隆坦非常清楚现在还有更重要的问题亟待解决。

鼓声停止，古尔丹站在了杜隆坦面前。绿皮术士靠在手杖上，摇着头，发出微弱的笑声。

杜隆坦自信地与术士对视。自从上一次和古尔丹见面以来，他已经见识过，学到过，也失去了那么多，这个老兽人无法再像上次那样让他心惊胆战了。盖亚安刚刚教过他仪式上的正式致辞。他的话音清晰，充满了他在这两年中为自己赢得的威严。

“古老的谈判旗帜来到了霜狼氏族，携带这面旗帜的是无父无族的古尔丹。”

古尔丹不以为然地向他摆动一根手指，纠正道：“是部落的酋长。”

杜隆坦下巴上的肌肉绷紧了，但他继续用同样的语调说：“无父的古尔丹，部落的酋长。你带着对霜狼氏族的敬意来至此地，展示出对吾等族人的仰慕。因为你所举的旗帜，你将得到安全的保障。因为你对我们的尊重，我们将为你提供食物和房屋，待你如同族人。我们对你的话洗耳恭听，正如同我们在战场上以鲜血证明我们的勇猛，我们也会用倾听来证明我们的理智。”

冷笑一直没有离开古尔丹的面孔。轮到他说话的时候，他说道：“你们所坚持的传统和古老的仪式让我必须告诉你们三件事：我是谁，我会提供什么，我会要求什么。”他弓起自己硕大的肩膀，摆出耸肩的动作，“不过我认为这些事你们都已经知道了。”

“这是仪式所要求的。”盖亚安的声音比冬天的冰雪更寒冷。

古尔丹叹了一口气：“你们知道我的名字，杜隆坦。我仍然会给你曾经被你父亲唾弃的东西：生命。而我要求的就是你们接受这一赠予。”

杜隆坦没有回答，向篝火旁两把做工粗糙的木椅点点头。古尔丹让自己变形的身体坐进其中一把椅子里，一边小心地不让斗篷上的尖刺被碰到。即使是在阳光之下，杜隆坦也看不清这些尖刺是如何被固定在这个术士的衣服上的。古尔丹拽了一下锁住迦罗娜的铁链，女奴隶跪倒在他身边的积雪中，但迦罗娜的脊背依然像树干那样直。

“就像你说的，我的父亲拒绝了你所说的神秘的新世界。”杜隆坦坐进另一把椅子里，然后说道，“但我不是我的父亲，我会听你讲述，并自行判断怎样才是对霜狼氏族最好的选择。”

“这一点我已经看到了，杜隆坦。很高兴你会这样说。”

“等你听到我的决定之后再说这种话吧。”杜隆坦提醒他。

古尔丹干笑了两声。他的声音低沉喑哑。德拉卡的手按在丈夫的肩头，她就站在杜隆坦身后，全身肌肉紧绷，细小的手指按进了丈夫的肉里。

“当我上一次前来拜访你们的时候，”古尔丹说，“你的父亲对我说，我们所承受的苦难只不过是轮回的一部分。他以雄辩的言辞引用传说，向我提及万物消长，生命与死亡。他告诉我，他相信一切都会改变。到那时，你们的麻烦就会消失，状况就会好转，现在是这样吗？你们依然在畏惧越来越长的冬天，越来越稀少的兽群，还有越来越可怜的收获。”

古尔丹高举起双臂——手臂上挂满了用皮革和毛发编织的手镯，向周围一指：“加拉德是对的，一切已经发生了改变。现在，高贵、自信的霜狼兽人已经无法再居住在霜火岭，你们祖先的家园被凝固的熔岩覆盖，就算是千年之后也不可能再恢复。你们被迫逃向北方。你们的水中有毒，你们的房屋粗糙简陋，就算是春天到来，草原也不会变成绿色，树上没有一颗新芽。”

他将放射绿光的眼睛转向簇拥在一起观望的族人，语调变得哀伤起来：“我看到站在我面前的霜狼兽人变少了。还有孩子们……

你们的孩子也少了。告诉我，杜隆坦。如果你爱你的族人，为什么你还要留在此地？”

“闭嘴，你这个扭曲的怪物！”怒吼声在杜隆坦的背后响起，“你根本不知道什么是霜狼！”

杜隆坦猛地转过头，目光扫过身后的族人。“霜狼们，这样做是羞耻的！这是在谈判旗帜之下前来拜访我们的客人！你们不能这样对他说话，”然后他又补充了一句，“无论你们是怎样想的。”

古尔丹赞许地点点头，“我不是霜狼，”他承认道，“而且我能想象，对于那些不理解我的人，我看起来一定很像是个怪物。我现在的样子是因为我被赐予的力量，这力量能带领你们每一个人到达安全之地。告诉我，”他继续对杜隆坦说道，“即使这是一个轮回，就像你父亲所相信的那样……你的氏族能坚持到轮回反转的那一天吗？如果所有的青草都只是生长在霜狼的坟墓上，夏天变长了又有什么意义？”

德拉卡的指甲深深地戳进杜隆坦披着斗篷的肩膀上，霜狼兽人也都在愤怒地窃窃私语。杜隆坦抬起一只手，议论声平息下去。

“你说南方的情况要更糟，那里仍然如你所说吗？”

“没错。”古尔丹回答道。

“那么为什么我们还要离开这里？我们怎么知道你说的不是谎言？”

这个问题非常无礼，但它终究需要被提出来。让杜隆坦惊讶的是，古尔丹依然保持着微笑。“我上一次来谈判的时候，带来了一颗没有种子的血苹果。这一次，我带来了一样更好的东西：一个你认识的人。”

他一招手，跟随他的一名兽人走上前，掀起兜帽，带着微笑注视着杜隆坦。

杜隆坦睁大了眼睛：“科沃格！”

第十五章

对面这名兽人正要向杜隆坦鞠躬，霜狼酋长已经从椅子里站起身，来到他面前，紧紧握住他的胳膊。“科沃格！众灵在上，真高兴能看见你！”

“也很高兴能再见到你，杜隆坦，现在你是酋长了。”科沃格说道。他的笑容很灿烂，目光很明亮。他的脸上多了一些岁月的烙印，不过杜隆坦相信自己应该也是一样。霜狼和雷神一同狩猎之后的这几年对任何人而言肯定都不容易。但杜隆坦记忆中那种镇定从容的风采并没有从他的身上消失。“看到霜狼氏族所经受的苦难，我由衷感到痛心。尊敬的薪火传承者，”他转向盖亚安，“我将在此讲述我所知道的世界南方的状况，以及古尔丹对部落的领导。”

盖亚安点点头，示意他可以继续。当杜隆坦坐回座位的时候，科沃格又向前一步，跪倒在他面前。

“我曾经有着和你们一样的想法。当我的酋长怀疑古尔丹的魔法，怀疑他所描述的统一强大的部落时，我完全支持我的酋长。那种愿景对我们而言毫无意义。不同的氏族会争夺猎场，会爆发各种冲突。即使是在食物丰盛的时候，氏族之间也不可能做到关系融洽，更何况是在每一点食物都很珍贵的时候。那时异族兽人的遭遇只会导致灾难爆发。”

他回头看了一眼古尔丹，“但是……他的努力真的成功了。当然，一开始没有人听他的话。兽人们之间只会发起数不清的玛格拉。但我们发现，我们了解到很多不同的知识。有的氏族知道如何发出吼声召唤野猪，有的知道如何制造白色的皮革，我们雷神可以教导别的氏族如何有效地抛掷武器，”他又向杜隆坦露出会心的微笑，“还有如何使用星星花……”

“……它有助于睡眠。”德拉卡插口道。

科沃格向她转过头，表情中显露出惊讶和喜悦。盖亚安皱起眉头，德拉卡没有被允许说话，但杜隆坦伸手握住了妻子的小手。“这位是我的妻子德拉卡，她比我的大多数族人都更能理解你所说的话。”

迦罗娜睁大眼睛，瞟了一眼德拉卡。这名女奴隶细长的手指悄然间伸向自己的喉咙，碰到粗铁环，握了一下，然后放开了她的手。这名奴隶一直都是一副冷漠的神情，仿佛在竭力忘记自己的处境。现在，她却向德拉卡流露出不加掩饰的好奇神情，让杜隆坦惊讶的是，一抹笑容出现在了她翘起的薄嘴唇上。德拉卡身上到底有什么让她如此感兴趣？这个疑问在杜隆坦的心中一闪而过，他的注意力很快又回到了科沃格的身上。

“那么德拉卡很可能已经告诉了你许多在这个贫瘠的时代非常有用的技巧。”科沃格说，“这正是部落给我们带来的好处。我们因此而明白，我们的敌人并不是其他氏族。真正的敌人是饥荒和干渴。我们彼此之间的暴力丝毫无助于解决问题。相互的理解，团结一致的力量正是古尔丹给予我们的。”他看着杜隆坦的眼睛，“还记得吗，当我们相遇的时候，我们的氏族曾经一同狩猎？那段时间对我来说是非常美好的回忆。”

“对我也是。”杜隆坦不得不承认。

“我从没有想到过会在我的族人之外建立友谊，但我真的这样做了。这种联系，这种为了共同目标而努力的感觉——正是这些成为部落的动力。我们齐心协力，为了进入那个新世界而做好准备。那里有着足够养活我们所有人的肥美土地。”

杜隆坦审视着这名他早就认识的兽人。在不长的一段时间里，他曾经将他视做朋友。德拉卡的回归已经让他看到了某些可能性。现在，科沃格进一步证实了这个部落所做的和她所做的完全一样，只是规模宏大到让杜隆坦无法想象。他将目光转向古尔丹。这名术士，看上去如此阴暗，更受到众灵的厌恶——他真的有可能让兽人们开始合作，团结为一体，不只是有限的几个，而是全部兽人？

成为部落的一部分就能有这样的收获？

古尔丹说过，他回来是因为他看出杜隆坦对这件事有兴趣。而霜狼酋长也意识到，古尔丹是对的，德拉诺的灾难正变得越来越严重。

“那么，你来找霜狼是因为我们是唯一还没有加入部落的氏族？”

古尔丹皱起眉头，承认说：“不是，拒绝加入我们的氏族并非只有你们一个。一些兽人变成了红步，就像是那些杀害了你高尚的父亲的暴徒，另一些人只是闭门自守。他们也正是因此而逐渐濒临灭亡。我以前就说过，现在我还会再说一次：霜狼之名响彻德拉诺，因为你们是一个高傲、独立和强大的氏族。如果你们加入我的部落，你们就会实实在在地看到，这样做没有任何羞耻可言。你们将得到足够的食物，你们的孩子能吃到鲜美的肉，变得强壮健康。霜狼将在我的部落中得到一个荣耀的位置，你会帮助我统率他们，杜隆坦。在你的率领之下，那些迷途之人，那些拒绝加入部落的人——他们也都会追随我。我请求你向其他氏族发出声音，就像科沃格今天向你发出声音一样——他们会尊重你，听从你。”

“而你需要他们。”

“我需要你说服他们将他们的骄傲放到一旁——这不仅仅是为了部落，更是为了他们自己，是他们需要我们。”古尔丹坚持说道，“他们很快就会发现自己面临一个选择：加入我的部落，或者加入红步兽人，或者死亡。这个世界正在死亡，杜隆坦。你不是傻瓜，你一定早就看清了这一点！”

片刻之前，当科沃格说话的时候，古尔丹还几乎像是一个慈祥的老祖父，而现在，恼怒的光芒从他怪异的绿色双眼中一闪而过。

杜隆坦的目光从术士转向他的奴隶——和德拉卡、盖亚安这样真正的兽人女性相比，她简直像鸟儿一样娇小，但她又是那样高傲。

不！杜隆坦，加拉德之子，杜高什之孙不是傻瓜，但他几乎成为一个傻瓜。他几乎被科沃格那番部落团结的话骗住了，以为他们真的能做到那些事。他几乎背弃了可能和老祖父山一样古老的传统，他差一点就让一个自由、自豪、充满热情的部落成为奴隶。

他差一点让自己做了奴隶，更可怕的是，他差一点让他的全族成为奴隶。

古尔丹的话暴露了这个术士的野心。他说的不是“部落”或者“我们的部落”，而是“我的部落”。无论他怎样照料兽人，拯救兽人离开残酷甚至是濒临灭绝的环境，他都绝不是一个善良的叔叔，无私地将正走向毁灭的各个氏族聚集到他的羽翼之下，守护并哺育他们。他想从兽人身上得到某些东西，他需要从兽人身上得到一些东西。如果众灵不希望他的存在，那么霜狼兽人也不需要他。

杜隆坦相信科沃格所说的一切绝无虚假，但霜狼兽人又要为此付出怎样的代价？是的，兽人们可以同心协力去寻找这个新的世界。但如果这个承诺是一个谎言呢？如果只有少数几个人能够因此而获益呢？即使这是真的，但众灵一直在照看霜狼，它们指引霜狼氏族找到了洁净的饮水，而且霜狼已经活过了这个艰难的冬天。

加拉德也许是因为一心要保持霜狼的传统而拒绝了古尔丹。杜隆坦做出了和父亲同样的决定，但他一心要保护的是他的族人。

古尔丹病态的颜色和怪异的眼睛，他对氏族羁绊的不屑一顾，他的蓄奴行径——这些都不合霜狼的胃口。杜隆坦不会用族人的灵魂和生命做赌注，只为了赌一个承诺——由这个怪物做出的承诺。

“我的父亲对你说过，我们不是在忍受苦难，”杜隆坦说道，他的回忆清晰而强烈，仿佛他在片刻之前刚刚听到父亲这样说，“我们是在度过艰难，我们将继续我们的道路。”

迦罗娜比她的主人更快理解了霜狼酋长的回答。她的鼻翼惊讶地翕动了一下。她的双眼本来一直盯着杜隆坦，现在这双眼睛转向了德拉卡。

“德拉卡！ Jeskaa daletya vas kulduru！”

现在所有人的目光都在惊骇和怀疑中转向了迦罗娜。此刻之前，杜隆坦甚至都无法确定这名奴隶的口中是否有舌头，毕竟她从没有发出过半点声音。但现在，她说话了——直接对杜隆坦的妻子说了话。杜隆坦转头去看德拉卡，她直挺挺地站着，一只手紧紧攥住她的项链。

她的项链上缀着那颗德莱尼送给她的紫色水晶。

“Kulshuri kazshar。”德拉卡说道。这时杜隆坦明白了，他的妻子和古尔丹一直保持沉默的奴隶正在用德莱尼语言交谈！杜隆坦开始以一种全新的眼光审视这名奴隶。

但古尔丹显然非常愤怒。他眯起眼睛，绿色的火焰在他的小眼睛里变得炽烈。他的嘴唇开始扭曲，一双筋骨虬结的手紧紧攥住了手杖。

“你对她说了什么？”他向迦罗娜嘶声问道。

“你的……迦罗娜说，我的丈夫竟然拒绝了你，他真是个傻瓜。”德拉卡的声音平静而略显谨慎，“向你道歉，我的丈夫，但她正是这样说的。”

杜隆坦没有让自己的脸上显露出任何表情，他并不懂得德莱尼语。

但他知道，德拉卡在说谎。

“我的奴隶是正确的。”古尔丹的声音低沉阴险，“你是个傻瓜，就像你的父亲。毫无疑问，如果你有孩子，他们一定也都会是傻瓜。荣誉和责任是高贵的概念，杜隆坦，如果你选择跟从我，你就会看到只有我的部落才能彰显它们。当你们找不到食物，当种植的庄稼只会枯萎，野兽相继倒毙的时候，荣誉可没办法让你们吃饱肚子。当暴风雪冻结一切，当山峰碎裂，火焰横流的时候，责任也不会成为你们的容身之所。只有我的魔法能做到——这是让兽人再一次强大起来的魔法！”

他的眼睛里闪耀着凶暴的光芒，杜隆坦在他的注视下只想后退，但霜狼酋长强迫自己坐稳身子，一动未动。他听到身后的盖亚安和德拉卡全都发出快速的喘息声。

“你真的不明白我有多么强大？霜狼真的想跟着红步和其他屈指可数的几个兽人一同被丢在荒芜的废土中等死？我本可以拯救你们，顽固的加拉德之子！”

然后，他叹了口气，眼睛里的绿色火焰也平息下去，让那一双眼珠变得如同两颗翡翠。“我也许依然能拯救你们。我从不会对向我发出吁求的兽人置之不理，我也不会让你们成为第一个例外——尽管我此时很想将你们彻底抛弃。当你们考虑清楚，做好准备的时候，就到南方来，来塔纳安丛林，不过这是它过去的名字了。”他露出残忍的微笑，这个表情让他的嘴显得更加丑恶，“现在它已经变成一片荒漠，没有任何生命。我们正在那里进行准备，你们可以在那里找到我们。但不要耽搁太久。这个世界得病了，它临死前的痛苦也许会在不久之后就夺取你们的性命，让你们再没有机会和我讨价还价。”

他转身准备离开。盖亚安喊道：锋刃测试呢？你不能在我们没有向你提出安全承诺时就离开！”

古尔丹慢慢转过身，用轻蔑的眼神刺穿了盖亚安，“我不需要安全承诺，”他恶狠狠地说道，“你的儿子和你的丈夫都不可能动我一根手指头，更不可能活着吹嘘这种事。”

他在愤怒中猛地一拽铁链。尽管迦罗娜明显已经预料到了他的动作，但这还是让她痛得吸了一口冷气，甚至被拽得向前跌倒。

德拉卡以令杜隆坦惊叹的速度冲了过去。酋长的妻子跪在奴隶身边的雪地中，扶这名奴隶站起身。迦罗娜一开始还想要挣脱她的双手，随后又犹豫了一下，便任由德拉卡扶起自己。德拉卡向她露出和善的微笑，然后又用蔑视的目光盯着古尔丹。术士只是再一次狠狠拽动铁链，迦罗娜跟了过去，但还是转回头看了一眼正在审视她的杜隆坦，然后才跟到了主人身后。

科沃格是最后一个离开的。和古尔丹不同，他似乎并不觉得他们受到了冒犯。他眼神中带着哀伤，双眉紧皱在一起，显示得忧心忡忡。杜隆坦很想再和他谈一谈，但能够对话的时机已经过去了，这一点他们都很清楚。科沃格重新戴好兜帽，转身跟上了自己的酋长。

太阳几乎就要落山了。换作其他时候，杜隆坦会邀请古尔丹和他的随员们留下来，分享霜狼氏族的食物和居所，毕竟他走了这么远的路才找到他们。但古尔丹充满恶意的话语彻底抹杀了这种可能。

大部分霜狼兽人都对这个远去的术士怒目而视——大多如此，并非全部。一些族人只是看着他们的酋长和德拉卡。杜隆坦很想知道，古尔丹会不会终究还是在一片恰逢其时的土壤中种下了不满的种子。

杜隆坦刚刚和德拉卡走出众人的视野之外就悄声问自己的妻子："迦罗娜说了什么？"

德拉卡同样压低声音回答："她说：'我的主人黑暗而且危险。'"

迦罗娜不仅是高傲，她还很聪明。她看见了德拉卡的水晶，知道德拉卡曾经与德莱尼有过某种联系，并猜测她也许懂得德莱尼语。她给了杜隆坦的氏族一个警告——而她也为此甘冒巨大的风险。

"你是怎样回答的？"

"我告诉她：'我们知道。'"

第十六章

杜隆坦发现，没有人因为古尔丹的离去感到高兴。在族人们用陶罐煮熟小鸟和老鼠，吃过又一顿既没有味道，也无法缓解饥饿的贫乏晚餐之后，杜隆坦和他的顾问们举行了会议。

盖亚安因为古尔丹对仪式的藐视而气得面色发青。“这是古老的传统，”她说道，“对全体兽人都是神圣的。如果我们把这一切都忘记了，我们又是什么？他来到我们的聚落，奢谈什么团结一致，却又在离开的时候放肆地侮辱了我们！”

而杜隆坦明白，让母亲感到不安的不止是这个术士的粗野无礼，一连串可怕的灾难已经影响到了所有人。在上一次和古尔丹会面之后，盖亚安更是失去了那么多：她的丈夫，她的家园，她一直以来都在精心保管的，脆弱而珍贵的霜狼古老卷轴。毫无疑问，当那条火河吞噬他们的村庄时，那些卷轴肯定在高热中化成了灰烬。盖亚安的身份和为部落作出贡献的能力——无论是作为酋长的妻子还是氏族的薪火传承者，都遭受了沉重的打击。看到母亲现在变得如此沮丧和仓皇，杜隆坦不由地感到一阵心痛。

他轻轻将一只大手放在母亲的手臂上，却又痛苦地发现那只手臂更是枯瘦得令人担心。“您曾经说过，耻辱只会落在他的头上。”他提醒母亲，“我们则因尊重仪式而得到荣誉，母亲。只有古尔丹一个人要背负他的耻辱。”

“的确，他是耻辱的，”德雷克塔尔说，“而你彰显了智慧，杜隆坦。”盲眼萨满摇摇头，“他周围的黑暗只是在变得更加恐怖，如果你决定跟从他，我只会感到沉重的忧虑。”

杜隆坦和德拉卡交换了一个眼神。

“当我看到他，听到他说话的时候，我只想要掐断他的喉咙，”奥格瑞姆喃喃地说道，“想到可以这样做，我的手指都在发痒。但我还是有些好奇，也许……”他的声音低了下去。

“说吧，老朋友。”杜隆坦说，“你的直率正是你真心的写照。我会听取所有意见。”

奥格瑞姆看着自己的酋长说道：“我们日复一日地奋力抗争，甚至不曾有过短暂的休息时间。你的父亲与所有这些挑战正面为敌，相信一切都会改变。你以聪慧和革新的手段应对挑战——而你的确战胜了它们，至今为止都是如此。”

在杜隆坦的身旁，德拉卡皱起眉头。杜隆坦也感到一丝不安。“继续。”

“在遭遇火焰河流之前，我们能够制订计划，晒干肉和鱼，储存坚果和种子。但现在，我们没有了坚果和种子，也许再过一段时间，我们可以继续腌晒鱼肉，但我们很快就要没有任何食物了。现在的问题是……”他寻找着合适的字眼。

德拉卡找到了：“眼前该怎么办。”她低声说道。

“是的，我们无法解决眼前的问题，而且我们还能靠聪慧战胜多少灾难？我们正高悬在一根最细的蜘蛛丝上。你和我全都认识科沃格，他不会说谎，现在他完全信任古尔丹。”

杜隆坦没有立刻回答老友的问题，而是转向自己的妻子。迦罗娜曾向德拉卡，而不是向他发出警告，他会让妻子自己决定是否要将这个警告透露给其他人。“德拉卡，”他说道，“你的知识超出了我们的经验，并且曾经为我们带来巨大的帮助。我们能够坚持这么久，很大一部分原因要归功于你。古尔丹所说的话也有很多都从你这里到了印证。”

德拉卡坚定地摇摇头。“他和我也许全都知道，兽人能够同心合作，但我们所说的事情就像黑夜与白昼一样全然不同。”她停顿一下，看着众人，思考片刻才又说道，“那个名叫迦罗娜的奴隶让我感到亲切，我们以前从没有见到过像她这样的人。对于这个地方，她必然只是个陌生人，而我也曾以陌生人的身份出现在人群之中。”

她抬起手，阻止了众人表示反对的话语。“你们会告诉我，我和她是有区别的。我从没有被一条铁链牵引，从不曾被别人‘拥有’：我一直都是一名霜狼兽人。是的，这个区别千真万确，但我知道作为异类是什么样的感觉。迦罗娜有着坚强的灵魂，聪敏的头脑，还有过人的勇气——她用德莱尼语告诉我，她的主人是黑暗和危险的。古尔丹统治着迦罗娜。我感觉到他将会统治我们所有人。”

杜隆坦的目光逐次扫过每一张面孔：她的母亲双眉紧蹙，神情紧绷；奥格瑞姆率直的脸上满是担忧；德雷克塔尔没有视力的双眼正在注视着某个杜隆坦无法看见的地方。最后，他看着他的妻子。

他会控制我们所有人。

“只要一个生物能够思考，能够感觉，能够理解周围发生的事情，他就不应该被奴役。我们看到了古尔丹是如何对待迦罗娜的，我相信你是对的，我的妻子。我向你们所有人承诺：霜狼永远都不会接受他人的统治。无论是我们的灵魂，还是我们的躯体，都拒绝这个绿色的兽人和他的承诺。”

但就在他说出这番话，以及不久之后当他躺在床褥上，将妻子抱在怀中的时候，杜隆坦一直都在思考自己是否做出了正确的决定。

* * *

古尔丹到来的六天之后，也是一场迟到的春雪之后两天，杜隆坦和他的狩猎队双手空空，灰心丧气地回到氏族营地。他看到一小群兽人正等待着他们回来。他知道，最糟糕的状况出现了，便催动精疲力竭的利齿，向那些兽人快速跑去。

“出了什么事？”他问道。

兽人们交换着眼神，“还……没发生什么。”诺卡拉说道。杜隆坦看着他们的面孔，这些兽人显然已经下定了决心，但还是显得有些鬼鬼祟祟。除了诺卡拉以外，没有人愿意正视酋长探询的目光。

乏累的感觉如同一件斗篷压在杜隆坦的身上。“如果没有发生什么事，”他说道，“我们和我们的狼都需要食物、水和休息。”他催促座狼准备从这些人的面前经过，但诺卡拉上前一步，挡住了利齿。这是一个大胆动作——他显然已经做好了和酋长发生争执的准备。

“我们全都需要这些东西，酋长。”诺卡拉说道，“还有……我们之中的一些人觉得我们知道该如何得到它们。”

疲惫早已渗入到杜隆坦的骨髓之中。他们没有带回来任何猎物——甚至没有几只鸟雀能扔到罐子里和那些被虫子咬过的陈旧谷物一起煮汤——这一点更加让他怒火中烧。他本应该跳下狼背，邀诺卡拉和他同行，听取他的意见，但他觉得自己很清楚诺卡拉想要说什么。

“诺卡拉，除非众灵向你发出召唤，或者你有了找寻猎物和收获食物的新方法，否则你很清楚我会如何回答你。那些在过去六天里为你们寻找肉食果腹的人应该得到休息的权利，而且现在利齿的脾气也已经很糟了。”

“我们想要加入部落。”

这一天终于来了。

杜隆坦一直在等着这一天，只是没想到它会来得这么快。到现在为止，除了诺卡拉这群人外，在这片熙熙攘攘的营地中还没有人对返回的狩猎队过于注意。但杜隆坦能看到不止一个人在听到“部落”的时候向他们转过了头。“我知道你想要成为好丈夫和好父亲，”他尽量用温和的语气说，“我知道你在为你的妻子和孩子担心。我自己也有一个小孩即将降生。从某种角度讲，全体族人也都是我的孩子，我也同样在为你们所有人担心。你知道我会听取所有合理的建议，今天晚些时候来找我，等到我不是这么累的时候，我们会认真谈一谈。”

诺卡拉挪动着身体的重心。杜隆坦也知道，诺卡拉的家离格鲁卡格的家很近，普尔祖和玛盖阿的死让格鲁卡格在精神上遭受了重创，杜隆坦怀疑他至今都还没有完全恢复过来。

经历过这么多灾难以后，我们之中真的会有人能完全恢复过来吗？他心中想道。就算是这一切都过去，我们还能像以前那样吗？我们是否应该还像以前那样？

“我们觉得……你的选择是错误的。”诺卡拉终于说道。他梗着下巴，挺直了身子。更多霜狼兽人来到附近，想要听清他们的对话。

杜隆坦不眨眼睛地瞪着诺卡拉，也在利齿背上坐直身子。“我是你的酋长，诺卡拉，”他的声音低沉而危险，“你要小心一点。”

诺卡拉是一个冲动而且过激的人。他以前就曾经在涉及他的妻子和孩子的事情上与杜隆坦高声争论过。现在杜隆坦希望诺卡拉能够后退，不仅是为了他自己，更是为了诺卡拉的安全。杜隆坦是一个有耐心的兽人，但如果诺卡拉就这样坚持下去，即便是他也将不得不做一些他本不想做的事情。

但诺卡拉看不明白这一点。他甩开落在眼睛上的头发，用瞪视回应杜隆坦的瞪视。“就让我们这些想要走的人走吧。”

现在至少有二十多名霜狼兽人聚集到了他的背后。他们都专注地看着杜隆坦和诺卡拉，更多氏族成员从他们的窝棚里走出来，加入到人群之中。

“带走珍贵的食物和物资，只是为了让你们迷失道路，在七次太阳升起的时间里死掉？我可没有这么愚蠢。”杜隆坦做了最后的尝试，让自己的声音保持平静，“留下来，诺卡拉。我明白为什么你会有这种想法，我们可以……”

“让我们走，或者……”诺卡拉突然停住了话头，仿佛直到现在，当一切都已无可挽回，他才意识到自己做了什么。他的眼睛稍稍睁大了一些。

杜隆坦低声问道：“或者什么？”

诺卡拉咽了一口唾沫：“或者我将在玛格拉中挑战你。”

杜隆坦闭起眼睛：“你刚刚这样做了。”

第十七章

这场争论不可避免地引起了族人们的注意。现在，将近半个氏族的人聚集到了他们周围，一阵惊呼声响起。片刻之间，诺卡拉的面色变得煞白，随后愤怒的热血又涌上了他的面孔。

“杜隆坦，加拉德之子，杜高什之孙——我以决斗的荣耀向你发出挑战，你是接受——还是拒绝？”

“我接受。”杜隆坦说道，他没有别的选择。“我们会在泉水池旁边见面。去做准备吧，诺卡拉。集齐你的家人，告诉他们你爱他们，并向他们道歉，因为你的傲慢，他们失去了他们的丈夫和父亲！”

杜隆坦向酋长的小屋冲去。他全身都在颤抖，不是因为恐惧，而是因为愤怒——愤怒诺卡拉竟然如此愚蠢，愤怒他现在为了维持自己的权威而不得不去做的事情，愤怒古尔丹的煽动，更加愤怒众灵——正是因为它们造成的艰难与灾难，才驱使霜狼氏族犯下了最可怕的错误。

在小屋里，杜隆坦除下甲胄，沮丧地将它们扔到一旁。简陋的屋门被推开，他不在时一直负责巡视营地的奥格瑞姆走进来，身后跟随着盖亚安和德拉卡。

“你发火了。”奥格瑞姆说道。

“你这么觉得？”杜隆坦并不喜欢老友讽刺的语调，但他无法反驳。

“你别无选择。”盖亚安的声音冰冷，听不出任何情绪，但她的面颊早已因为怒火而变得阴沉，“许多个世代以来，霜狼兽人都不曾向酋长发出挑战，这种冒犯不能被听之任之。”

“盖亚安是对的。”德拉卡说道。但她的语气中带着一点哀伤。她当然知道丈夫在想什么，她比这个世界上的其他任何人都更加了解他，她能够透过他的愤怒看到真正引起这种愤怒的哀伤。杜隆坦向她伸出手，将她拉近，让自己的额头贴在她的额头上。

然后他用只有妻子能听到的声音在她的耳边说：“我不愿意杀死霜狼。”

德拉卡闭上双眼，又猛然睁开，泪水充盈在她的眼眶里。她的一只手按在隆起的小腹上，轻轻爱抚里面的孩子。

“我不愿意寻找石块，掩埋我丈夫的尸体。”她喃喃说道。

杜隆坦全身一阵瑟缩，德拉卡略微抽回身体，用一只小手轻抚他的面颊，对他说：“这个挑战是在全体族人的眼前发出的，没有人会认为你是因为心中的恨意才会进行这场决斗，做你必须做的事情吧。”

杜隆坦用力抓住妻子的手，把它按在自己的胸膛上。在场的每一个人都明白，除非众灵有其他的意愿，否则杜隆坦将会赢得这场战斗。尽管因为毫无收获的狩猎而身心俱疲，但他比诺卡拉更高大，战斗经验也更丰富。他并不担心自己的生命，他所担心的是诺卡拉。

片刻之后，他从小屋子里走出来。消息已经传遍了整座营地，现在他看到全体族人都走了过来，但人群寂静无声。杜隆坦回忆起他曾亲眼见证的那场玛格拉。那时格鲁卡格受到了一名愚蠢的雷神兽人的挑战，原因只不过是一头被猎杀的塔布羊。然后，两个人之间燃起怒火，仿佛真的有人受到了侮辱。当格鲁卡格轻松赢得胜利的时候，一阵欢呼声又随之而起。

但格鲁卡格的家人现在都已经亡故了，而且霜狼与霜狼的厮杀，没有人会欢呼。

诺卡拉的身边站着卡葛拉和莎卡萨，他的臂弯里抱着他最小的女儿——小妮兹卡，正是这个女孩发现了红樫鸟和清水。一看到杜隆坦，诺卡拉就将小女儿交给卡葛拉。妮兹卡开始哭泣，向父亲伸出双手，但诺卡拉将她和她的母亲轻轻推到一旁，大步向前走来。莎卡萨不加掩饰地放声痛哭。

他们面对面地站立着。德雷克塔尔被助手引过来，这位年长的萨满停下脚步，放开帕尔卡的手臂。“今天，我很高兴自己的双眼无法看见。”他说道，“如果这双眼睛将会见证一场两名霜狼兽人必有一死的战斗，它们一定会让我感到万分痛苦。而看到我们发生争斗的众灵已经感受到了这一份痛苦。自从你们两个人第一次呼吸的时候，我就认识你们，想到你们之中的一个人将在今天停止呼吸，我便心痛难忍。我会祝福你们两个人，而只有众灵将决定这场鲁莽争斗的结果。”

他将手伸进口袋，拿出一瓶油膏：“诺卡拉，将你的双手给我。”诺卡拉照他的话做了。德雷克塔尔将一滴油膏轻轻滴在他的一双大手上，“大地、空气、火焰、流水和生命之灵将指引你走向你的宿命。坦然接受它吧，就像霜狼兽人应做的那样，当生命将得到评判的时候，死亡便不应被恐惧。”

他又为杜隆坦重复了同样的仪式。德雷克塔尔完成祝福之后，杜隆坦将双手相互揉搓，然后放在心口，让甜美的气息飘进他的鼻翼。

德雷克塔尔一点头，由帕尔卡扶着离开决斗场。那名年轻的萨满一边走，一边不断地回头瞥着两个即将展开决斗的霜狼兽人。等到两位萨满走到安全距离以外，杜隆坦和诺卡拉便集中精神盯住对方。杜隆坦想要劝说诺卡拉退出挑战，但这是不可能的，如果诺卡拉这样做，只能表明自己的软弱；而杜隆坦如果允许他退出，也会被视作软弱的表现。

哦，众灵啊，难道事情真的到了如此境地？

杜隆坦几乎没有时间理清自己的思路，诺卡拉已经低下头，发出一声无言的战吼，像发狂的公裂蹄牛一样朝他扑过来。杜隆坦跳到一旁，落在依然坚硬的冻土上，就地一滚。诺卡拉前冲的势头很猛，让他又跑出几步才转回身。杜隆坦此时已经站起身，摆出战斗姿势，准备朝最佳的方向跳跃。

他将全部注意力都集中在自己和诺卡拉的身上。这更像是一种恍惚状态。在这种状态下，他对于自己的敌人具有高度的敏感性。这是他刚开始狩猎的时候，从父亲那里学到的。从那时到现在的每一场战斗中，他都在磨砺这种技艺。但现在杜隆坦依然无法相信，他会用这样的手段对抗自己的一名族人。

诺卡拉哼了一声，喘口气，重新估量自己的对手。杜隆坦利用这一短暂的时间向前飞跃。他选择的角度很好，让自己的右侧肩头正撞在诺卡拉的胸膛上，同时他将左臂上甩，弯曲的手指抓住了诺卡拉的长发，狠狠一扯。诺卡拉惊呼一声，头却已经被迫低了下来。杜隆坦继续向前，让自己的身体滚到诺卡拉的背后，逼迫对手向前扑倒在地。

但诺卡拉在最后关头转了一个身，侧身着地，将头从杜隆坦的左手中挣脱出来。杜隆坦的手中只剩下了一把带着血和头皮的头发。着力点突然消失让他失去了平衡，也使得诺卡拉有机会一拳打在他的脸上。杜隆坦踉跄着向后退去，他感觉自己的牙齿断了，嘴里有了血腥味。他刚想站稳身子，诺卡拉却已经撞了过来，他们两个一同倒了下去。

诺卡拉一边语无伦次地吼叫着，一边挥拳猛打酋长的脸，一次，两次……

杜隆坦举起双手，挡住诺卡拉挥舞的拳头，又用掌根撞在诺卡拉的下巴上。诺卡拉被撞得猛一仰头，身子也随之向后翻倒。

转瞬间，杜隆坦已经站起了身，但诺卡拉还倒在地上。两个兽人咆哮着，再一次对撞到一起。随着一次次撞击，他们的身上全是汗水和鲜血。杜隆坦感觉自己有一根肋骨断了，从诺卡拉的喊声判断，他也受了不轻的伤。杜隆坦从喉咙深处发出一声低吼，让嗜血的欲望占据自己。他受到了挑战，他必须赢，或者死。

Lok’tar ogar。

杜隆坦没有撤退或者再尝试攻击，他强迫自己将身子放软，弯曲双膝，用手臂环抱住对手的腰。

“嘿呀呀呀呀呀！”他狂吼一声，举起对手扔了出去。诺卡拉重重地摔在地上，挣扎着想要站起来。

这时，杜隆坦已经扑到了他面前，攥起拳头，将全部力量集中在这一击上。这一拳重重地砸在诺卡拉坚硬的方下巴上，杜隆坦感觉他骨头被打断了，一颗獠牙被打掉，被最后一点皮肤挂在嘴边。杜隆坦收回手臂，准备再发动攻击。诺卡拉已经受了重伤，几乎失去知觉，脸被鲜血完全覆盖，只要再狠狠给他一下，就能结束他的生命，结束这场玛格拉。

杜隆坦的手停在半空。

透过一片血污编织的面具，诺卡拉的眼睛直直地盯着杜隆坦。

杜隆坦受到了挑战，他别无选择。古老的律法一直被严守着，其中的内容清晰无误——荣誉的决斗必然有一方要死。

他慢慢地松开拳头，向后靠去，踉跄着站起身。随着他一口口吸进空气，巨大的胸膛在不断起伏——他在努力让自己平静下来。他听到了窃窃私语的声音，但没有转头去看人群。他一直看着诺卡拉。

诺卡拉的胸口也在起伏不定，但他被打败了。他挣扎着想要站起身，却没能成功，最终还是跌倒在地，等待着致命的一击。

这一击没有到来……杜隆坦在沉默中转向围观的人群，开口说道："我们已经承受了太多的损失。先是越来越长的冬天和越来越短的夏天；兽群在减少，野兽不断生病。我们坚持了下来。接着，老祖父山的哭泣，化作火焰河流摧毁了我们世代居住的家园。我们也坚持了下来。我们遭遇了有毒的湖水，枯萎的草木，缺乏房屋和食物，我们埋葬了没有能坚持下来的族人，为他们哀悼。这个世界给了我们许多挑战以显示我们的勇气，证明我们值得居住在这里。挑战应该让我们变得更强——而不是让我们自相残杀。"

"我们人数很少，而且还在减少。我奋战不息，为的是领导你们，保护你们，让你们活下来，我不会用我的双手在死亡名单上再添加一个霜狼的名字。我的妻子已经怀孕了——这是我们氏族在这个时代中唯一的孩子。诺卡拉也是一位父亲，妮兹卡、莎卡萨和我们其他的所有孩子是这个氏族的未来，我们必须为他们竭尽全力。是的，我们会战斗——为了保护他们和全体族人而战；为了食物与野兽战斗，与狂暴的自然战斗，但在我们之间发生的战斗是最愚不可及的事情，我拒绝这样的杀戮。"

"我是杜隆坦，加拉德之子，杜高什之孙！我统率这个氏族，绝不会向挑战示弱，但我也不会因为我们之中的一员向我挑战就杀死他。现在，还有人想要与我一战吗？"

他的目光扫过一张张他出生以来便已熟知的面孔，有些人看起来很愤怒，有些人仿佛松了一口气。德拉卡的目光中闪动着自豪，她微微向自己的丈夫点了点头。他的母亲，薪火传承者则显得异常苦恼，但盖亚安什么都没有说。

没有人接受杜隆坦的挑战。

杜隆坦想要伸手扶诺卡拉站起来，不过他知道，诺卡拉不会欢迎他的这个动作。杜隆坦剥夺了诺卡拉的骄傲——诺卡拉必须接受这一事实。杜隆坦不能被视作是软弱的——也许已经有人在这样看他，那么他至少不能显得更加软弱。

所以，杜隆坦只是头也不回地向自己的小屋走去。等他走进屋中，关上门，他才颓然坐倒在椅子里，允许自己因为伤痛而颤抖。德拉卡和盖亚安走进来。很快，奥格瑞姆也跟了进来，盲眼萨满正靠在奥格瑞姆的手臂上。

“你打得很好，亲爱的。”德拉卡拿起一只小陶土罐，用它从水桶中盛了一罐水。“而且你饶恕了诺卡拉，这样的选择也是正确的。他需要治疗自己的伤痛，并在痛苦中进行反省，但他依然能为氏族出力。”她点起火堆，把水罐放在火上加热。

盖亚安向德拉卡瞥了一眼，然后又看着自己的儿子厉声说道：“你应该先将自己的打算告诉我。最近这几天发生的事情让我们的传统遭到了侵蚀——不，是遭到了攻击，甚至已经被摧毁了。现在，你却又在攻击这些传统仅存的碎片！”

“母亲，”杜隆坦疲惫地说，“我不知道该怎样做，但请认真考虑一下。诺卡拉是一名强壮的战士，等到他伤愈，会再一次变得强壮。我曾经亲眼见到他独自打倒一头裂蹄牛，有他在，我们就能多一个可以为氏族带回食物的猎人。我应该只是为了传统，就剥夺氏族的这一份力量吗？”

“只是为了……”

“盖亚安，”德雷克塔尔打断了薪火传承者，“我还能够从众灵那里得到信息——如果它们愿意眷顾我。就我所知，你儿子的选择完全符合众灵的意愿。”盲眼萨满叹了口气，“我们的身边已经有太多毁灭和死亡了，生命之灵呼吁我们不要再向死亡之火中添砖加柴。这其中有着……一种我还无法理解的关联。但你要相信，杜隆坦做得对。”

“我非常高兴在这样的时候能作为你的副手。”奥格瑞姆说。

杜隆坦“啪啪”笑了两声，尽管这样做又让他痛得打了个哆嗦。“在这样的时候？那么在其他时候，你想要做酋长吗？”

奥格瑞姆伸出手，似乎是想要开玩笑地推朋友一把，但又想到朋友的伤势，便在半途中停住了动作。“如果你知道我一直准备着要挑战你，也许能让你不至于变得过于肥胖和懒惰。”他笑了，然后，又严肃地说道，“你所做的……我完全没有想到，但我也认为你的选择很正确。”

德拉卡早已将一把草药放进沸腾的水中。现在她将水罐从火上取下，放在一旁，等罐子里的水稍微冷却之后，她用布片蘸着有草药气味的热水，开始清洁丈夫的伤口。剩下的药汤会在混合星星花之后让杜隆坦服用，帮助杜隆坦好好睡一觉。罐子里的草药会被取出拧干，与动物油脂混合制成药膏，涂敷在杜隆坦的伤口上。再过一段时间，德雷克塔尔会请求众灵帮助治疗酋长的创伤。

杜隆坦知道，现在另一位萨满正在以同样的方式照料诺卡拉。

杜隆坦向照顾自己的妻子露出感激的微笑："就让我们希望你是对的吧。如果是为了避免氏族陷入混乱，别无选择的话，我会杀人。但我一直在向众灵祈求，不要出现那样的情况。"

热药膏气味芬芳，感觉也很好。奥格瑞姆和德拉卡扶杜隆坦躺倒在毛皮床褥上。在喝下星星花茶不久之后，杜隆坦就在德雷克塔尔的诵唱声中沉沉睡去。

清晨时分，他在妻子的声音中醒转过来。

"杜隆坦，"德拉卡在说话，她的声音很低，又很急切，"醒醒，我们需要你！"

星星花让杜隆坦依然睡眼惺忪。他挣扎着让头脑恢复清醒，坐起身。现在他的身上只剩下一些残存的疼痛。他先感谢了众灵和德雷克塔尔——众灵的容器，然后才转向德拉卡。妻子的表情让他的心一下子沉了下去。

"怎么了？出了什么事？"

"诺卡拉走了，还带走了他的全部家人。"

第十八章

德雷克塔尔是最后一个见到那个离去家庭的人。盲眼萨满在照顾过杜隆坦之后就去看视诺卡拉。根据德雷克塔尔的说法，那时诺卡拉怒气冲冲，又深感窘迫，这些反应也都是理所当然的。

“我很抱歉，酋长。”盲眼萨满说，“我完全没想到他们会这样离开。”

德拉卡帮助仍然有伤痛在身的杜隆坦穿上铠甲，同时哼了一声。“你当然不可能想到。就像我们所有人一样，我们都以为诺卡拉和卡葛拉的厚脑壳里还有一些理智。看样子，我们给予他们的信任实在是太多了。”

“他们，格鲁卡格，德尔加和库尔扎克都走了。”奥格瑞姆一边走进门一边说道，“一共五个成年人和三个孩子。要我说，就让他们走吧。”他的声音中充满怒意，但他也已经穿好甲胄，准备和自己的朋友一同出发了。“他们追不上古尔丹了，甚至想要跟随古尔丹的足迹也不太可能。上一场雪早已把那些人的脚印都盖住了。就让他们在荒野中饿死吧。或者他们会遇到一些流浪的红步兽人。那些家伙能让他们死得更快。”

“你忘记了，奥格瑞姆，”杜隆坦将裂斩绑到背上，对老友厉声喝道，“他们带着孩子。我不会让那些孩子因为父母的愚蠢而丧命。他们是霜狼兽人的孩子，是我们氏族的未来。现在他们有危险。我们对他们负有责任。”

“那他们的父母呢？”

杜隆坦犹豫了。诺卡拉的顽固让他感到气愤，那个家伙的决定，还有他的同谋们的决定不仅是在让那些孩子们冒险，还让杜隆坦不得不派出一支队伍去搜寻他们，而不是去寻找食物。片刻之间，他有些后悔自己饶恕诺卡拉的决定，但他立刻将这个想法放到一边。

“等我们找到他们，我会决定如何处置那些成年人。我不会做任何于氏族有害的事。”也许让诺卡拉在野外单独待一个晚上，体会一下大自然的力量，能够改变他的想法。一阵金属的撞击声将杜隆坦从自己的阴暗思绪中惊醒。他抬起头，看见德拉卡伸手拿起了自己的盔甲。

“亲爱的，”杜隆坦严肃地说道，“你要留下来。”

德拉卡停顿了一下，挑起一道眉弓，“亲爱的，”她回答道，“我要和你一起去，就像以前我们的每一次出行一样。”

“你正怀着孩子，亲爱的。”杜隆坦站起身，将一只手温柔地按在妻子的肚子上。德拉卡的腹肌刚开始稍稍有些变软，他们的孩子还很小。“我们这次行动的原因之一正是找回我们珍贵的孩子。如果不找到他们，氏族中的孩子就屈指可数了。现在怀孕的人只有你一个。”

德拉卡的目光足以让最强壮的大树枯萎。“过去的许多年中，”她说道，“我都被认为太过脆弱，没有资格成为真正的霜狼。那样的时代已经结束了。你去哪里，我就会去哪里，无论发生什么。”

和自己的妻子争论是没有用的，杜隆坦更发现自己其实并不想拒绝她，他们只应该在彼此身边。这也是他能够留给他们的孩子的一份礼物——无论他是男孩还是女孩。

“无论发生什么，”杜隆坦同意了，他转向奥格瑞姆，“我需要你留下来，万一我们都无法回家，族人一定会非常紧张。氏族需要一名坚强的领导者。”

奥格瑞姆不高兴地哼了一声。“我更擅长为我的酋长狠狠敲打那些傲慢的家伙，”他说道，“但我会服从命令。”

“不要脱下盔甲，”杜隆坦说，“以防万一。”他不需要把“万一”有可能发生的事情明白说出来。这件事已经对霜狼氏族造成了前所未有的打击。杜隆坦从不曾预料到自己会受到族人的挑战，但这样的事还是发生了。奥格瑞姆应该做好准备，以免情况进一步恶化。

奥格瑞姆点点头，一切幽默感都从他的身上消失了。“Lok’tar。”他说道。

"Lok'tar。"杜隆坦应了一声，便向等待他的利齿走去。

* * *

杜隆坦和德拉卡肩并肩地向前奔驰，身边是他们的狩猎队。利齿和寒冰长大的步伐快速而又稳定，让这对夫妻有足够的余裕能够说话。

"我早就应该为这样的挑战做好准备。"杜隆坦说，"早就应该提防古尔丹话语中的毒素。诺卡拉需要照顾他的家人，而且他一直都是一个行事冲动的人。只要他的妻子或者朋友说上几句话，就有可能让他相信，这样做——"他伸手一指面前荒凉的平原，"才是最好的选择。"

"你有一颗比我更加宽容的心。"德拉卡说，"我曾经孤身面对这样的环境。我知道这有多么严苛。"她向丈夫抬起头，"我知道这对一个小孩子来说会有多么艰难。我对诺卡拉的离开感到愤怒，但更让我愤怒的是他还带走了那些孩子。"

"他和其他那些……"杜隆坦皱起眉。他应该称呼他们什么？霜狼？他们已经背弃了这个名号。暴徒？在玛格拉之后，他们并没有再施行暴力。叛徒？杜隆坦摇摇头。在兽人语中没有准确的词汇能够形容诺卡拉那一伙人。"逃兵，"他说道，他不喜欢这个词，但他也找不到更合适的了，"他们逃不了多久。也许我们都找不到古尔丹的踪迹，但我相信，寻找他们不会比找一头受伤的裂蹄牛更困难多少。"

德拉卡仰头大笑起来。杜隆坦也露出了笑容。妻子的笑声让他感到温暖。

杜隆坦的话并不夸张。那一队人还带走了五头狼。很明显，诺卡拉努力想要追上古尔丹：他们的足迹几乎是在直线向南。

追赶他们的狩猎队一共有五个人：除了杜隆坦和德拉卡之外，还有歌手古拉克，克鲁格拉和梅拉克——他们两个都是经验丰富的追踪者。寒冰、利齿和其他三头狼亲密地跑在一起，耳朵前探，舌头垂在口外。杜隆坦很羡慕这些狼的无忧无虑。他们并不是在追赶叛逃的人，而是急着要去和他们的伙伴会合——那些伙伴中有狼，也有兽人。

但霜狼酋长又该如何对待那些逃跑的人？杜隆坦一直在思考这个问题。当然，孩子们必须回来。有氏族的庇护，他们存活的几率才更大——孩子们必须活下来。但诺卡拉和其他那些成年人呢？诺卡拉已经两次挑战杜隆坦的权威，首先是在玛格拉中，现在又像贼一样在深夜中偷走了霜狼最宝贵的东西。但就算是这样，杜隆坦仍然不愿意杀死那个愚蠢的兽人，他只是看不到还有别的办法。

利齿突然停住脚步。杜隆坦不得不抓紧这位狼朋友粗厚的颈毛，才能在他的背上坐稳。这时利齿绷紧肌肉，腰背弓起，耳朵紧紧贴在脑后。一阵低沉危险的吼声在他的喉咙中响起。所有的狼都显示出相同的样子。杜隆坦向狩猎队发出准备战斗的信号，自己也抽出了裂斩。

他嗅了嗅空气，没有发现任何危险的迹象。兽人对于气味非常敏感，但和狼相比还是弱了不少。杜隆坦相信自己的朋友。他察觉不到狼能够嗅到的气味，但他很清楚这位朋友本身对气味的敏感——现在狩猎队中的狼全都绷紧了神经，他的兽人部下也都开始出汗。他们会在前方遇到很糟糕的事情。

一开始，他们见到的足迹和之前没有什么区别。在雪中漫不经心踏出的狼爪印继续向前延伸，直到积雪被厚实的松针落叶所取代。狩猎队在等待酋长的命令。杜隆坦在沉默中离开利齿，其他人也都跟着下了座狼。杜隆坦向前方的足迹一指，又竖起两根手指，再指指狼，手心向下在面前一扫。兽人们要两两行动，狼要被放开。和可能埋伏在前面的那些敌人不同，霜狼绝不会逃离狼群。在森林的狭小环境中，如果发生战斗，没有骑手负累的霜狼会发挥出最大的力量。

他们继续向前，小心地不碰到积雪的树枝。长久的实践演练让他们能够几乎悄无声息地在雪中行动。他们从进入这片森林开始就没有听到过半点声音。没有鸟鸣，也没有小动物来回奔窜的“窸窣”声。

足迹表明，那些逃兵也离开了座狼，正在和他们的狼一同前进。没有小孩子的脚印。杜隆坦认为是他们的父母让他们继续骑在狼背上。他沿着一条羊肠小道向前观望，发现小路转向了右侧。

风向变了。杜隆坦猛吸了一口冷气——现在他能闻到了，兽人和狼身上都有血腥气，而且并不新鲜。几个小时以前一定发生了一些意外。

杜隆坦回头看了一眼自己的同伴，向左向右各指了一下，示意他们分头行动，从不同的方向朝发生战斗的地方靠近。众人点点头，服从了命令。

杜隆坦不知道前方有什么在等待他们。尸体——几乎一定会有，很可能既有狼的，也有兽人的。但又是谁——是什么人杀死了他们？

现在他能隐约看到那片战场了。透过阴暗高大的松树，一片开阔地上洒满了红色和红黑色的血迹。但……

“尸体去哪里了？”德拉卡问道。她就在距离丈夫不远的地方。

群狼悄然向前，嗅着和积雪半冻结在一起的血污。寒冰向天空仰起头，开始为逝去的同胞长声哀嚎。其他狼也加入其中。杜隆坦确信他们暂时不会再有危险，便放下了战斧。

其余队员纷纷靠近过来，也都放下了手中的武器。这片空地上显得凌乱不堪。积雪和松针都浸没在红色的血泊之中。杜隆坦靠近过去，才看到鲜血的痕迹一直延伸到树林里面。

一定有某种力量杀死了全部五头狼，并把他们拖走了。这里有太多的血。而且如果骑手遇害，这些狼绝不会逃跑。杜隆坦只能想到一种掠食的怪物能够——或者是会这样做。

他们终究还是没有能在霜火岭彻底摆脱红步兽人。

杜隆坦一步步向那道很宽的红色血迹靠近。现在他能看到踏着这些血迹离开的靴子印。他用眼睛跟踪这些靴子印，直到它们消失在阴影密布的黑色森林中。狩猎队的狼已经开始朝那个方向跳跃，发出一阵阵呜咽和咆哮声。德拉卡随同他们一起跑过来，一边小心地不要踩乱这些脚印。

“这里的兽人血非常多，”古拉克说，“一定有人死在这里了。”

杜隆坦看着黑红色的积雪，心中明白这名洛克瓦诺德歌手是对的。他曾经天真地以为只是诺卡拉团队中的一个成员受伤了，但……

又一阵哀伤的长嚎撕裂了空气，这声号叫更加高亢，更加充满了令人心碎的哀伤。

“杜隆坦！”德拉卡喊道。在霜狼们凄厉的洛克瓦诺德中，杜隆坦只能勉强听到妻子的声音，但他立刻从这一声尖利的呼喊中听到了以前从不曾在妻子身上出现过的情绪：恐惧。

队伍的其他成员也都向德拉卡发出呼喊的地方飞奔而去。他们发现她和五头狼齐聚在一小片空地上。那些狼都向天空仰起头。德拉卡呆立在原地，死死地瞪着面前的一片屠场。

五头狼被剥皮肢解，只剩下残破的骨架——这些杜隆坦隐约已经猜到了。狼皮能够为兽人裹身御寒，他们的肉更是能填饱兽人的肚子。就连霜狼兽人也会使用狼兄弟的皮，以此来纪念死去的狼兄弟，让他们还能为氏族出力。看到这些狼被残杀虽然会让杜隆坦感到心痛，但真正让他和他的同伴大惊失色的却是另外一番情景。

兽人的生活通常都是严酷的，死亡对他们来说并不陌生。杜隆坦亲眼见到过族人和好友被狂暴的裂蹄牛群踩在脚下，或是被塔布羊的利角刺穿。他甚至还见过族人死在战场上和可怕的意外中。

但这里……

在他们面前躺着一具尸体——不，杜隆坦有些觉得自己要发疯了，甚至不能说这是尸体，只是一具尸体的残余。死者全身赤裸，杀人犯夺走了这个兽人的全部衣服和物品——还不止于此。他的肉被从骨头上撕掉，就像那些狼一样。他的肠子被挖出来，扔到了一旁。在无比的惊骇中，杜隆坦清晰地意识到有几个内脏不见了。

这个死去的兽人趴伏在积雪和松针上。杜隆坦吃力地咽了一口唾沫，伸出裂斩——他没办法让自己的手去碰触那些血污的骨头，只能用战斧轻轻地翻起这具尸体。

诺卡拉的无神的眼睛望向了他。

“我早就知道他们会用兽人和德莱尼的血来装饰自己。”德拉卡轻声说，“但这样做……”

“他们……他们撕碎了他，就像是……”古拉克没有能把话说完。他用力咽了一口唾沫才说道，“展示战利品？”

杜隆坦的目光从狼转向死去的兽人，摇了摇头。

“不，”他面色严峻地说，“是为了食物。”

第十九章

“那些孩子，”德拉卡立刻说道，“红步兽人劫走了他们！”

杜隆坦又摇晃了一下头，努力赶走让他眩晕的厌恶感，让自己恢复清醒。“红步兽人必须杀光那些狼，而且速度要快，”他一边思考一边说道，“狼是最大的威胁，而且……而且肉也最多。兽人则可以被打倒，会屈服，能够在受到逼迫的情况下被押走。他们拿走了狼的肉和皮，还有……”

出于某种奇怪的原因，杜隆坦想到了他在数年前无意中说过的一句话。那时他们刚刚见到古尔丹，杜隆坦说盖亚安看上去就像是想要用那个术士的肉做一顿大餐。而奥格瑞姆在他离开之前所说的话又回响在他的耳边：或者他们也许会遇到一些流浪的红步兽人。那些家伙能比饥饿更快地了结他们。

他想到有一些狩猎队再也没有能返回营地，心中不由得一阵抽搐。

如果你不能把它说出口，你就是在给它力量。杜隆坦对自己说。他更加用力地攥紧握住裂斩的手，甚至磨伤了手掌的皮肤。说出你的恐惧，你才能成为它的主人。

“他们也拿走了诺卡拉的肉。”他的声音保持着稳定，“其他人，包括那些孩子，我相信他们都被俘虏了，会在以后成为红步兽人的食物。”

“那么，”德拉卡就像丈夫一样直白地说道，“他们也许都还活着。”

杜隆坦和他的狩猎队在今天早晨出发的时候目的非常简单。他们要来找到逃走的氏族成员。而现在，这场追逐变成了一次援救任务。

“红步兽人没有坐骑，我们有，”杜隆坦说，“我们会找到他们。然后……他们将必死无疑。Lok'tar！”他高声呐喊。霜狼兽人也用吼声回应他们的酋长。他们的声音打破了这非同寻常的寂静。毫无疑问，红步兽人已经听到了他们的声音。

杜隆坦不在乎，就让那些怪物知道有什么在等待他们吧。

让那些怪物知道，霜狼兽人来了。

* * *

同胞的鲜血气息充满了霜狼的鼻腔。他们爆发出全部力量，如飞般狂奔。他们的骑手紧紧趴伏在他们的背上，任由这些巨大壮硕的白色猛兽肆意奔驰。他们的步伐快捷又稳定，就像他们追赶兽群时一样。但杜隆坦能感觉到利齿的紧张。这是一次极为特殊的追猎，狼和兽人都很清楚这一点。

古拉克最先发现了袅袅升起的灰烟。杜隆坦仔细观察，也看到了那股烟。随着风向一变，他心中一紧。风中传来的是烤肉的气味。如果杜隆坦不知道那是什么肉，甚至有可能会觉得这气味很是诱人。

就像他的父亲一样，杜隆坦为自己是一名有理性的兽人而感到骄傲。他相信让一个兽人感到自豪的不应该只是悍勇的力量，所以他很少会让自己的视野中充满嗜血的红雾。但现在，鲜血的颜色连同强大的力量分别在他的精神和躯体上爆发出来。他根本没有意识到自己发出了怎样的战吼，直到他的喉咙疼痛难忍，他也不知道充满耳鼓的只是他自己的声音。其他霜狼兽人纷纷响应酋长的怒吼，他们的坐骑感觉到了骑手的暴怒，全都低下头，如离弦的箭一般向前蹿去。

杜隆坦的狩猎队一共只有五个人，红步兽人有十二个。冲锋的霜狼兽人甚至没有丝毫减慢速度，他们一下子撞进一片林间空地。红步兽人的营地只能算是雪地中的一个休息点。嗜血的红雾暂时消退，让杜隆坦能够仔细观察这片营地的布局：中央是一堆篝火，几根烤肉的钎子插在上面。一堆还带着血污的狼皮，一只鼓胀的麻袋上全是浸染的红色和黑红色斑块，里面塞满了鲜血淋漓的肉。还有像许多束柴捆一样被绑在一起的，还活着的霜狼兽人。

那些杀害加拉德的红步兽人已经非常可怕了。他们用双手将动物的血涂抹在自己的身上和脸上，而这里的红步兽人简直就是一群野兽。不，不是野兽，杜隆坦纠正了自己的想法。野兽都是天然的生物，站在他面前的这些怪物根本就是噩梦的化身。

他们并不只是在身上按了几个干血印。他们让全身都浸透了污血，仿佛是穿上了一件血色的衣服。一层又一层干血覆盖在他们的胸膛、手臂和腿上。想要猜出他们最初泼在身上的血是什么颜色或者他们变成这幅样子有多长时间根本不可能。春天刚刚出现的苍蝇正群集在这些怪物的身上。也许他们曾经是兽人，但现在这些冲向霜狼狩猎队的怪物无疑只是一群疯子。

一名女性怪物披散一头乱发，圆睁着狂野的双眼，高举长矛向杜隆坦扑来，她的矛刃上还闪动着狼血的光泽。杜隆坦从利齿的背上跳下。利齿早已熟悉主人的动作，当杜隆坦全力对付攻来的敌人时，他已经转到左侧，全力一跃，冲向正朝梅拉克挥起一柄钉头锤的另一个红步怪物。狼张大双颚，锋利的牙齿就像他的皮毛一样雪白。那个怪物的脖子瞬间便落入了两排利齿之中。红步怪物倒下了，拍起一片积雪和灰烬。他的黑红色血液也喷涌而出。

德拉卡还留在寒冰的背上，一人一狼围绕空地的边缘疾速驰骤。德拉卡不停地举起角弓，射出一支又一支利箭。一个红步怪物从篝火中抓起一根燃烧的木棍扑向寒冰。很快，杜隆坦就嗅到了皮毛烧焦的气味，听到寒冰发出痛苦的咆哮，但那个红步怪物也被两支箭射穿喉咙，倒在地上。

杜隆坦很高兴自己选择了裂斩而不是雷击，他不想在利齿的背上消灭这些怪物。他现在更愿意逼近到距离他们只有几寸远的地方，用暴怒的眼睛盯住他们，嗅到他们身上干结腐败的血腥气味，砍开他们的胸膛，看着生命的火焰在他们的眼睛里熄灭，或者直接砍掉他们的头颅。他以前从没有真正恨过谁，但现在，他疯狂地憎恨着这些敌人。

他陷入了那种完全集中杀意之后的恍惚状态，任由手中的钢刃去寻找血肉或者阻挡攻击，他失去了对时间的概念，也不知道自己杀掉了多少红步兽人，他只知道，要让这种怪物永远再无法对他人犯下他们曾经对霜狼兽人犯下的罪恶。终于，他的身上全是汗水和血浆——其中有一些血是属于他自己的。他的动作慢下来，眨了眨眼睛，才看到这片空地上已经是尸骸狼藉。大部分尸体都是那些可怕的，被苍蝇覆盖的红步怪物。但他看见德拉卡跪倒在已经一动不动的古拉克身边。

“他死在了三个敌人的围攻下，”德拉卡说，“他把那三个敌人全都干掉了。”

杜隆坦发觉自己喘息得无法开口，便只是点了点头。热爱诵唱洛克瓦诺德的古拉克如果知道他也为自己赢得了一首英雄颂歌，一定会很高兴。梅拉克和克鲁格拉正在忙着割断捆住其他霜狼兽人的绳子。杜隆坦又停顿了片刻才完全恢复清醒，这时他发现了一个令人心如寒冰的事实——所有俘虏都是成年人。

“孩子们！”他喊道。他大步走向那些得救的俘虏，根本不在乎是否踩到了红步兽人的尸体——他们根本不是兽人，他们是疯子，堕落的食肉兽，他们的死亡并不比他们的生存更值得尊敬。“出了什么事？他们在哪里？”他抓住格鲁卡格的衬衣前襟，大声吼道。

“他们逃走了！”格鲁卡格说道。他的声音几乎像是啜泣。他和所有这些刚刚被解救的俘虏都是一脸绝望而震惊的表情，但杜隆坦没有时间向他们表示同情。格鲁卡格继续说道：“当我们遭到攻击的时候——他们全都逃进了树林。”

“一些红步兽人去追他们了。”卡葛拉说，“但他们全都是空着手回来的。孩子们一定是逃走了。”

“是什么时候发生的事？”杜隆坦追问他们。他现在还在对这些成年人感到恼恨。古拉克和诺卡拉正是因为这些糊涂的家伙选择夜间逃亡才失去了生命，而一想到那些孩子……

“就在半天以前。”格鲁卡格说，他的声音依然显得沉痛哀伤。他知道这意味着什么，这片森林对于三个孩子而言有太多的危险，而且他们之中的两个人还太过幼小。野狼很少会攻击成年兽人，但小兽人会成为它们美味的猎物。春天还会滋生许多毒虫，它们的叮咬很有可能是致命的。刚刚从冬眠中醒来的毒蛇大多数还无法迅速逃离高大的生物。当有孩子靠近的时候，它们也许会选择攻击。

而夜晚就要到来了。

“快，”杜隆坦发出命令，“我们要尽全力找到他们。”现在他只能希望众灵能够指引他们。霜狼的孩子这时肯定已经被吓坏了。

但众灵并没有向他们显示仁慈。六个小时过去了，他们毫无收获，寒冷而痛苦的黑夜已经包围了他们。杜隆坦的队伍不得不放弃搜寻，在这种黑暗中继续寻找绝对是愚蠢的。红步兽人抢走了霜狼俘虏的大部分衣服，并且完全没有给他们食物和水。现在他们的状况都已经很糟了。在这种令人绝望的黑暗里，他们的孩子很可能就昏倒在几步以外，而这些寻找他们的人只会从他们身边走过去却毫无察觉。

卡葛拉开始无声地啜泣，德拉卡用一只手臂环抱住她。杜隆坦只能强行压下怒火，不让自己冲卡葛拉他们吼叫。他知道他们已经吃尽了苦头。

“霜狼的孩子是坚强而且聪明的。”德拉卡自信地说，“莎卡萨还在他们身边。当我被流放的时候，年龄也和莎卡萨差不多，我活了下来。我们明天会带着整个氏族来这里寻找他们。”她看着杜隆坦，“难道不是么，亲爱的？”

“我们会的。”杜隆坦做出承诺，但他没有足够的信心能多说出哪怕一个字。

返程的道路寒冷，漫长而又寂静。杜隆坦想不起自己的心何时曾经感到如此沉重，就连加拉德在他眼前遇害的时候也不曾如此。德拉卡走在他的旁边，而杜隆坦完全陷入了沉思之中。他在竭力思考自己所见到的一切，试图理清这其中的脉络。

除非……他做不到。这根本不是一个兽人氏族，完全是一群疯子。有那么一段时间，他甚至为父亲的去世感到高兴，至少父亲不会像他一样亲眼见到这样无法想象的、可怕的堕落。以众灵之名，这些红步兽人到底变成了什么？他们真的还能被称作为兽人吗？一个兽人杀死另一个兽人并不少见，冒犯尸体的行为非常少，但也不是绝无仅有。

但以尸体为食……

“杜隆坦！”奥格瑞姆的声音将杜隆坦从黑色的沉思中惊醒。他的副手正骑狼奔出氏族营地来迎接他们，“你们找到他们了！”

“没有全找到。”杜隆坦语音沉重，“我们失去了诺卡拉和古拉克。还有……孩子们在我们找到他们之前就逃走了。”

听到诺卡拉和古拉克的噩耗，奥格瑞姆的神情变得黯然。但是当杜隆坦提到孩子们的时候，不知为什么，他又兴奋起来。“是的，”他说道，“他们逃出来了。”

“妈妈！”充满喜悦的尖叫声响起。

“妮兹卡！莎卡萨，柯尔古……”

杜隆坦惊愕地看着三个走失的孩子骑在狼背上从营地中跑出来。两个最小的孩子扑向了他们的母亲，以小孩子特有的那种无所畏惧的勇气从狼背上直接跳起来，落进充满爱意的怀抱。莎卡萨跳下狼背，冲向卡葛拉。当这个女孩问道：“那……爸爸在哪里？”的时候，卡葛拉立时变得满脸惨然。杜隆坦只觉得哀伤刺痛了自己的心脏。

盖亚安站在篝火光亮的边缘，等待着他们。“真高兴你们回来了，我的儿子。”她说道，“我一直都不知道该如何接待我们的来访者。”

杜隆坦完全糊涂了。“来访者？”为什么她会管回家的孩子叫“来访者”？

“氏族学识中没有关于这种境况的记载，”盖亚安还在继续说着，“德雷克塔尔说他们是众灵派来的。考虑到正是他们带回了我们的孩子，我向他们表达了诚挚的欢迎。”

杜隆坦本以为自己今天遭遇的意外已经够多了，但看样子，家中还有一件足以让他大吃一惊的事情在等着他。他的目光越过盖亚安，看到了母亲所说的那三个人。

他们的双腿都像塔布羊一样向后弯曲，个子甚至比最高的兽人还要高。火光照亮了他们蓝色的面孔和头顶的弯角，还有一双天空颜色的，闪亮的眼睛。

这些陌生的脸上带着羞赧、快乐的微笑。

“德莱尼。”杜隆坦喘了口气。

第二十章

杜隆坦曾经隐约瞥到过那些德莱尼。他知道他们个子很高，皮肤呈蓝色，有尾巴和角，还有蹄子。但他从不曾接近他们，体验到他们是多么气势迫人——即使是当他们站在数量远超过他们的兽人中间，低头向他露出微笑的时候，杜隆坦还是会从他们身上体会到一种神秘的压迫感。男性德莱尼像兽人一样肌肉虬结，魁梧健壮，就连女性德莱尼也有着健美的身材，看上去强韧有力——而且还比杜隆坦要高上半头。

“是他们救了我们！”妮兹卡说，“当那些……那些坏兽人攻击我们的时候，爸爸要我们逃走。我们逃了。后来没多久，德莱尼就找到了我们！”她有些犹豫地看着杜隆坦，“我本来也想要从他们面前逃走，但爸爸一直都说，德莱尼不会伤害我们。那些追赶我们的……”

妮兹卡的声音低了下去。她显然是想起了那些恐怖的情景，一张小脸也皱缩起来。听到这些孩子并没有见到最可怕的事情，杜隆坦不由得松了一口气。不应该让他们看到亲爱的父亲像塔布羊一样在雪中被宰杀。

杜隆坦叫来格鲁卡格，低声对他说道："带孩子们回屋里去，给他们喝一些星星花茶，让他们今晚好好睡一觉。等他们醒来的时候，只需要告诉他们诺卡拉和古拉克牺牲了，不要和他们说具体的细节。"至少莎卡萨很快就需要知道事实真相了。她已经到了可以上战场厮杀的年纪，应该知道她将要面对的是怎样一种敌人。但另外两个孩子还很小，不需要让更多的恐怖去折磨他们的梦境。

"说晚安，向援救你们的人再次致谢，然后格鲁卡格会照顾你们。"杜隆坦说道。柯尔古是三个孩子中最小的一个，他被妈妈抱在臂弯里，伸出双手拥抱了一名德莱尼女性修长的脖颈。那名德莱尼的脸上闪耀着温柔的光亮，杜隆坦不由得惊奇地摇摇头。这个世界，肯定不再像它曾经那样了。它的确有很多不好的地方……但至少在这件事上，这个世界还有好的一面。

三名德莱尼中唯一的男性认出了德拉卡，便用一种如音乐般婉转的声音喊出她的名字。德拉卡走向他，热情地握住他伸出来的手，用有些生硬的德莱尼语言说了几个词。男性德莱尼做出一个夸张的手势，指了指天空，装作要逃跑的样子。德拉卡则仔细倾听他的回答。当孩子们从篝火旁边离开之后，德拉卡才说道：

"戴斯卡奥说他们看到了……"德拉卡应该是本打算说出"逃兵"这个词，但在发生了所有这些事之后，她也像杜隆坦一样，无法再斥责那些人了。“昨晚他们看到了诺卡拉一行人。他们知道红步兽人正在这一带活动，所以当他们看见我们的 detishi……孩子们的时候，就非常担心会出事情。他们一直跟踪诺卡拉，正因为如此，当孩子们逃走的时候他们才能及时施救。”

“Detishi。”戴斯卡奥重复了一遍，将双手放在心口。杜隆坦回忆起德拉卡在几个月之前说过的话，那时他们刚刚逃出霜火岭：在这一点上，德莱尼和霜狼是一样的。他们深爱着他们的孩子，会用自己的生命保护孩子。

他们会用自己的生命保护任何孩子，杜隆坦心中想。我们是否会为他们做同样的事？杜隆坦知道答案，并因此而感到一阵羞愧。

“Detishi，”杜隆坦也模仿德莱尼的手势，并将这个词重复了一遍，“孩子。”

“孩……子。”戴斯卡奥重复着杜隆坦的话，点点头。他看起来很哀伤，又指着被援救的兽人说了些别的话，并摇摇头。

“他们很后悔无法拯救这些成年兽人，他们只有三个，而且他们不能再让孩子们冒险了。”

“告诉他们，我们理解他们的苦衷，并对他们万分感激。”

德拉卡露出为难的神色，“我试试。”她似乎成功了。德莱尼看起来很高兴，向她和杜隆坦露出温暖的微笑。德莱尼从来都不是兽人的敌人。严格来说，现在他们也不是兽人的朋友。但此时此刻，这些对杜隆坦都不重要。

“坐下吧。”他一边对德莱尼说，一边摆出坐下的姿势。德莱尼们有些犹豫地照他的话做了，“请分享我们的食物和篝火。为了我们的 detishi，这是我们最起码的感谢。”

从眼角的余光中，杜隆坦瞥到盖亚安正坐在篝火边缘，双臂在胸前交叉，一张面孔硬得就像是石块。

* * *

再没有人被允许单独离开营地，巡逻队的数量增加了一倍。紧张情绪在氏族中引发了争论和斗殴，因为更多的人被派遣去进行巡逻，狩猎活动也减少了，这意味着氏族获得食物的机会也在变少。但在那一晚的恐怖事件之后，没有人反对这种安排。

春天的阳光几乎在一夜之间就从寒冷灰暗变成燥热刺眼。营地周围的平原还没有足够的绿色可以被称之为草原，零星分布的几片草地很快就被太阳烤焦了。湖水依然无法饮用，而且焦热的太阳（在如此遥远的北方出现这种气候还真是奇怪）似乎很想把这片湖烤干。随着水位越来越低，越来越多的腐烂尸体被暴露在阳光中，开始散发臭气，天可怜见，死在那里的幸好还只有野兽。

谢天谢地，藏在大石头下面的泉水还能够为他们提供饮水，但现在流出的水也要比最初的时候浑浊。虽然大型猎物已经彻底消失了踪影，小一些的猎物总算还能为氏族提供足够的肉食——至少现在还是如此。有一次杜隆坦对德拉卡说，她是全氏族中唯一变胖而不是变瘦的人。他的妻子只是平静地回应说，如果她肚子里的孩子将来不为了他的这句话而抽他的耳光，那么德拉卡自己也一定会狠狠地抽他。他们一同大笑起来。杜隆坦将妻子拉到怀中。在不算太长的一段时间里，他们在彼此的怀抱中逃开了他们的世界。

氏族中没有人再谈论离开或者是正式向杜隆坦的领导权发出挑战，但杜隆坦不需要听到族人们哀伤的言语就能知道，他们正在受苦。他去找德雷克塔尔，恳求盲眼萨满与众灵沟通，询问到底该怎样做。“我们有一处水源，有一种食物来源，”杜隆坦说，“但如果我们失去其中一个，氏族就会死亡。我们没有水果，没有谷物和种子。我们需要帮助，德雷克塔尔！”

极少会失去耐心的老兽人这次也开始变得不耐烦了，“众灵不是狼群，会听从我们的召唤来到我们面前，加拉德之子！”他厉声喝道，“他们是自然元素的精华。他们愿意与我们联系，完全是我们的幸运！我是一名萨满。我的任务是在它们出现的时候倾听它们的声音，并告诉你，我的酋长，它们都说了什么。而如何应对它们的消息——或者当它们没有出现的时候我们该怎样做——这都是你的责任，不是我的。”

德雷克塔尔说得没有错。听到老萨满如此直接地说出这番话，杜隆坦感到面皮一阵发烧，但他已经用尽了一切手段。他召集自己的助手们，毫无保留地陈述了眼前的严峻形势。奥格瑞姆愁眉不展地用树枝在泥土上画来画去。盖亚安默然坐在一旁，双手交叠在膝盖上，只是倾听儿子的讲述。德雷克塔尔显得筋疲力尽，即便是坐着，还是要沉重地靠在他的手杖上。德拉卡坐在丈夫身边，一只手按在自己鼓起的肚子上，听着丈夫说话，给予他无声的支持。

“众灵曾经以红樫鸟之形为我们送来信息，”杜隆坦说道。他能够听出自己的声音是多么沮丧，他正在拼命摸索哪怕最后一点希望，“德雷克塔尔，你的萨满有没有看到任何能够指引我们的征兆？我说的不是幻影或者音讯，而是更加实在的迹象。也许是朝某一个方向前进的蚂蚁或者鸟雀，或者植物生长的形态？”

德雷克塔尔叹了口气，揉搓着额角，仿佛在感到心痛。帕尔卡说道：“我们一直在密切注意万物的生长，就如同我们利用草木作为药剂。我们……嗯，整个大自然就仿佛仍然处在冬天，或者也许是秋天——我发现了一些蘑菇，它们通常只生长在秋季。”

杜隆坦有些好奇，现在一直没有下雨，蘑菇又怎么能生长出来？但他马上就将这个念头甩到了一旁。萨满似乎对这个问题并不关心，对于这种事情，他们显然要比他了解得更多。

“我不在乎什么样的蘑菇会在什么时候或者什么地方生长，只要它们是可以吃的就行。”奥格瑞姆说，“它们能吃吗？”

帕尔卡摇摇头：“我以前从没有见到过这样的蘑菇，我可不会冒险吃它们。”

失望如同一把匕首刺穿了杜隆坦。只有一种植物似乎还在生长，却还是一种可能有毒的植物。他重重地叹了口气。“好吧，”他说道，“如果有植物在生长，即使它们对我们没有用处，也许还会有另一些东西也能生长出来。”

* * *

什么都没有。不过，当一群鸟从空中向东北方飞去的时候，杜隆坦宣布将组建一支新的狩猎队追踪它们。那些鸟也许会去有水的地方，水源很可能会吸引来大型猎物。即使这些都没有，至少弓箭手能够射下几只鸟来做成烤肉。这是他们一段时间以来看到的最有希望的迹象了。

“我和你一起去。”德拉卡对杜隆坦说。

“这次不行。”杜隆坦坚定地拒绝了妻子。

“我不弱于你的任何一名战士。”德拉卡说道。她的话没有错。也许她不具备男性兽人的孔武彪悍，但她要比杜隆坦所知道的其他所有女性兽人都更加强健，而且速度快得像蛇一样。

他们正躺在毛皮床褥上，杜隆坦侧过身，看着自己的妻子。“德拉卡，”他低声说，“我知道你能够保护好自己。如果换作其他时候，我会对你说：‘老婆，和我一起去打猎吧，等孩子生出来，就给他一支长矛。’”

德拉卡“咯咯”地笑了起来。“我喜欢你这样说——她一定会拿起长矛，立刻杀掉一头塔布羊。”

“我丝毫不怀疑她会那样做。”杜隆坦微笑着看着自己的妻子，但他的笑容很快就消失了，“只是现在可能没有塔布羊可以让她猎杀。德拉卡，现在是非常时期。氏族中除了你以外，再没有其他女性怀孕。我很担心你会因为喝到不好的水或者食物不足而失去这个孩子。而且外面还有红步兽人……”

“我明白你的恐惧，我也有着同样的恐惧。这是一个多灾多难的时代。你是对的——在孩子出生之前，我不应该盲目参加战斗。”

杜隆坦感到一阵宽慰："那么你答应留在家里了？"

"我会作为弓箭手参加狩猎，并且一定只会在远处进行攻击。"

杜隆坦愣了一下。片刻之间，他有些生气，然后又笑了起来。

* * *

狩猎的号令得到了普遍欢迎。杜隆坦召集了十名队员，其中半数是弓箭手，因为他们也许只能找到一些鸟。当队伍集结准备出发的时候，人群中充满了笑声和喧哗声。

"看上去几乎就像是过去一样。"奥格瑞姆说道，他正看着那些猎人们。即将出发的猎人纷纷与他们挚爱的亲人道别，洋溢在他们脸上的不再是严峻和坚毅，而是灿烂的微笑。

"已经没有什么还和过去一样了，"杜隆坦说，"不过，能看到这些真好。"

奥格瑞姆斜着眼睛看了看太阳："这里的阳光简直比霜火岭的还要强。"杜隆坦也注意到了这一点，但他对此一直都只字未提。这又有什么可说的？

片刻之间，尽管身处于一片欢声笑语中，他却被一阵绝望抓住了内心。这就是生活的全部吗？一天又一天地为了生存而挣扎？他回忆起自己充满故事、游戏、熟睡和美食的童年。那时的四季都是那样丰富和充实。冬天也许很萧条，但春天总是会到来。那是个美好的童年。那么他的儿子或者女儿的童年又会是什么样子？他的孩子还能够活着见到童年吗？他没有对德拉卡说过这些话，但他一直都在为自己的妻子感到担忧。她总是吃不到足量的，有营养的食物，也没有足够的净水饮用……他没办法满足她的任何一点需要。

他一直对古尔丹的提议嗤之以鼻，因为他知道，术士承诺的愿景不可相信，而他所要求的代价却无可逃脱。就连迦罗娜也警告过杜隆坦，要小心她的绿皮主人。但现在他们又能过上怎样的生活？大自然更是不可相信，而他已经付出了沉重的代价。

他的族人都因为可能得到新鲜的肉食而兴奋，即使那只是一些鸟肉。他们需要那些肉。缺乏食物已经不再是一种需要忍耐的艰苦——它已经变成了决定生死的因素。杜隆坦怀疑有许多年长的霜狼兽人都在偷偷将食物留给年轻的族人，所以现在他们都已经变得瘦骨嶙峋，只是在靠清水和意志力活着。

这些根本就不够，即使是霜狼，也不可能仅凭坚强的意志活下去。用来掩埋尸体的石块要比这片土地能提供给他们的其他任何物资都充裕得多，而这种苦涩的收获每一天都在增长。从他们来至此地直到今天，这片平原上已经立起了十七座石冢。杜隆坦摇摇头，甩掉这个阴郁的想法。现在想这些是不合适的。谁又能知道，他们跟着那个鸟群会有怎样的收获？一直以来，春天本身就象征着希望。

想到春天，他忽然又想起一件事。“让他们在离开前装满水囊[①]，”杜隆坦对奥格瑞姆说，“我们不能指望可以在其他地方找到干净

①英语中春天和泉水是一个单词：spring。

的水。”

奥格瑞姆点点头，调转猛咬，向骑上狼背的猎人们跑去。他们很快就向泉水跑去，只有奥格瑞姆留在后面等待杜隆坦。杜隆坦则在等待着德拉卡。

德拉卡在寒冰那里遇到了一点麻烦。那头巨狼坐在地上，拒绝让德拉卡骑乘。德拉卡抬头向走过来的丈夫瞥了一眼，脸上尽是一副恼怒的神情。

“如果这是你的话，”德拉卡说，“我一定会狠狠抽你的耳光。”

“如果是我，就不会有这种事了。”霜狼兽人对待彼此都很粗鲁，就算是表达关爱也经常会给对方留下点淤伤。但他们从不会冲和他们有羁绊的这些狼动手。

“也许你能劝劝他。”德拉卡喃喃地说道。杜隆坦来到这头从还是一只幼崽时就待在父亲身边的巨狼面前，挠了挠他的耳朵后面。寒冰呜咽一声，猛地仰起头，认真嗅了嗅空气。

杜隆坦又想伸手拍抚寒冰，但他的手停在了半路上。他想起老祖父山喷出火焰河流，摧毁霜狼村庄的那天晚上群狼发出的长嚎。

他急转过身，向他的狩猎队望去。现在他才看到，那些狼多多少少都显得有些悲伤。有几头狼也像寒冰一样顽固地坐在地上，迫使他们的骑手不得不回到地面上。另一些本已经向平原边缘跑去的狼现在又折返回来，耳朵紧贴在头上，丝毫不在意骑手们停下或转向的喝令。

“大地饿了！”

怪诞而可怕的喊声听起来几乎不像是德雷克塔尔的声音，他在

一、两个小时前就回到了自己的小屋里。那时他说自己觉得很不好，需要休息。现在，他跌跌撞撞地从小屋中跑出来，没有人护持。他只是不停地呼喊着一句话："大地饿了！大地饿了！"

杜隆坦向猎人们转过头。在他身边，寒冰伏低身子，连声长嚎。这头巨狼在颤抖。杜隆坦将双手拢在口边喊道："回来！马上回来！"

一些还在汲水的猎人听到杜隆坦的喊声，调转座狼向营地跑来，但也有一些人发现他们的狼像寒冰一样只是惊恐地匍匐在地上，动也不动。

"大地饿了！"

的确如此，就在全体霜狼氏族满心惊恐，茫然不知所措的时候，一阵如同砾岩被碾碎的低沉声音骤然响起，就像是……有人在磨牙齿。

四名部落猎人脚下的地面突然消失了。他们和他们的座狼也随之不见了踪影，只剩下地面上一个完美的圆形，还有代表死亡到来的绝望尖叫。

大地饿了，它在吞噬他们。

第二十一章

距离灾难现场最近的人立刻跑过去施以援手，但巨大的黑洞还在扩张。更多泥土、青草、兽人和狼跌落进去。杜隆坦看到格鲁卡格拼命想要抓住洞口边缘，一双瞪大的眼睛里尽是恐慌。随后，他所在的地方也塌陷了。无底的大洞就像是隐藏在地下的一头怪兽的巨口。

还能够逃走的人都在向四面八方奔逃，只想跑得离那个深坑越远越好。洞口还在迅速扩张，不断吞进新的牺牲品。杜隆坦意识到，尽管洞口距离营地还远，但它扩张得如此迅速，营地现在也面临着危险。察觉到这一点的并不只是他一个人。营地中的兽人们纷纷从愕然与木讷中惊醒过来，转过身，以最快的速度朝远离洞口的地方逃去。

利齿在杜隆坦身下颤抖着，但他压抑住了自己逃亡的本能。寒冰还缩成一团，拒绝移动。杜隆坦伸出手，将自己怀孕的妻子拽到利齿的背上，他不得不将父亲的霜狼撇下，如果寒冰还无法找到自己的勇气，就只能成为大地的食物了。

在飞速逃亡的时候，杜隆坦回过头瞥了一眼，看到还有很多人也像寒冰一样，因为恐惧而呆立在原地。他的族人们都很勇敢，能够毫无畏惧地与敌人战斗，但有谁能想到，大地会突然在他们脚下崩塌。土地一直在为他们提供食物，支撑他们生息繁衍，现在为什么又突然变成了他们的敌人？

德拉卡紧紧地抱着丈夫。杜隆坦觉得他们已经到了安全地带，便要把她从利齿的背上抱下来。她没有说一句反对的话，自己滑下狼背，敏捷地落在地上。她腹内孩子的生命对杜隆坦而言要比妻子的骄傲更重要。但是当杜隆坦调转利齿，冲回去拯救其他人的时候，德拉卡在他身后高喊："力量与荣耀！"

德拉卡曾经被氏族放逐，但她比杜隆坦认识的其他所有族人都更像是一位霜狼。他会回到她的身边，一同养育他们的孩子。杜隆坦全不在意自己的直觉发出的阵阵哀嚎，坚定地催赶着利齿。他的朋友也毫不迟疑地执行着他的命令。他抓起卡葛拉，这位女兽人还紧紧抱着妮兹卡。利齿迅速跑回到牢固的地面上。其他霜狼兽人也纷纷学习他们的酋长，战胜心中的恐惧，冲回去救助同胞。

大地的巨口还在扩张，饥饿的怪物还远远没有餍足。杜隆坦想起另一个氏族的兽人曾经向他描述过大海——潮水向前猛扑，又退回海中。只是他面前的这一阵不可阻遏的"潮水"只有一个方向——向外。

饿了。

杜隆坦抓起更多霜狼兽人，他的狼始终没有减慢速度。当他催赶利齿再一次跑向巨坑的时候，萨满的诵唱也达到了炽烈的顶峰。德雷克塔尔已经躺倒在地悄无声息了。杜隆坦不知道这是好还是不好。

他遇到一个正在奔逃的小男孩——柯尔古。杜隆坦弯下腰，伸出粗大的棕色手臂，把柯尔古抓起来。小男孩趴在他身前。杜隆坦发现他并没有哭泣，甚至脸上已经没有了任何表情，只是圆睁着一双因为过于恐惧而无法闭起的大眼睛。

然后——那种恐怖的，有节律的咀嚼声停止了。旷野中只剩下了萨满的诵唱声和悠长的狼嚎声。没过多久，狼群的歌唱也停止了。现在杜隆坦只能听到萨满对大地之灵的祈祷，恳求它能平静下来，放过霜狼的生命和他们的家园。

杜隆坦将柯尔古放进卡葛拉的手臂，回头扫视周围。现在他全身都是汗水，口鼻都在拼命地喘息，因为用力过度，还有——是的——恐惧。

再没有什么东西落入那张大口中，大地的饥饿感看来是得到满足了。

灾难过去之后，低声的啜泣响起，很快就变成了哀悼亲人的哭号。杜隆坦的喘息缓慢下来。看到围出营地边界的石块和巨坑之间只剩下了几尺宽的地面，他不由得又被吓出了一身冷汗。

“绳子！”杜隆坦喊道，“我们必须援救掉下去的族人！”

“不！”德雷克塔尔一边在帕尔卡的搀扶下站起身，一边高声喊道：“杜隆坦！你在哪里？决不能让任何人靠近它！”

杜隆坦催赶利齿跑到盲眼萨满身边对他说：“但他们也许还活着！”

德雷克塔尔摇摇头，“不，”他用沙哑的声音说道，“即使他们还活着，也快死了。大地已经告诉我，它太饥饿了，快要被饿死了……就像我们一样。那些霜狼落得太深，就算是还能活着，水之灵也会将他们裹挟到这个世界最深处的黑暗中。他们已经与大地之灵和火之灵融为一体，我们再也没办法找到他们了。大地之灵就是这样对我说的，我也只能相信是如此。”

杜隆坦滑下利齿的脊背，在盲眼萨满的耳边低声问：“大地之灵也像火之灵一样了吗？它也转向了毁灭？”

他想起了德拉卡说过的一段话，那时他的妻子刚刚从流放中回来，第一次与他共度仲夏日。一种枯萎的疾病正在蔓延，不过暂时还没有到这里。一切都变得病态，丑陋。不是死亡，而是先被扭曲。

德雷克塔尔伸出手，寻找杜隆坦。杜隆坦将老萨满的手握在自己的手中。“那天晚上，火之灵向我发出呼唤，”老萨满说道，“我及时听到了它的呐喊声，才让我们能够逃生。尽管我们的生活毁了，但我们毕竟还能活下来。但最近，众灵的声音变得越发微弱。当我搜寻它们的时候，甚至无法感觉到它们的存在。大地之灵曾经非常努力地想要警告我们——非常，非常努力，但我……我没有能听到……”

狼听到了。作为本身属于大自然的生物，他们和众灵的关系要比崇敬众灵的兽人更加密切。他们能够感知到众灵，并连续两次向兽人发出了警告。杜隆坦暗自发誓，从此时起，他会仔细观察狼群，就像他向萨满寻求警告一样。

“它们到底怎么了，德雷克塔尔？”杜隆坦又问道，“火焰和大地？它们……它们死了吗？”

德雷克塔尔摇摇头：“不，没有死，只是沉默，并且饱受折磨。现在就连水之灵的声音也变得非常微弱，还有空气之灵……空气之灵正在痛苦中挣扎。”

一阵寒意涌过杜隆坦全身。水之灵。如果没有了水，还有什么生物能够生存？“你说水之灵怎么了？是水之灵带走了掉下去的霜狼？把他们带进了大地最深处的黑暗里？”

“水之灵，”德雷克塔尔喃喃地说道，“水之灵。正是水之灵让大地之灵饥饿难忍。正是水之灵在地面以下一口口吃掉了大地之灵。所以大地之灵才需要进食……”

“那眼泉水。”杜隆坦说道。现在已经太晚了，他又想起突然生长出来的蘑菇。蘑菇只会在潮湿的地方生长——水之灵已经向他们发出了警告。众灵的警告都失败了，现在，更多的霜狼兽人和他们的坐骑化为乌有，被填进了大地之灵空虚的肠胃中。“我们不能再靠近那眼泉水了，是不是？”

“深洞。”德雷克塔尔只说了这一个词，但杜隆坦已经从中得到了他需要知道的一切。

奥格瑞姆来到他的酋长和朋友身边，德拉卡也和他在一起。

"更北方还有水，"奥格瑞姆说，"雪。"

"没有生物能活在雪中。"德拉卡说。

杜隆坦努力回想着自己对北方的了解。"那里有生物，"他说道，"他们一定能在那里找到食物。"

"其他生物。"奥格瑞姆说。

杜隆坦点点头。"狐狸必须吃肉，所以那里一定有兔子。还有老鼠，它们必须吃植物的根茎……还有苔藓。那里会有水，水里还有鱼，我们会活下来。"

当杜隆坦和奥格瑞姆谈话的时候，帕尔卡一直在与德雷克塔尔低声交谈。老萨满现在显得更平静，更清醒了一些。他开了口。

"是的，"他说道，"我们要去北方，尽可能向北。我们会到达众灵圣地，就像很久以前的那位霜狼酋长。我们绝不能去南方。"德雷克塔尔坚定地摇摇头，"我们在那里将无法找到众灵，它们在北方，它们正在尽可能向北退缩，我们也必须随它们一同撤退。"他将失明的双眼转向杜隆坦，"我的酋长……也许我们能帮助它们，治愈它们。"

听到老萨满的话，希望在杜隆坦的心中升起。"治愈众灵？"他从没有想过，也许众灵也会需要救治。但德雷克塔尔已经确定它们正在痛苦之中。"我们怎么可能救助众灵？"

"我不知道，但如果我们能做到……"

"那么，"杜隆坦替老萨满把话说完，他肃穆的声音中充满敬畏，"也许众灵就能治愈这个世界。"

第二十二章

萨满抚慰大地之灵的努力拯救了绝大部分族人。霜狼在这场灾难中一共损失了七个人。值得庆幸的是，死者之中没有孩子。巨坑中再没有发出任何声音，也许这也可以算是一种幸运。如果真的有人在那个深渊中呼救，杜隆坦不知道能不能阻止自己或者其他人去救援他们。

那个巨洞一直敞开着黑色的大口，让人们时时都能看到在这个德拉卡和德莱尼的避难所旁边出现的这座巨型坟墓。许多个月以来，这里一直都是霜狼兽人的家。现在，他们要再一次离开家园了。

有些时候，杜隆坦重新考虑他是否应该拒绝古尔丹。他知道，现在营地中到处都有人在议论，但这一次，他至少有了一个答案。在哀悼逝者最初的伤痛过去之后，等族人稍稍平静一些的时候，他召集全族，向众人转述了德雷克塔尔的话。

“我们睿智的萨满相信，如果我们向南方走，如果我们加入部落，与古尔丹结盟，众灵就再也无法与我们交谈了。”他对众人说道，“但如果我们向北走，去众灵圣地，也许我们就能救助它们。”

“我们？救助众灵？”卡葛拉问，“为什么它们会需要我们？”

“这些灾难——严酷的冬天，老祖父山，大地崩塌——我们以为它们的发生是因为众灵在与我们为敌，但我们错了，这是它们在向我们求救。可以认为，它们生病了，失去了控制。”杜隆坦深吸一口气，“德雷克塔尔认为它们有可能已经濒临死亡，就像这里的草木正在枯死。”

“什么？”莎卡萨喊道，“这怎么可能？它们是自然之灵！它们是不可能死的！”

德雷克塔尔将手杖在地上顿了一下。“听我说，请听我说！”当众人的喧嚣声平静下去之后，他才继续说道，“我只是一名谦卑的萨满。我一直在敞开心灵，倾听众灵的声音。在我一生中大部分时间里，众灵都在和我说话。他们警告我会出现火焰的河流，也在今天向我发出警告，但我没有能及时听到它们的警告。就像火之灵一样，大地之灵和水之灵现在也病了。也像火之灵一样，它们呈现出污浊与暴力的形态。它们正在向我们寻求援助。”

“但……去北方。”有人在低声嘟囔。

杜隆坦又向前迈出一步。“如果野兽能居住在遥远的北方，霜狼兽人也可以，”他说道，“我们会找到生存的办法。这将会很难，但我们别无选择。我们不能留在这里，我们也不应该去南方。”

他看着一个又一个族人的脸，压低声音说道：“我知道你们都很心痛，我知道在这过去的几年中，我们所熟悉的一切都失去了。我们被迫搬迁，不得不一次又一次重新来过。每一次，我们都会失去朋友，伴侣和孩子。我愿意付出我的生命，只要能给你们一个真正的家。但众灵不相信的人，我也不会相信，而且我不会在众灵向我们大声求援的时候让霜狼背弃众灵。”

族人们都用凄凉哀伤的眼睛看着杜隆坦，但杜隆坦也看到了不止一个人在向他点头。“很好。我们要搜集一切可以携带的物资。明天早晨，我们就要出发向北。尽量向北走，直到众灵圣地，就像很久以前的一位霜狼酋长那样。一直以来，霜狼都坚守着自己的荣誉，这一次我们也要伴随着我们的荣誉一同上路。”

那天晚上，霜狼们都在家中做着第二次离开家园的准备。杜隆坦不禁开始沉思，自从他成为酋长之后，自从冬天第一次开始变得漫长之后，霜狼又写下了多少洛克瓦诺德？

他必须做些事情，以免自己过深地沉陷到恶劣的情绪之中。当然，他现在有大量的工作要完成。首先，他与他的助手们进行商议，制定北行的因应策略。让他感到惊讶的是，盖亚安在这件事上异常坚定。

“你的父亲会不遗余力地照顾这个氏族，”她说道，“霜狼兽人也和北方有着深切的联系。众灵圣地在卷轴中经常会被提起，所有兽人都崇敬众灵，但我们和众灵之间有着独特的关系。我认为我们将为这一次远行感到高兴。”

德雷克塔尔赞同地点点头。“我们能够彼此帮助，众灵需要我们，我们也需要众灵。”

奥格瑞姆叹了口气："这个地方肯定无法成为我们的家。我不知道在北方该如何生存，但我知道，任何地方都会比有毒的湖沼和饥饿的大地更好。"

"大多数氏族都有祖先的家园，"德拉卡说，"但并非是所有氏族。一些氏族是流浪民族，就像我们曾经那样，跟随迁徙的兽群走遍了德拉诺。我遇到过一些这样的氏族，我将很高兴告诉你们，他们是如何长途远行的。"

盖亚安看着德拉卡。"你让我有了一个想法，"她说道，"我会仔细查看我们的卷轴，看看上面是否记录了我们的先人在流浪途中积聚的智慧。"

因为德拉卡的经验和盖亚安的研究，霜狼氏族很快就对于这次远行有了很多构想。盖亚安发现一份配有草图的卷轴上讲述了如何用细小的树干做成长杆，一端作为顶部捆扎起来，另一端撑开作为底部，以此作为小帐篷。另一份卷轴的内容则是一种大帐篷的搭建方法，这样的帐篷可以供多个兽人同时居住。

"在这些骨架上覆盖皮革，帐篷就完成了。"盖亚安说。杜隆坦正仔细端详卷轴上的图样。

"是的！"德拉卡兴奋地说道，"我见过这样的帐篷！这些木杆，有时候也可以用大型野兽的长牙代替。当兽人随兽群迁徙的时候，它们还能派上别的用场。"她一边说，一边拿起两根小柴枝做示范，"那些兽人会将两根这样的长杆一端绑在一起，另一端撑开，形成一个三角形。三角形的尖端被拴在狼身上，底边拖在地上。在两根长杆之间会挂上动物的皮革，里面放置他们打算一路携带的物品。”

“为什么不直接把东西放在狼背上？”杜隆坦问。

“货物的重量最好被分散开，”德拉卡回答道，“而且这样，狼就能驮运可能体积过大，不好放在他们背上的物品。在不易行走的地形中，比如砾石地带和雪原，这样也更有利于狼的行进。”

奥格瑞姆看着德拉卡手中的柴枝，又看看卷轴，向两名女子抬起头。“杜隆坦，”他说道，“如果我们全都在战场上被杀了，只要氏族还有她们两个，那些人大概就不会想念我们。”

“我觉得你说得很对。”杜隆坦说。

带着这些新得到的智慧，杜隆坦访问了一个又一个家庭，帮助每一个人进行准备。他会因为孩子们说的小笑话而开怀大笑，会建议族人该带上哪件武器，哪件武器已经无法修复，不如丢掉，并帮助大家组装驮运物品的架子。

狼一点也不喜欢身上被绑上杆子的感觉。但无论如何不高兴，他们还是接受了这种新的负担。霜狼新的迁徙开始了。一开始，他们的行进速度很慢，大家都格外担心地面随时有可能裂开，将他们吞入其中。

但这样的事情没有再发生过。他们距离那个糟糕的“安息所”越远，杜隆坦的心情就越轻松。从霜火岭逃出来的时候，他还不曾有过这种走上了正确道路的感觉。那时他们被迫逃得越远越好，只能带上不多的一点随身物品。他们失去了从不曾想到会离开的家园，而寒冬随即沉重地压到了他们身上。

现在，他们主动选择离开一个他们从不曾真正认为是家的地方。他们有时间仔细地收拾行囊，并有了新的方法搬运物资。现在的天气很热，白天很长，这要比那种寒冷黑暗的夜晚好得多。尽管氏族成员已经减少，人们都在为逝者感到哀痛，但他们还有足够的狼，可以让每一个人都骑在狼背上，还有多余出的几头狼。虽然他们都呜咽着表示反对，但还是拖起了载物的架子。更重要的是，杜隆坦知道这一次他们有了目标，而不再只是单纯的逃亡。

当杜隆坦在沉思中与德拉卡并辔而行的时候，他的脑子里盘旋着各种关于生存的想法。他听说，在世界之缘，那个真正的，最终的北方只有雪和冰。众灵圣地真的在那里？如果是这样，也许兽人无法在那里长期生存，但他们可以短暂地前往那个地方。而且就在那个冰雪世界的南边，有一片被称为“苔原”的地方。在那里，他们是可以生存的。有了众灵的祝福，他们就能在那里安家。

* * *

几个星期过去了，霜狼看到森林在变得稀疏，最终一棵树都没有了。杜隆坦在一个地方停下脚步，极目远眺，发现这里有一道清晰的分界线，树木到了这里就停止了生长——一道树林无法跨越的边界。杜隆坦不知道兽人是否应该跨过它——它是如此令人望而生畏。但德雷克塔尔告诉他，他们应该继续向前。

“如果没有了树，我们在冬天又该用什么作为燃料？”奥格瑞姆想要知道。

“我们会知道什么可以燃烧，什么不能燃烧。”德雷克塔尔向他保证，“众灵会指引我们。”在全体霜狼兽人中，似乎只有他越来越充满自信。随着他们逐渐靠近那个神奥玄奇的众灵圣地，这位老萨满的体力仿佛也越来越充沛了。尽管不是很理解，但杜隆坦尊敬这位萨满。在旅途中的许多个夜晚，只是因为盲眼萨满的这份自信，杜隆坦才能安然入睡。

他们在森林的边缘休息了几天，补充饮水，制作新的木杆、长矛和箭杆，用陷阱捕捉小啮齿动物。

霜狼们的野性兄弟的歌声一直伴随着这个远行的氏族。霜狼的回应阻止了野外狼群攻击兽人。即使是这样，杜隆坦还是命令每一个外出寻找饮水和食物的小队中至少要有三名携带武器的战士。传说中，北方有一种巨大的熊，就像霜狼一样浑身雪白，从不会知道畏惧。不过这些熊的家应该还在更靠北的地方。

外出的猎人们不只是要寻找猎物，还被叮嘱要寻找其他一切可以作为食物的东西。他们很快就知道了一种生长在石头上的怪异的硬质苔藓在煮过之后很有营养。他们还学会了观察白狐，在这些狐狸狩猎的地方放置陷阱。

有一天，天空非常清澈，蓝得几乎有些刺眼。直到地平线上方，天色才变得有些发白。在氏族队伍前进的时候，杜隆坦注意到狼都比平时更频繁地嗅着空气。他也深深地吸了一口气，却没有嗅出任何异常。

又过了几个小时，德雷克塔尔皱起眉头：“这里有火吗？”盲眼萨满的声音中充满忧虑。

“我看不到。”杜隆坦告诉他，“不过地平线上有一些白色的雾霾。”

“我嗅到了……烟味，但不是那种让我感到熟悉的烟。我还能尝到它。有些像是金属，或者是油。”

杜隆坦和德拉卡交换了一个忧虑的眼神，随后便催赶利齿来到氏族最优秀的战士——德尔加，库尔扎克和扎卡身边。“你们三个，”他说道，“到前面去看看，然后回来报告情况。德雷克塔尔嗅到了烟味，我相信狼也都嗅到了。”

他们点点头。“是红步兽人？”扎卡问。

“有可能。无论那是什么，我都不希望带领我的族人进入未知的环境。不要让你们的狼过于疲劳。在日落之前回来。”然后他又给了他们一个夹杂着一点苦涩的笑容，“如果能找到一些好吃的，也一定要带回来。”

他们用带有倦容的微笑回应了酋长。“如酋长所愿。”库尔扎克说道。随后三名战士便催赶座狼，跑到了大队前面。

距离日落还有一段时间，他们就跑了回来。在他们的狼背上没有鸟雀或者小野兽。看到他们的表情，杜隆坦的心沉了下来。他催赶利齿迎上他们，焦急地想要抢在全体族人之前先听到他们的报告。

“出什么事了？”他问道，“是谁点燃了火焰？”

三名战士交换了一个眼神，最后，德尔加说道：“如果不是亲眼看到，我根本不会相信，但……”

“告诉我。”

“酋长……大地正在燃烧。”

第二十三章

杜隆坦想要发火，想要吼叫，想要杀戮，但他只是强迫自己深深压下怒火，在攥紧拳头的同时放慢呼吸。“你说的是野火吗？”他问道。

三个人都摇了摇头。“那股烟……是从地面上冒起来的。那里有些地方，甚至狼也无法通行。”扎卡说。

德拉卡来到丈夫身边，什么都没有说。杜隆坦只是看到她镇定的身姿，就觉得自己获得了新的力量。然后，出乎杜隆坦的意料，德雷克塔尔也催赶慧耳走过来，并且压低声音问：“有没有道路能够通过那片燃烧之地？”

“我……”扎卡看起来很是犹疑，“是的，有一些地方能让我们走过去，但……”

“那我们就必须继续前进。”

“德雷克塔尔，”杜隆坦开口道，“我们使用泥土熄灭火焰。如果泥土本身也能燃烧……”

“这和之前的变故都一样，杜隆坦。”德雷克塔尔说，“火焰变成河流，水发热，空气带毒，大地燃烧或者吞吃我们，植物从根至叶全部枯死。元素生病了。它们在伤害我们，也在彼此攻击。我知道这很危险，我们都见到过类似的灾难，但这些危险正代表了他们在向我们求救。如果你们的母亲在发烧时打了你们，或者对你们说了可怕的话，你们就会背弃母亲吗？”

“当然不会！”

德雷克塔尔露出微笑。“是的，你们绝对不会这样做，你们都明白。她并不想伤害你们，只是她生了病，无法控制自己。现在的元素也是一样。它们就像是我们的父母，我们的家人。它们让我们能够在这个世界里生活。我现在懂得了，我们所面对的环境越黑暗，我们就越有必要克制恐惧，冲破危险，继续向前。”

杜隆坦回头看着自己的氏族。他竭力想要看清他们——不是出于他自己的想象，而是他们真实的样子。他对他们的爱变成柔和的雾霭，遮蔽了他的双眼。他们现在瘦得令人心痛，全身湿透，脏污不堪。他们的衣服都很破烂，几乎难以蔽体。一些人没有靴子，只是用毛皮碎片把脚包住。孩子们不会笑，也不会游戏，只是在行进的狼背上保持着不自然的平静。

他们不可能再前进了，除非有了新的希望。

不。

杜隆坦一直在摒弃对于希望的渴求，他不让自己拥有希望，也不让他的族人拥有希望。我们是霜狼，他曾经对他的族人说，我们能承受一切。他们的确承受了所有打击，却依然没有倒下。因为他们，杜隆坦的心中充满了骄傲。在每一场灾难之后，他们都会重新振作，制造出新的工具取代被毁掉的，编写歌曲，爱他们的孩子，学习吃下他们能想到的最糟糕的食物，并宣布它们都是美食。

他们理应得到更好的生活，不止是希望，他们应该得到他曾经向他们承诺的一切。

“德雷克塔尔是对的，”杜隆坦用粗哑的声音说，“我们必须努力前进。一直以来，都是众灵在照料我们，就像对待它们心爱的孩子。当它们生病虚弱的时候，我们必须照顾好它们。”

他转头去看德拉卡、奥格瑞姆和盖亚安。“但作为酋长，我也是我的族人的父亲。我必须同样重视他们的需要。所以，德雷克塔尔和我将前往众灵圣地……只有我们两个。你们都留在这里，保护霜狼氏族。”

“不。”德拉卡的反应迅速而强烈，“我发过誓，要一直留在你的身边，杜隆坦，加拉德之子，杜高什之孙。我不会离开你。”

杜隆坦向妻子微笑：“我还要照顾好我的孩子，我自己也是一位父亲。我不会在他还有机会生活在这个世界的时候就夺走他的生命。这一次，我不会迁就你，我需要你和我的孩子留在这里。奥格瑞姆，你也一样。”

“但……”

“你是我的副手。”杜隆坦说，“你必须留在这里，和德拉卡在一起。我不知道前方有什么在等待我。”

“听起来，你就像是不打算回来了。”德拉卡依然控制着自己的声音，但杜隆坦能听出来，自己的妻子在颤抖。他伸出手，握住德拉卡的手。

“难道我会丢下你这样的妻子？我可是一心一意打算着要回来。”他的声音中带着一点玩笑的语气，“但我也需要知道你是安全的，我需要知道你们都是安全的。”

“你们不能就这样孤身前进，”奥格瑞姆用厚重的声音说，“如果你不许我跟随，那么我们最好的战士也要跟着你和德雷克塔尔。”

“还有我。”盖亚安说道。所有人的目光都转向了她。杜隆坦这时才注意到，在过去这几个漫长的月份中，盖亚安的头发上出现了更多白霜，她的嘴角和额头上也多了几道刚硬的线条。杜隆坦回忆起他们四个人——他、盖亚安、加拉德和奥格瑞姆并肩驰骋在猎场中，齐心协力追逐猎物。那是一段真实而美好的岁月。

那样的岁月已经结束了，永远不会再回来。美好的心愿无法让这个世界重回正轨。

但也许——只是也许——他和德雷克塔尔即将去做的事情能够拯救这个世界。突然之间，杜隆坦明白了母亲为什么想要和他们一起去。

她是薪火传承者。而在这个世界里，学识已经毫无用处。盖亚安用一生的时间尊崇众灵，竭力让其他兽人也了解它们，尊敬它们。德雷克塔尔通过昭示自己看到的幻象完成这一使命，盖亚安则是通过言辞：不是用新谱写的洛克瓦诺德，而是用古老的词句——这些文字历经风雨洗礼而变得完美神奇，就像被用久了的皮子。

“好的，”杜隆坦的回答让他自己也吃了一惊，“你也应该参与这个任务，母亲。”他看到盖亚安稍显放松的神情，不由得心中暗自思忖，如果母亲反对他的这次行动，他是否能够赢得和母亲的争论。他怀疑自己不能，“奥格瑞姆，你的要求也是对的。如果众灵的救星在到达目的地之前撞上了一头发怒的冬熊，结果死在冰雪中，那就太不妙了。”

“一头冬熊可挡不住你。”德拉卡不情愿地嘟囔着。

“就算是一整个军团的冬熊也不能阻挡我回到你身边。”杜隆坦说道。这一次，他丝毫没有开玩笑的意思。如果是为了德拉卡和他的孩子，他不知道有什么敌人是不会被他撕碎的。

德拉卡在丈夫的眼睛里看到了他的心意，她的面容柔和起来。

“那么，”杜隆坦说，“我，德雷克塔尔，盖亚安，德尔加，库尔扎克和扎卡将穿越燃烧的原野，前往众灵圣地。”

“你在离开之前想要对族人说些话吗？”奥格瑞姆问。

杜隆坦回头看了一眼自己的族人，摇摇头。“演讲是为了激励族人的士气，让他们英勇奋战；或者是在遭受灾难的打击以后安慰他们。现在并不是那样的时候。只需要告诉他们，我们先到前面去查看情况了。如果我们没有回来，你知道该怎样做。”他的目光从奥格瑞姆转向德拉卡，“你们两个。奥格瑞姆——将他们带回到我们最后找到洁净水源的地方，让他们在那里休息，直到我们回来。”

“好的。那我们什么时候去找你们？”

这一点，杜隆坦也不知道。“德雷克塔尔？你能告诉我们吗？”

老萨满侧过头，仿佛在倾听遥远的声音。“不远了，不远了。”他用微不可闻的声音喃喃说道，“它们知道我们来了。它们非常焦虑。我们必须去救它们。骑狼只需要再走半天，不会再多，就能到达众灵圣地。”

杜隆坦思考片刻。他不知道前方到底有什么在等待他们，但他们肯定会在圣地中逗留一段时间。“三次太阳升到天顶的时候，”杜隆坦说，“派人来找我们。如果运气好，我们将找到一个安全的新家。如果没有……在第四次太阳升到天顶时，你就是霜狼的酋长。”

“我会像你一样保护霜狼，”奥格瑞姆说，“但你一定要回来。当酋长会严重缩短我的喝酒时间。”他们两个交换了一声大笑。实际上，在他们离开霜火岭之后，美酒这种奢侈品就彻底绝迹了。然后，奥格瑞姆转向将要与杜隆坦同行的三名战士。“来吧，”他说道，“让我们准备一些途中所需的物资。”

德拉卡滑下寒冰的脊背，抬头看着杜隆坦，向依然坐在利齿背上的丈夫露出困惑的神情：“你不应该下来拥抱我吗，亲爱的？”

“不，”杜隆坦说，“我要将这个拥抱留下来，激励我尽早回到你身边。”

德拉卡向他伸出双手，两个人的四只手紧紧握在一起。“我能看到，你对此行充满信心。”

“是的，”杜隆坦说道，“德拉卡……我相信我们经受的所有磨炼，所有损失，所有苦难……都是为了将我们带到这里，与众灵见面。”

“你一定会见到它们的，”德拉卡说，“随后再回来找你的妻子。”

他俯下身，将自己的额头贴在德拉卡的额头上，许久之后才放开了她。

第二十四章

杜隆坦的灵魂中有某种东西使他安定下来。他很清楚，无论这次朝圣之旅会有怎样的结果，他也不会再有遗憾了。在这个世界最危险的时代，他成为氏族的酋长。从那时起，他就一直在努力统率自己的族人。而现在，他和两位萨满——一位是族中最年长的，一位是薪火传承者——他们将按照传说的指引，前往在此之前只有一位兽人曾经到达的圣殿。那位兽人同样是霜狼氏族的酋长。

他觉得自己做得很对，他的抉择是正确的。至少此时此刻，自从他父亲死后一直在困扰他的一个疑问终于能够被放下了：那就是如果他失败了，一切又会怎样。

考虑到他们现在的险恶处境，他能有这种感觉实在是很奇怪。德尔加的描述没有半点夸张：是大地本身——而不是地面上的任何其他东西——正在燃烧。这里没有一草一木，从泥土中释放出来的缕缕烟尘如同雾气一般悬浮在地表附近。杜隆坦不时会瞥到一片片闪光，偶尔还会有细小的火苗从地底冒出。他们在这里还可以呼吸，只是非常困难。这里完全看不到能够变成水的雪和冰，自然也没有东西能够熄灭这些深入地下，不断释放出浓烟的野火。杜隆坦的心中只是不断盘旋着这个问题：大地怎么可能燃烧？

不过这已经不重要了。一座高山又怎么可能喷发出流动的火焰？他们脚下的地面怎么会消失？这些事情怎么可能发生？德雷克塔尔已经给了他答案：众灵生病了。

他们稳步前进，小心地避开冒烟的地方。杜隆坦不时会瞥一眼盖亚安和德雷克塔尔。他们都显得镇定从容，甚至还显示出一股年轻人才有的激情。盖亚安建议帕尔卡留在氏族中，为老萨满引路的工作可以由她来完成。这样可以减小氏族承担的风险——如果他们因故无法返回氏族，帕尔卡了解这两位萨满的大部分工作，能够承担起薪火传承者的职责。

“我们在寻找什么？”杜隆坦在行动刚开始的时候就问过德雷克塔尔。

“我们会知道的。”德雷克塔尔这样回答杜隆坦。杜隆坦觉得此时老萨满的心神似乎已经去了很远的地方。这不是一个能够让人满意的答案，但考虑到这个答案的来源——众灵本身——杜隆坦有理由相信，这很可能是盲眼萨满可以给出的最好的答案。

杜隆坦又尝试从其他角度解决心中的疑问。他询问母亲，氏族的卷轴中是否记载了前一位来至众灵圣地的霜狼酋长和石王座的具体故事。“尽管传说常常来源于真实事件，”盖亚安对他说，“只不过，用来记录它们的言辞……”薪火传承者侧过头，寻找着合适的词汇。

“都华而不实。”扎卡嘟囔着。杜隆坦笑了。就连盖亚安也露出了微笑。

“我只能说，对于这些古老的传说，卷轴中的记录或者过于夸张，或者过于简单，”薪火传承者继续说道，“对那位酋长的记录就是过于简短，全部的内容只有‘他一直向北前进，到达世界之缘，在那里找到众灵圣地。他走入其中，坐在那里，连续三日三夜，直到众灵来至他面前。’”

“我忘记了他在众灵圣地停留了那么久，”杜隆坦说，“我对奥格瑞姆说的返回时间要比这个短。”

德雷克塔尔喃喃地说道，“它们的状况非常危急，所以我认为众灵会更快地来找我们。它们和我们的需要都很急迫。”

这一行人继续前行。太阳也在天空中持续不断地巡行着。在如此遥远的北方，夜晚只有短短的几个小时。当杜隆坦开始看到地平线上出现一道白边的时候，他有些怀疑自己的眼睛是不是花了。这时库尔扎克说道：“酋长……我相信前面是雪原。”

杜隆坦舔舔干裂的嘴唇。他对于饮水一直都非常节省，因为不知道这里是否会有清洁的水源——或者没有任何水源。看到雪和冰，他不由得感到一阵宽慰。

德雷克塔尔却在慧耳的背上绷紧了身体。“就是那里，”老萨满的声音让杜隆坦感到一阵战栗，他看到德雷克塔尔伸手指向了那条白线，“它们就在那里。在冰雪之外就是世界之缘。”

没有人挪动一步。他们骑在忠心耿耿的座狼背上，极目向北方眺望。不知为什么，他们每一个人都知道，如果再向前跨出一步，一切都将发生彻底的改变。

杜隆坦深吸一口气，“我们不要再让众灵等待了。”话音未落，他便催促利齿向前跑去。

很快，狼爪下面就不再是燃烧的荒野，而是变成了白茫茫的雪原。他们开始尽情地饮用水囊中的水，然后在他们停下来进食的时候收集了一些干净的积雪。德尔加在他的狼背上捆了一些燃料。他们很快就生起篝火，将雪水融化并烧热。进入腹内的热量让杜隆坦振作起来。他们很快吃过食物，又将烧热的水灌进水囊。目的地已经近在眼前，没有人想要耽搁。

地平线上的白雪中出现了一点蓝色的成分。杜隆坦听到一种奇怪的声音，很像是有节律的呼吸。风变强了。他打了个哆嗦，用斗篷裹紧身子。而寒风还在像匕首一样刺穿他的身体。他嗅了嗅空气。

“盐。”库尔扎克说。

“已经很近了。”德雷克塔尔说道。他的声音因为兴奋而颤抖。

狼全都竖起了耳朵，他们潮湿的黑色鼻子都因为嗅到了奇怪的气味而不停地抽动着。但他们全都服从主人的命令，全速飞奔。他们脚下的雪原在逐渐发生变化。杜隆坦低下头，感到有些困惑。这里和积雪混杂在一起的泥土不是褐色的，而是接近于白色。他微微俯下身，抓起一把这里的土壤，让它们从指缝间漏出去。这种土壤质地很粗糙，有些像是地蔓果的壳。

他抬起头，发现其他人都在静静地盯着前方的地平线。一开始，他还无法理解他们在看些什么。他看到了白色的雪，白色的土……

……还有蓝色的水。蓝色的水面一直向远方延伸，占据了他的全部视野。除了他们背后的南方之外，到处都是水面。辽阔的水面还在不断波动。他明白了，正是这种水的波动产生出他们听到的那种轻柔的呼吸声。他以前听到过这种声音，那来自于湖水的波澜，要比他现在听到的声音轻微得多。这一片浩瀚无边的大水一定是海。

扁平巨大的白色冰块正飘浮在海面上。在更远处，一座白色的山峰兀立在海中。太阳在天空中缓缓画出下坠的弧线，不过距离碰到地平线应该还有一段时间。阳光落在冰山上，以各种角度被反射出来，让冰山显得无比璀璨明亮。杜隆坦发现自己甚至无法直视它，哪怕只是眯起眼睛瞥那座冰山一眼，他的视野中也会出现跳动的黑点。

他立刻知道那里是什么地方。

没有人说一个字。德雷克塔尔突然跃下慧耳的脊背，吓了大家一跳。更让杜隆坦震惊的是，老萨满飞快地跑到距离海水只有咫尺之遥的地方。尽管双目无法视物，他却准确地指住了那座冰山。

“那里，”他说道，“它们就在那里等着我们。它们有危险，我们必须立刻过去！”

杜隆坦用很低的声音说，“德雷克塔尔，我们和它们之间有一片巨大的水，它非常冷，我们无法在其中游泳，我们也没有小船。我们该如何到达那里？”

德雷克塔尔听到杜隆坦的话，脸变成了灰色，身子一软，跪倒在地上，双手抱头。“恳求你，”他开始祈祷，“恳求你，水之灵，帮助我们，让我们能够帮助你。”

唯一的回答只有海浪拍在岸上时发出的那种稳定的，永不会停息的声音。

这不可能，杜隆坦心中想，我们已经走了这么远，承受了这么多。他愤怒地攥紧拳头，转向盖亚安。后者正无助地看着他。扎卡，德尔加和库尔扎克保持着沉默。

杜隆坦仰起头，大声咆哮。吼声在清澈的空气中传出很远，其中充满了哀伤、愤怒和绝望。当他将胸腔完全收紧之后，又狠狠地吸了一口寒冷的空气，用尽全力吼道：“众灵！听我说！火之灵，你摧毁了我们的村庄！大地和水之灵，你们吞吃了我们的族人！我们走过燃烧的死亡之地，呼吸着令我们窒息的空气。我们看到生命之灵在我们的身边枯萎，正如同我们的族群不断削减。即使是这样，即使你们如此对我们，当你们向我们请求援助时，我们还是来了。那么，你们又在哪里？你们在哪里？”

最后这句话回荡了一段时间，也终于消散，只剩下风声呼啸。杜隆坦颓然靠在利齿的身侧。盖亚安走到他身边，轻轻碰触他的肩膀。

“我的儿子，”薪火传承者用颤抖的声音说道，“看啊。”

杜隆坦从粗糙却又温暖舒适的毛皮中抬起头，用一双颓丧的眼睛望向前方。“我只看到了我刚才已经看到的。”他淡漠地说道，“蓝色的水，太冷太深。冰山，可望而不可及。一块块……”他睁大了眼睛，离开利齿，紧紧地盯住了水面。

大块浮冰正在移动。不是在水中四处飘荡，而是在向岸边聚集，仿佛是被看不见的手操纵的木筏。杜隆坦颈后的毛发直立起来，他明白了它们是什么。

众灵在为他们铺设道路。

盖亚安向儿子露出微笑，用手臂环抱住他，引领几乎要感到眩晕的杜隆坦走向岸边。扎卡向德雷克塔尔描述着眼前的情景，盲眼萨满容光焕发，将身子站得笔直，高举起手杖向众灵致敬。众灵终于没有抛弃他们。

杜隆坦盯着这些天然的木筏。浮冰随着每一阵波涛撞击着海岸，等待着他们。兽人们彼此对视，心中充满对众灵的崇敬。杜隆坦，他们的酋长，首先迈开步子。他召唤利齿与他同行，但他的狼朋友没有走过来，只是忧心忡忡地看着浮冰，双耳低垂，发出苦恼的呜咽声。

杜隆坦做出决定：“我不想把你们丢在这里，但我更不想因为你们的慌乱而让我们全都落进大海。”其他狼也都是一副更愿意被留下的样子。而且，这也能让他们有机会找些猎物填肚子。他们只会在能听到主人呼唤的范围内活动，等到主人回来的时候，他们也会立刻来与主人会合。杜隆坦拍了一下他的朋友，就转身走向了海中的浮冰。

他一踏上浮冰，浮冰就开始危险地起伏晃动。他停止了一切动作，等到浮冰安定下来，他才向盖亚安伸出手。扎卡和库尔扎克各牵着德雷克塔尔的一支手臂，小心地指引盲眼萨满。德尔加是最后一个踏上浮冰的。

他们没有撑篙来操控这只“木筏”，大概也没有哪根长篙能碰到海底，但杜隆坦并不担心。他放松双肩，敞开心扉。浮冰开始逆着海浪的方向，迅速进入深蓝色的水域，向那座闪闪发光的高耸山峰驶去。众灵圣地就在那里。

随着他们逐渐靠近这座蓝白色的冰山，杜隆坦发现自己不得不竭力仰起头，才能看到这座高耸的尖峰。它和杜隆坦以前见到过的每一座山都不一样。就连老祖父山在被白雪覆盖的时候也和它完全不同。杜隆坦有些好奇这是不是一座真正的山，或者这座圣殿完全是从冰块中雕刻出来的？

他们的筏子缓缓停了下来。霜狼兽人们小心翼翼地跳到冰山脚下的雪地上，唯恐这只小舟会因为他们的动作而倾覆。在这样的环境中，让身体湿透就意味着死亡。他们能看到正前方有一个通向冰山深处的入口。一个个有兽人半个身子高的雪堆标示出一条通向那个入口的道路。杜隆坦没有想到能够看到这座冰山内部的景象，毕竟山洞内部应该是黑暗的。但让他惊讶的是，这里的情况和他所想象的完全不同。

他发出一声充满敬畏的惊呼。众灵圣地中闪烁着他能够想象的每一种蓝色，其中有一些更是他做梦也想不到的。他还看到了其他颜色的微弱光晕，却不知它们是怎样的一种魔法。这样的美景似乎触动了他骨髓和灵魂深处的某样东西。

当火焰河流残忍地扫荡霜火岭时，他以为霜狼的家园被摧毁了。现在他才知道自己错了。这里才是他们真正的家。

杜隆坦将目光从那个闪闪发光的美丽洞口挪开，转向德雷克塔尔，伸手轻轻托住这位老萨满的手臂，引导他前进。德雷克塔尔向他微微一笑，张口想要说话。但老萨满一个字都没有说出来，只是张着嘴站在原地，仿佛变成了石头。

“德雷克塔尔？”杜隆坦焦急地问，“出了什么事？”

“它们……有些不对。”他呻吟一声，用掌根按住额角，表情显得异常痛苦。

“它们有危险？”杜隆坦问。他向盖亚安瞥了一眼，后者只能无力地耸耸肩。三名霜狼战士全都拔出了武器，却满脸都是犹疑。他们没有听到敌人的声音，没有异常的气味，周围只有白色，冰冷，寂静和洁净。

“不，不，不，”德雷克塔尔呻吟着，“它们说……我们有危险！”

他们的周围突然变得一片混乱。杜隆坦原先以为是路标的雪堆纷纷爆开。纯粹的白色被杂糅在一起的各种邪恶色泽所取代：灰黑色的兽皮斗篷，在阳光下反射着刺眼黄白色光泽的金属，各种凌乱的黑褐色，干结的污血覆盖着一张张正在疯狂号叫的脸，那些红步兽人——杜隆坦在厌恶与惊恐中意识到，这些怪物一直在等待他们。现在，敌人发动攻击了。

第二十五章

霜狼兽人们被惊呆了，因此白白浪费了珍贵而且无法挽回的先发制人的机会。这让他们承受了惨重的损失。德尔加是距离敌人最近的目标。还没等他举起战斧，一柄大锤已经砸进他的颅骨。瞬间高度集中起精神的杜隆坦看到了德尔加遇害的每一个细节——作为锤头的大石块如何落下，它的形状，红步兽人手上斑驳的黑色与红色，还有德尔加的面孔被遮住以前惊骇的表情。

积雪遮蔽了敌人的气味。当红步兽人现身的时候，他们的臭气才开始猛烈攻击杜隆坦的鼻腔，就如同另一个敌人。杜隆坦因为恶臭而感到窒息，只好咳嗽着转过身，将德雷克塔尔挡在身后。他听到老萨满在召唤众灵助阵，但现在没有时间去确认衰弱的众灵是否能帮助他们了。德尔加已经失去了生命，他的血喷洒在雪地上，聚成一汪冒着热气的黑红色液体。

杜隆坦凭直觉举起裂斩，及时地挡住了敌人的重击。他让自己的双腿稍稍弯曲，诱导攻击他的红步兽人因为用力过度而向前迈出了过远的一步。然后杜隆坦转到一旁，借助这次旋转的力量，裂斩随着他伸出的粗大手臂向敌人扑去，几乎砍穿了那个红步兽人。鲜血从敌人的伤口中喷涌出来，覆盖了这个怪物身上的污血。红步兽人踉跄后退，大锤从失去力量的双手中掉落下去。他的目光凝滞，还没等他倒在雪地上，就已经死了。

盖亚安举起长矛。尽管年岁已长，薪火传承者依然如同在仲夏日的篝火旁那样，如风般敏捷地盘旋舞蹈。一个敌人抡起钉头锤想要攻击她，却被矛锋挡在远处。盖亚安的身材比敌人细瘦，这让她的动作比敌人更快。红步兽人向前冲锋，想要打断盖亚安的武器，仿佛那只是一根树枝，但还没等巨大的钉头锤碰到矛杆，盖亚安的长矛已经刺进了他的喉咙。那个怪物发出一阵“嗬嗬”的窒息声，全身一阵痉挛。盖亚安此时已经拔出长矛，转身再次杀入了战团。

德雷克塔尔还在吟唱。一名女性红步兽人发现了他，发出一阵狂吼，激烈的动作让她脸上的干血迸裂，许多小血块落在雪地上。随着她的吼声，另外两个红步兽人跟她一起向德雷克塔尔扑去。

“德雷克塔尔！”杜隆坦喊道，但老萨满没有理会他。德雷克塔尔仿佛生根在大地上，一双失明的眼睛瞪着他的敌人。杜隆坦惊惶地看着这一幕，以为他最敬重的兽人就要被敌人砍倒了。德雷克塔尔却高举起手杖，念诵出一连串杜隆坦全然无法理解的咒文，同时将手杖重重地杵在地上。

随着一阵如同怪兽呻吟的巨响，一道锯齿形的裂缝出现在雪地中。它变得越来越宽，就像是打开了一张饥饿的大口。三名红步兽人落入其中。他们的尖叫声回荡了很长时间，才最终消失。

杜隆坦与扎卡和库尔扎克对视一眼。他们三个抱定同样的想法，冲向最后两个残存的红步兽人，向他们发出怒吼，高举起武器，将他们一步步逼退，最终也跌进了那道裂缝里。

“杜隆坦！”是盖亚安的声音。她已经冲进众灵圣地的入口，“这里还有更多敌人！快！”

杜隆坦向德雷克塔尔投去困扰的一瞥。“德雷克塔尔，你面前的这道裂缝有一条手臂那么宽。你没办法跨过来！”

“去消灭敌人！我在这里不会有事！”德雷克塔尔喊道。在见到大地回应这位萨满的祷告骤然开裂之后，杜隆坦能够相信这位老萨满有足够的能力自保了。

“我们会回来找你！”他又向德雷克塔尔喊了一声，便跟在库尔扎克和扎卡的身后冲进了冰洞。

冰洞中的结构精致得令人无法想象。就算杜隆坦刚刚在洞外瞥到了这里的美景，也还是因为眼前的神奇景象感到无比震惊。不过他立刻就将注意力集中在那些丑陋的怪物身上。污秽的红步兽人正在亵渎这座神圣的殿堂。杜隆坦让胸中正义的怒火燃烧起嗜血的力量，让这股力量充满自己，引导自己的双手向敌人发起迅猛的攻击。

他感觉到热血泼溅在脸上，口中尝到了血的味道。每一次挥动裂斩，都让他的手臂变得更加强壮有力，格挡，劈砍……斩开一切。他听到周围爆发的战斗喧嚣，胜利的吼声，从喉头流散的死亡哀嚎，还有骨头和颅骨碎裂的声音，鲜血和内脏洒落的声音。

终于，一切都结束了。杜隆坦转动身体，寻找新的敌人，但所有红步怪物都已经僵硬地躺倒在冰面上。杜隆坦喘息着放低双臂。直到现在，他的手臂才开始因为耗尽力量而颤抖。一切都安静下来。这座洞穴变得如此安静。

他抬头去看自己的战士们。盖亚安显得精疲力竭，但是当她与杜隆坦对视的时候，脸上便露出了笑容。库尔扎克站在盖亚安身边，还在观察周围的情况。正当杜隆坦回身要去找德雷克塔尔的时候，那位老萨满走进洞中，扎卡护卫在他的身边。

“你是怎么……？”杜隆坦问道。

“那道地缝在失去作用之后就闭合了。”德雷克塔尔简单地回答了他，就好像这不是什么值得大惊小怪的事情。随后，众人的注意力又转回到众灵圣地中。

这个神妙瑰丽的地方深深震撼了杜隆坦的心神，他想起了很久以前那位酋长的传说。传说中描绘了那位氏族英雄的伟大功勋，就连众灵也被霜狼的顽强意志所折服。现在杜隆坦明白了，即使那位酋长在这里等待三日三夜，也不会看厌这么多的美丽景色。

他们身处的这座洞穴只不过是开始。这座冰洞深处有另一个洞口，那应该是他们下一步要去的地方。杜隆坦再一次被那条洋溢着柔和光亮的通道吸引住了。一开始他以为那些光亮来自于这里洞壁上的石块，但仔细观察他才发现，发光的是石块表面的地衣。

为数众多的冰面不断反光，让每一个奇异的光源都能照亮很大一片地方。

很快，一阵痛楚又破坏了杜隆坦惊奇的心情。红步兽人——还有霜狼兽人——让血洒在这座圣殿里，这是对众灵不可饶恕的亵渎。

“他们怎么会在这里？”盖亚安高声问道，她显然比她的儿子更加痛苦。

“看起来，他们已经在这里驻扎一段时间了。”库尔扎克一边说，一边用靴子尖踢开一具尸体。

“他们在众灵最脆弱的时候占据了这里，”杜隆坦说道，就在说话的时候，他感觉到怒火再一次在心中积聚，有如实物般填满了他的胸膛，释放出越来越强的热量，“众灵无法保护自己。德雷克塔尔，你是否认为这就是众灵向我们求助的原因？”

问题可能是这么简单——但又是这样残忍吗？会不会霜狼需要做的只是将污秽丑恶的红步兽人从这个神圣之地清除干净？

“我不知道，”德雷克塔尔紧皱双眉，“众灵还在向我发出吁求，”盲眼萨满侧过头，“向我……也向盖亚安。”

杜隆坦明白了。他不能说自己没有感到失望，但他接受了这个事实——众灵更需要和霜狼的萨满，而不是酋长对话。也许让鲜血污损了众灵的圣地同样会招致众灵的厌恶。

“你们去吧。我们会留在这里，尽可能净化众灵的外部圣殿。”

盖亚安用手臂搂住德雷克塔尔，引领他缓步向前，以免老萨满踩在滑腻的血污上摔倒。杜隆坦看着他们走向圣殿深处，心中感到一阵羡慕。但他还有别的任务，他希望这个任务能让众灵感到喜悦。他、扎卡和库尔扎克转回身，看着狼藉满地的尸骸。

杜隆坦低下头，满身污血的红步兽人在这里是显得格外肮脏，让他的嘴唇也随之厌恶地扭曲起来。

“我们一直都会用火焰送走我们所尊重的，牺牲在战场上的同胞。当我们无法这样做的时候，我们会小心地收集石块，覆盖他们的身体。这是我们表达敬重和哀思的方式。而这些……怪物不值得被如此对待。我们可以把他们丢进水里去喂鱼。”杜隆坦说道。对于兽人，他想不出有什么方式能够比在水中慢慢肿胀腐烂，同时被小鱼一点点啃光更加羞耻了。

“哈！这很合适。”库尔扎克赞许地点点头，“德尔加怎么办？”

杜隆坦的表情变得肃穆。“他倒在了外面，他的血流入雪中。我们也会把他埋葬在雪里，但先让我们把这些腐臭的东西从众灵圣地移走吧。”

“说干就干。”库尔扎克立刻表示同意。他俯身抓住一个红步兽人的双腿，准备把他拖出去，但杜隆坦制止了他。

“不行，”杜隆坦希望自己不必这样说，但他别无选择，“我们必须把他们背出去。绝不能允许他们的血继续玷污这个地方。”

另外两名霜狼看上去也像他一样不高兴，但他们没有表示反对。杜隆坦面色沉重地抬起一具尸体。现在红步兽人的死尸距离他的鼻子只有几寸远。他能感觉到污血蹭到了他的皮甲上。他感觉到丑恶，他们都太丑恶了。他很高兴能够给他们一个如此耻辱的结局，并希望众灵也会赞同他的决定。

他们将所有尸体都移到洞外，然后一具一具地抬到海边，抛入大海。这些尸体都穿着形制不一的护甲，毫无疑问，这些都是他们从被他们杀害的德莱尼和兽人身上剥取的，而那些遇害者一定都被他们吃掉了。杜隆坦看着这些可怕的尸体沉入水中，彻底消失不见，但一想到这些怪物曾经的所作所为，他仍然感到不寒而栗。

没有人提出剥掉他们的护甲。霜狼兽人宁愿死也不会穿红步兽人的盔甲。

和这些怪物耻辱的人生相比，他们的葬礼仍然会显得光荣得多，远不是他们所应得的。不过杜隆坦还是满意地点了点头。处理掉尸体只是这个任务中比较容易的一部分。现在，他、扎卡和库尔扎克需要开始净化这座冰山圣殿了。

他们从外围开始——先铲掉有血迹的积雪和土壤。他们在圣殿中找到了篮子和其他容器，利用这些工具将被污染的雪和土倒入接纳一切的海水中。完成这个工作之后，他们用洁净的雪掩埋了牺牲的霜狼同胞。在这里，如此靠近众灵的地方，德尔加将得到安息。他的坟墓是一座洁白的椭圆形雪堆。

随后，三个人带着庄重的心情走进巨大的冰洞，回到这个曾经充满暴力的地方。杜隆坦用了一点时间环顾四周，想要确定下一步该怎样做。

他皱起眉头，这里有些不正常的地方。片刻之间，他想要甩掉这个念头。这里当然会很不正常——圣洁之地刚刚遭受过暴力的侵扰，但问题不在这里。这里的不正常另有原因。

红步兽人能够一直躲藏在这里，也许是因为他们通过某种手段可以吸取众灵的能量。依照杜隆坦对这些发疯的怪物的了解，他们在这里的营地要比杜隆坦所料想的更加整齐有序。说实话，这里更像是一座普通的兽人营地，有当做被褥的皮毛、衣服、武器……

……许多武器。

许多被褥。

太多了。

突然间，杜隆坦的心仿佛被狠狠剜了一刀，他明白了红步兽人在这里真正的计划。

第二十六章

这条小路上有雕刻而成的台阶，先是雕在冰上，然后是在岩石上。它们形成了一条狭窄迂曲的路径。洞壁上的地衣为沿路而行的两个人提供了足够的亮光，但前方却是一片黑暗。德雷克塔尔抓住盖亚安手臂的手非常有力量，也传达着他对盖亚安的信任。盖亚安知道自己比不上帕尔卡，那位萨满多年以来一直在照料德雷克塔尔。但她也同样谨慎而耐心，每当盲眼萨满用手杖探寻下一级台阶的时候，她都会略作停顿。

盖亚安非常清楚，霜狼氏族的萨满长老正焦急地想要向众灵敞开自己，给予它们所需的一切帮助——尽管盖亚安一直对此感到困惑不解，无比强大的众灵为什么需要生活在世界上一个偏僻角落里的渺小兽人氏族的救助？这对众灵而言无异于一种耻辱……也足以令人感到担忧。

他们一步步向下走去，沿着这条特殊的道路绕过一个个转弯。盖亚安感觉到空气变得愈来愈温暖。她似乎听到了一点微弱的声音。在漫长的寂静之后，这一点声音显得格外奇怪。

“水，”德雷克塔尔说道，盲眼萨满的耳朵有着远超过盖亚安的辨识能力，“听起来像是一眼泉水。”盖亚安想起了他们喝下的融化雪水，想到下面会有一个喷涌清水的泉眼，她的嘴巴突然变得非常干涩。带有大地矿物味道的泉水该是多么清凉甘冽啊。

他们继续向下，迎面吹来的微风感觉越来越清新。又转过一个弯之后，阶梯尽头出现了一座巨大的地下洞窟。

盖亚安惊呼了一声。

“和我说说。”德雷克塔尔说道。老萨满的声音几乎像是在乞求。

盖亚安眨眨眼睛，出现在她面前的洞室真是美得动人心魄。和呈现在盖亚安眼前的奇迹相比，上方的那座冰洞只像是一个阴暗破败的棚屋。盖亚安开始讲述。她用尽自己所知的词汇描述这个无法想象的地方，却知道自己根本不可能描述出这幅美景的万中之一。

这座洞室位于地下，却不是由普通的泥土和岩石形成的。它被雕刻（但“雕刻”这个词实在是不适合它）成一块水晶的样子。它依然有着冰的外表：蓝色、白色和介于蓝白之间的上千种色调形成无数流光幻彩的折面，摸上去光滑凉爽。但尤其让人感到不可思议的是，在距离阳光如此遥远的地下，这间洞室，这个……空间里依然充满了光明。盖亚安眨了眨眼睛才适应了这里。

在她的面前是一片健康茂盛的绿色草原，其间点缀着各种颜色的小花。在草原的正中央，那一眼泉水正向他们唱着欢快的歌声。盖亚安不知道自己是不是正在看着这个世界上最后一片青草和花园。泉水旁有苹果、浆果、梨子、樱桃，各种各样的水果。盖亚安向德雷克塔尔描述着她所见到的一切，但这真的没有必要：他们两个都能嗅到天堂的气息。盖亚安刚刚还焦渴难耐的喉咙现在已经感到湿润，饥饿感在刺激她的肠胃。草原的一角有一团令人愉悦的火苗。盖亚安仔细看它，却没有发现升起的烟灰。这团火似乎也不需要燃料，火苗轻快地跳动着，就像是跳起了快乐的舞蹈。

盖亚安说完之后，德雷克塔尔迅速地深吸了一口气。盲眼萨满的手用力握住盖亚安的手臂："首先必须清洁我们脸上和手上的血迹。然后，我们要接受邀请，享用大地和流水之灵提供的食物和清水，在火焰之灵的礼物旁温暖身体，深深吸入空气之灵甜美清新的空气。所有这些都会滋养我们。在这一切之后——我们必须倾听。"

还没有完全脱离惊愕状态的盖亚安引领德雷克塔尔来到水边，将双手探入水中。仿佛受到某种力量的驱使，她用力擦洗自己的皮肤，直到全部血迹和来自于红步兽人的污渍都被洗得干干净净。水将污血、汗水和泥土吸收进其中。片刻间，这座池塘变得污浊昏暗，但没过多久，全部污秽都消失了。泉水又变得洁净清亮，仿佛从没有被污染过。

德雷克塔尔打开包裹住他盲眼的布条。盖亚安在这位萨满还能看见的时候就认识他，但自从被狼咬过之后，德雷克塔尔就一直谨慎地遮挡着脸上的伤痕，不让帕尔卡以外的人看到他被毁掉的面容。自从那场可怕的战斗之后，盖亚安还是第一次完整地看到这位老友的脸。那些褶皱的疤痕，那个空洞的眼窝，另一只虽然完整，却已经死掉的眼睛——盖亚安不由得感到一阵心痛。这时德雷克塔尔也将双手、手臂和脸没入到水中。盖亚安屏住呼吸，心中渐渐升起希望。她在期盼众灵能够恢复德雷克塔尔的视力，但她最终只是在盲眼萨满的脸上看到了宽慰和温和的微笑。

泪水刺痛了盖亚安的眼睛。她用得到净化的双手捧起泉水，大口喝了下去。清凉甜美的水熄灭了她的干渴，平静了她的心神。然后，她伸手去摘草丛中的浆果。尽管她早已饱受饥饿的折磨，但她几乎不愿意吃下手中的果子。这颗果子实在是太完美了。

德雷克塔尔坐到地上，水滴还在从他的脸上滚落下来。“把你的手给我，老友。”盖亚安一边说，一边将一颗红润浑圆的血红色苹果放进盲眼萨满的手掌中。他们静静地，心怀感激地吃着。苹果多汁而且清脆，熟透的浆果在他们的舌尖爆开，洒下一片片甜蜜。盖亚安不想离开这里，她能够想象传说中的那位霜狼酋长是多么高兴地坐在这里，等待众灵的到来。

这些水果比普通食物更快地为他们驱走了饥饿，盖亚安当然不会探究这其中的原因。她牵着德雷克塔尔来到火边，他们向火焰伸出手。他们也都知道，就算是他们走进这团火焰的中心，也不会受到任何伤害。

“众灵……”德雷克塔尔刚刚开口，又皱起眉头，一道阴影落在他没有了遮挡的脸上，“……生命之灵想要……对我们两个说话。”

他颓然坐倒在火堆旁，仿佛他的双腿已经彻底失去了力量。盖亚安关切地抓住他的手臂，但德雷克塔尔只是摆摆手，示意她不必担心，随后便躺倒在柔软的绿草地上。他握住盖亚安的手，按在自己的心口上，又用自己的另一只手将盖亚安的手捂住。

盲眼萨满张开了嘴。尽管发出的还是他的声音，但盖亚安立刻就知道，这不是德雷克塔尔在说话。一阵战栗感涌遍了盖亚安的全身。

“霜狼曾经来到过这里，”生命之灵说道，“他们带着一种可爱的傲慢，因为面对这个纷繁复杂的世界，他们还保持着天真的无知。我们，大地、空气、火焰、流水和生命，将一份祝福给予了霜狼。顽固而强壮的你们从那时起一直在尊崇我们。当其他人只是肆意使用我们的力量时，你们的崇敬之心却始终未变。”

盖亚安意识到，这一次提出问题的任务落在了她的身上。她并没有为此做好准备。她一直都以为德雷克塔尔会是与众灵交谈的人。但现在，德雷克塔尔成为众灵的代言人。盖亚安只能希望自己提出的问题是正确的。

“众灵，德雷克塔尔说过，你们需要我们的帮助。我们来了。为了感谢你们在这么多个世代中援助我们的恩情，我们可以做些什么？”

“你们来了，在这里，在一切的尽头，你们净化了我们的神圣之地。对此，我们深深感激。但你们来得太晚了，薪火传承者。”德雷克塔尔的声音中流露出深深的哀伤，泪水充满了他的眼眶，沿着他的面颊滚落下来，“污血之人还记得那些古老的传说，他们来到这里，将我们的圣地占为己有。我们还能够保卫这里，我们圣地的核心，但即使他们无法闯进来，他们还是在大量吸取我们的精华。我们渐渐衰亡，速度很慢，但到现在，我们只有一息尚存。我们向所有德拉诺萨满发出呼唤，乞求援助。大多数萨满已经无法听到我们的声音。有一些人听到了，但他们转过脸去，不再看我们，不愿意相信真正发生了什么。还有一些萨满直接拒绝了我们，选择追随古尔丹，以他操纵死亡的术士魔法代替我们的力量，我们的生命魔法。你们，霜狼氏族，差一点就及时听到了我们的呼唤——但还是差了一点。”生命之灵显得无比哀伤，它借来的声音渐渐微弱下去，“而这个人，尽管他是如此睿智，却还是没有能完全理解。”

“这不可能是真的！”盖亚安感觉到自己的心在胸膛中裂开了，“我看到了火焰之灵，流水之灵，大地之灵，全都在这里……你们不可能死去！”

“不是死去，”生命之灵对她说，“只是变得衰弱。太过衰弱。首先是火，然后是地和水，空气还在坚持，但也无力挽回。生命是最后一个放手的，我们最终都会放弃。”

放弃？万物之灵怎么会放弃？任何卷轴上都不曾向她提到过这样的事。没有任何一段传说、一篇文字、一种教导或一个仪式中有过这样的警示。薪火传承者惶恐不安的心在肋骨中抖动着，就像是被困在笼中的鸟。全身颤抖的她紧紧抓住德雷克塔尔无力的手，仿佛在抓紧一根生命线。

“你们……你们要抛弃我们了？我们该怎么做？”她忽然回忆

起德雷克塔尔在加拉德被火葬的那一夜，当她的儿子即将成为酋长时所说的话：吾众从时间之初便开始崇敬众灵，并将永远崇敬它们，即使今日来至此地之人均已被忘记，再没有人传诵我们的名字，这份崇敬仍然不会泯灭。

愤怒突然取代了恐惧，盖亚安高声喝问："如果这一切都太晚了，为什么你们又要将我们叫到这里？难道只是让我们坐在这里看着你们全部死去吗？"

德雷克塔尔的声音温和依旧，生命之灵并没有因为盖亚安的冒犯而对她生厌。"不，我钟爱的霜狼，你们一直都是那样强壮，德雷克塔尔对我们一直都是那样虔诚。你们需要来到这里，而且你们必须回到你们的族人中去。我们并没有死，我们在这里的放弃并不是你们所理解的死亡，但我们确实无法再帮助你们了。你们听到了我们的呼声，来到我们面前，为我们扫除了野蛮的红步兽人。我们希望你们知道，无论在何方的大地、空气、火焰、流水和生命……那都是我们，即使我们已经消失。"

"这不合道理！"盖亚安喊道。她发现自己在抽泣，"我不明白！"

"你会明白的，"生命之灵向她承诺，"但现在，我们必须走了。我们必须保留下最后一点力量。你们的氏族将从我们这里得到最后一件礼物，一件你们所亟须的礼物。你的儿子现在需要你，盖亚安。去找他，快去。还有……不要忘记我们。"

德雷克塔尔的胸口猛然塌落，老萨满长长地呼出一口气，然后才坐起身。这一次，盖亚安明白生命之灵再不会透过这位老萨满说话了。

“德雷克塔尔，你……”

“是的，”他坐起身说道，“我听到了你们交谈的每一个字。我感觉……”他摇摇头。“我等一下会告诉你。但现在，我感觉到了众灵的急迫。杜隆坦需要我们……不能再耽搁了！”

他们用比来时更快的速度上了阶梯。恐惧和急切的心情让德雷克塔尔和盖亚安不断加快脚步。当他们来到阶梯顶端时，一只手伸过来，抓住德雷克塔尔的手臂，把他拽上了最后两级台阶。

杜隆坦一直都对族中的长老们礼敬有加，但现在，他同时抓住德雷克塔尔和盖亚安两个人，眼神狂乱，充满了怒火——还有恐惧。

“这是一个陷阱，”他说道，“数百个红步兽人一直居住在这里。他们之中只有少数几个留下来，为了拖住我们，好让其余的红步兽人能够去发动袭击。”

仍然在为生命之灵的话语感到震撼的盖亚安问：“去袭击哪里？”

杜隆坦的面容因为痛苦而扭曲，他的话更是差一点打碎了盖亚安的心。

“去摧毁霜狼氏族。”

第二十七章

“他们有没有告诉你任何能帮助我们的信息？”杜隆坦一直在追问。他的目光在德雷克塔尔和盖亚安之间来回移动。

他尽量不去看德雷克塔尔的脸。以前他从没有看到过这张脸完整的样子。不知为什么，他相信如果自己盯住这位萨满的脸，盲眼萨满就会知道。

“生命之灵说它们会给我们最后一件礼物。”德雷克塔尔说。

杜隆坦感觉到血液完全从自己的脸上褪去了。“最后一件？”

尽管盲眼萨满的话语中带着可怕的暗示，但德雷克塔尔却显得异常平静。他摇摇头说道：“有太多事情，现在来不及细说。如果我们的氏族灭亡了，再说这些也将毫无意义。我们必须走了，马上就走，我们要相信众灵的话语，希望我们还不会太迟。红步兽人已经在这里居住了一段时间，他们吸收了众灵的一部分能量。”

“他们的数量超过我们，但我们还是战胜了他们，并没有承受太大损伤。”扎卡说，“他们打得很好，但在我看来，他们并没有多强壮。”

但杜隆坦能看清实际的状况：“仔细想想，扎卡，他们只是留下了最弱小的一些人。”

扎卡的眼睛瞪大了。

“我们能够追上他们，”杜隆坦向扎卡保证——也是在向他自己保证，“我们有狼。他们没有。来吧，那些怪物也许想要在身上涂抹我们的血，但要流血的是他们。”

浮冰正在等待他们。尽管杜隆坦在上一次依靠它渡过海面的时候完全平安无事，但他还是鼓足了勇气才再一次踏到这块摇摇晃晃的冰上。随着海岸线逐渐清晰，眼前的情景让杜隆坦不由得绝望地跪倒下去。在他身旁，库尔扎克发出痛苦的喊声。

白雪之上能看到六个白色的形体，它们让杜隆坦想起了藏在雪中偷袭他们的红步兽人。只是这些白色的形体上生有长毛，而且他们一动也不动。

“你们看到了什么？”德雷克塔尔问。

“我们的朋友。”杜隆坦用凄惶的声音说，“红步兽人杀死了我们的狼。”

他们遭受了双重打击：首先，也是最急迫的，现在他们没有了速度上的优势，而那些食人的凶徒正在杀向他们的氏族。而更让他们心痛的是，他们每个人都失去了一位挚友——正像杜隆坦所说的那样，狼是他们的朋友。杜隆坦一直都深爱着利齿。

但德雷克塔尔只是摇了摇头。“不，”他说道，“没有死，还没有，并没有都死。”

他怎么能知道？杜隆坦在那些寂静的白色形体上看不到任何动静。就在这时，一头狼虚弱地抬起头，随后又跌回到雪地上。希望在杜隆坦的心中涌起。他纵身跳上海岸，冲向利齿。他的老友在呜咽，努力想要向杜隆坦摇摇尾巴，这让杜隆坦的心都碎了。

这时，盲眼萨满的声音从背后传来，杜隆坦立刻侧过头仔细倾听。“一个死了，恐怕有两个也无法拯救了，”德雷克塔尔说道，“但还有三个，生命之灵允许我治疗他们。红步兽人没有坐骑，但是他们在这里强化了力量，现在拥有了非同寻常的速度。你们追不上他们，但你们也不会被落下很远。你们将能够在这场战争中出一份力。”

“但……三头狼不能带五个人，”库尔扎克说，“而且他们还没有从重伤中恢复过来，不可能跑这么远的路。”

“他们必须能跑起来。”杜隆坦说。

“他们可以。”德雷克塔尔平静地说，“我会留下来，陪伴将要逝去的朋友。我不会有事的，生命之灵已经向我确认过这一点。”

杜隆坦感到非常矛盾。他想要命令德雷克塔尔留在他们身边，但又非常清楚，库尔扎克说得没有错。“告诉我你认为怎样才是最好，德雷克塔尔，我会服从你的决定。是你和众灵进行了对话，而不是我。”

德雷克塔尔向前走过来。慧耳嗅到主人的气味，发出轻微的“呜呜”声。德雷克塔尔用双手捧住老友的嘴，让他微微张开下颚，向狼嘴中轻轻吹了一口气。杜隆坦心怀敬畏地看着这一幕。霜狼肋侧的伤口开始愈合，很快，慧耳跳起来，“呜呜”地叫着，舔了舔主人的脸。

随后，德雷克塔尔的双手伸向利齿。看到自己的老友有了反应，很快就兴奋地跳向自己，杜隆坦终于宽慰地呼出一口气。最后是激流，扎卡的座狼。杜隆坦伤心地看着他的母亲。盖亚安跪倒在歌手身旁。在杜隆坦一生中的大部分时间里，这头狼都是他母亲的同伴。现在，他的母亲双手捧住歌手的头，凝视她心爱座狼那双金色的眼睛，喃喃地说道：“谢谢。”又转头对德雷克塔尔说，“让他从容进入最后的长眠吧。”然后，她站起了身。

为了狼伙伴而哭泣不是软弱。这种羁绊强烈，真实，会伴随双方的一生。杜隆坦相信，只有不会为此流泪的人才是软弱的。他跳上利齿的脊背，向盖亚安伸出手。

“和我同乘利齿吧，母亲，”他说道，“我们将用生命之灵的礼物拯救我们的氏族。”

盖亚安跳到他身后。杜隆坦俯身到利齿的脖子上说道：“跑，我的朋友。”现在他只希望，尽管他们只有屈指可数的几个人，但他们还是可以及时赶到，援救他们的族人。

* * *

“不要生闷气了。”德拉卡对奥格瑞姆说。

“我没有生闷气，”奥格瑞姆回答，“我只是在思考。”

德拉卡将双臂交叠在胸前，看着他用皮子重新缠裹毁灭之锤的锤柄。“你就是在生闷气，我也一样。我们都是战士，如果不允许我们战斗，我们就什么事都做不好。”

“并非如此。”奥格瑞姆说道。然后他露出了哀伤的微笑，“嗯，不只是如此。杜隆坦不知道他是一位多么强大的领袖。在这个诡异而又可怕的时代，他正是氏族所需要的。我很担心如果发生了什么意外……”他向周围的霜狼族人一指。这些人大多像他一样，正在压抑的气氛中做着各种修修补补的工作。一些孩子在和他们的狼玩耍，那些狼装出凶巴巴的样子，不停地咬着孩子们周围的空气。“我是否能统率他们，就像他一样？”

德拉卡坐到了奥格瑞姆身边，依然对自己日渐笨重的身子感到很不适应。她的孩子再有两个月就要出世了。她已经不止一次感觉到孩子在踢自己。她知道，德拉卡和杜隆坦的孩子一定会很强壮，她只希望自己不会一个人单独将这个孩子养大。寒冰一直跟随在她身边，一看到主人坐下来，他就倒卧在德拉卡的身边，将头放在自己的爪子上。

“答案是不，你不可能像他一样统率氏族。”德拉卡用一只手抚摸着胀起的肚子说道，“你不是杜隆坦，你是奥格瑞姆，你当然会以不同的方式率领族人。真正的问题是：你能很好地统率他们吗？”

奥格瑞姆看着德拉卡。自从德拉卡从流放中回来以后就一直在观察这名酋长的副手。对于奥格瑞姆，她知道两件事：一，在奥格瑞姆高大魁梧的身躯和直率的性格下面隐藏着一副果决而又复杂的头脑，还有一颗善良的心；二，奥格瑞姆的所有这些品质，她的丈夫一定也都很清楚。“而这个问题的答案是：是的。我相信你能成为一位非常优秀的领袖。”她一拳打在奥格瑞姆的胳膊上。“但你的统率时间可不会很长。现在，你要统率一个正在休息，修理护甲和补缀衣服的霜狼氏族。你要接受这一挑战吗，奥格瑞姆·毁灭之锤，特尔卡之子，鲁瓦什之孙？”

奥格瑞姆发出会心的笑声，“杜隆坦选你可真是太正确了。”

“没错。”

“好吧，”奥格瑞姆又说道，“没有人因为修补和坐卧而丧命，所以我相信我是一位很优秀的酋长。”他将锤柄缠好，提起毁灭之锤，感觉到新的皮革摩擦自己满是老茧的手指，“我觉得有必要动一动，打上一仗，我很想砸碎一些可恶的石头。”

“石头？”德拉卡装出一副害怕的样子，“说实话，你一定能成为一位令人敬仰的酋长，能够战胜那些硬邦邦的敌人。我保证，我们一定会唱起一曲洛克瓦诺德，为了……”

一阵低沉的吼声打断了德拉卡的话。寒冰抬起头，耳朵转向前方。德拉卡立刻站起身，用手掌遮住刺眼的阳光，朝巨狼瞪视的方向望去。她能够瞥到地平线上出现了一些影子。

那不可能是杜隆坦回来了。否则狼一定会嗅到他的气味，并立刻跑去欢迎回归的队伍。

看样子，奥格瑞姆真的可以确认一下自己作为统帅的能力了。

第二十八章

没过多久，其他人也都注意到了远方出现的人影。大家全都站起了身，将躁动不安的狼叫到身旁。德拉卡满心以为奥格瑞姆会立刻发动攻击，无论对方是谁，或者是什么样的生物。但奥格瑞姆没有这样做。

“卢加尔，”他喊道，“柯罗干——骑上狼跟着我！”然后他向猛咬发出呼唤。他的狼立刻出现在他面前，不断发出咆哮，仿佛正在渴望着战斗。德拉卡转身打算骑上寒冰，但奥格瑞姆的声音制止了她。“德拉卡，你留在这里。”他用命令的口吻说道，“保护你自己和你的孩子。”

德拉卡猛地向他转过头，“我是一名霜狼兽人！为我的氏族战斗是我的荣誉，如果有必要，我会为氏族牺牲！”

“杜隆坦可不会这么想，我也不会。无论我要去面对的是什么，我都不会告诉他，是我让他的妻子和孩子冲上了战场。我绝不会让你和孩子受到伤害，德拉卡，只要我还有力量保护你们。认真听我说，留下来，保护好你自己。我知道你能做到。把在前线作战的任务留给其他人！”

德拉卡气恼而又沮丧地吼了一声，但她不得不承认，奥格瑞姆是对的。每一名氏族成员都会用自己的生命保护德拉卡未出生的孩子，她更不能让自己的孩子受到伤害。她咒骂着，找出自己的弓和箭。同时她发现了一只小圆盾。一个念头闪进她的脑海。她抓起圆盾，把它绑到了自己凸起的肚子上。

“听着，小家伙，”她说道，“这是给你的保护。”她跳上寒冰，只用自己肌肉发达的双腿驾驭寒冰斜向敌人跑去，稍稍一拐弯，冲向敌阵侧旁。就在这个时候，奥格瑞姆发出一声让她骨髓战栗的呐喊：

“红步兽人！”

片刻间，德拉卡无法呼吸。其实德拉卡早已隐隐猜测，红步兽人会向他们发动攻击。在她的梦里，她还是能看到诺卡拉残破的身体。那一幕凄惨的景象已经烙印在她的脑海中。她绝不希望这些怪物会杀进他们的营地，但现在，怪物真的来了。她也看到了机会，能够一举抹去这些怪物留给她的可怕回忆。我们做个了结吧。德拉卡恨恨地想着，将恐惧的战栗转变成炽热的、欢欣鼓舞的嗜血力量。

大概瞥了一眼，德拉卡能看出红步兽人的数量至少是霜狼兽人的三倍，甚至更多。但他们没有狼，而且他们进攻的是一个已经退无可退的氏族。德拉卡的嘴唇在獠牙周围翘起，显露出一个微笑。倚仗着寒冰的致命速度，德拉卡在弓弦上扣好一支箭，举弓射击。

第一支箭射中了一名红步兽人的眼睛，敌人立刻栽倒在地。第二支箭射中了一个红步女兽人未加保护的喉咙。她跪倒下去，伸手抓住伤口，随后一头扑倒。德拉卡注意到这些红步兽人的肌肉远比他们之前遇到过的那些食人怪物更发达，更不是一直在饥饿中的霜狼兽人能比的。这些敌人的速度也很快，动作轻盈，没有丝毫疲惫之态。难道他们所选择的那种恐怖食物给了他们如此强大的力量？

德拉卡听到羽箭撕裂空气的声音在身边响起，就如同一只愤怒的毒虫。她不由得骂了自己一句。她一直都太过愤怒，竟然变得如此疏忽大意。如果敌人也有弓箭手，她就需要更加小心——并且要尽量先除掉那些弓箭手。

她停止了射击，让寒冰绕过一个大圈子，对战局进行了大致的评估。她毫不惊讶地看到奥格瑞姆·毁灭之锤已经抡动大锤冲进了敌人最密集的地方。德拉卡知道，用大锤作战的人必须让自己与战锤合为一体，用锤头划出一道道圆弧，以发挥出最大的攻击力。这几乎就像是奥格瑞姆在跟随毁灭之锤冲击的轨迹跳起舞蹈。他必须始终保持充沛的动能，否则就会被在他身边堆积起来的尸体绊倒。

霜狼兽人和他们的狼都有牺牲。迅速点数了一下，德拉卡估计至少三头巨狼被杀死了。他们猩红色的鲜血浸透了白色的长毛。

他们的骑手还活着，但也都受了伤。德拉卡皱起眉头。她立刻举起弓，开始寻找下一个目标。

一个红步兽人径直向奥格瑞姆冲去。他几乎要比其他所有兽人都高上一头，冲锋的气势更是无可阻遏。他的头顶被剃光，只留下了一根细辫子，因为污血凝结在上面而变得干硬。他的身上几乎没有什么甲片，裸露的宽阔胸膛和强壮的手臂上就像他的辫子一样，全是凝结的干血。德拉卡觉得他根本不在意会有人攻击他。他难道认为自己不会受伤吗？德拉卡心中感到惊奇，如果是这样，奥格瑞姆或者我很快就能给他好好上一课了。

德拉卡怀疑这个留辫子的高大兽人就是这个令人憎恶的氏族的酋长。他的手中拿着两把大斧，不停地左右挥砍，同时一次次转头去确认奥格瑞姆的位置。德拉卡沮丧地咆哮了一声，在如同巨大漩涡的激烈战团里面，德拉卡的箭不可能准确地射中他。

这个红步兽人手起斧落，攻击迅捷而凶猛，却又似乎对面前的敌人毫不在意。他面前的霜狼女兽人一声惨叫，紧紧攥住自己握剑的手臂。鲜血从她的手指缝中涌出来。只要再加上一斧，这名女兽人就性命难保了，但红步酋长却似乎对眼前的战斗毫无兴趣。他只是一脚踹在受伤女兽人的肚子上。感受到自己族人的痛苦，想到自己腹内幼小的生命，德拉卡的身子也不由得一紧。那名霜狼女兽人踉跄着后退，跌倒在地。

但她还活着。

为什么……

德拉卡的脑海中响起自己丈夫的话。红步兽人必须杀光那些狼，而且速度要快。狼是最大的威胁……

眨眼之间，德拉卡感觉到自己如处寒冬。战栗感在她的皮肤上游走，怒火却烧红了她的心，灼热的愤怒甚至让汗水渗出在她的身上。“你这个怪物，”她喃喃地说道，“众灵啊，请守护我的孩子！”随后，德拉卡调转寒冰冲向白热化的战场。

“奥格瑞姆！”她喊道，“奥格瑞姆！”奥格瑞姆转头看了她一眼，立刻皱起眉头。

“回去，德拉卡！”

兽人可以被打倒，会屈服，能够在受到逼迫的情况下被押走……

“他们只想打伤我们，不是杀掉我们！”德拉卡执意冲入战场。奥格瑞姆皱紧眉头，她明白他的困惑，这不合情理，一个人可以杀死敌人的时候为什么只打伤他们？

其他人，包括孩子！他们会俘虏其他人！

在以后成为红步兽人的食物。

德拉卡看到理解的神情从奥格瑞姆的脸上一闪而过。紧接着，赤灼的怒火彻底扭曲了这位强大兽人的面孔。“杀死他们，霜狼！”奥格瑞姆喊道，“把他们全部杀死！”

就在这时，德拉卡听到一阵吼声。她的心脏开始剧烈地跳动，泪水刺痛了她的眼睛。这是充满光荣的霜狼的长嚎——正从北方全速袭来。

* * *

生命之灵的礼物赐福在这几个霜狼兽人的身上。他们感觉到精神焕发，仿佛刚刚熟睡了许多天；力量充沛，就像是一直以来他们都在饱餐富有营养的食物；他们的五官感觉几乎就像他们骑乘的狼朋友一样敏锐，而所有这些狼朋友都变得更加矫健凶猛。杜隆坦的心中无比平静，精神高度集中，他有些好奇，那些卑劣的红步兽人是不是也用他们偷窃来的力量让自己变得如此强大。但即使是这样，他也没有感到绝望，反而更加坚定了消灭这些邪恶怪物的决心。绝望不会帮助他拯救他的氏族，他的妻子，还有他的孩子。

这份礼物不会持久，生命之灵曾这样告诉德雷克塔尔，但它足以伴随你们战胜敌人。去吧，拯救你们族人。

狼以前所未有的速度向前冲锋，步伐流畅稳定，丝毫没有疲惫的迹象。狼背上的骑手们没有对彼此说些什么。他们不需要。生命之灵在短暂的时间里进入到他们体内，尽管他们看不到彼此内心的想法，但他们已经融为了一体。

他们来得太迟了，无法阻止这场战争。但只是瞥了一眼，杜隆坦就知道，尽管他的氏族在人数上处于绝对的劣势，但霜狼氏族并没有被打垮。回援的霜狼兽人丝毫没有放慢脚步，径直冲进了战斗最激烈的地方。他们将武器挥舞成一阵阵旋风，双唇间迸发出雷鸣般的战吼。

杜隆坦这一生中从没有感觉到自己的行动如此正确。红步兽人是永远都不应该出现的邪秽之物，从德拉诺的表面扫除他们就像是割除掉腐烂的身体组织。杜隆坦从利齿的背上一跃而下，让他的狼朋友能够任意去攻击敌人。看到一个倒霉的红步兽人冲向自己，他不由得露出了凶狠的笑容。这个女兽人手持两把小斧头，其中一把被她高高举起，劈砍杜隆坦的面孔，另一把水平斩向杜隆坦的身体。

裂斩一闪而过，红步兽人的两条手臂掉在地上——它们的手中还攥着斧头。红步兽人惊愕地盯着鲜血喷涌的两条断臂，随后她的脑袋也落到了自己的手旁。

杜隆坦感觉到另一个敌人在从身后向他逼近，立刻全身疾转，将裂斩砍进那名红步兽人的胸口。一阵暴怒的吼声向他警示有第三个敌人杀来。他收回战斧，打算再度攻击，但还没有等他这样做，一支箭突然竖在了红步兽人的眼睛上。那名敌人跌倒在地。

杜隆坦认得这支羽箭。片刻之后，他最心爱的人向他发出呼喊。

“杜隆坦！”德拉卡喊道，“奥格瑞姆在和他们的酋长作战！”

杜隆坦向周围瞥了一眼。他看到了扎卡和库尔扎克都在以一副几乎是从容不迫的样子战斗着。但他们身边的红步兽人却一连串地向左右跌倒。盖亚安仿佛年轻了一半。她如风般跃动起舞，手中的长矛仿佛全无重量。就连其他没有得到生命之灵祝福的霜狼兽人在看到酋长回来之后也都士气大振，正在以十倍的勇猛痛击敌人。

但奥格瑞姆在哪里，还有那个红步酋长呢?

很快，杜隆坦就发现了他们：头顶光秃、身躯如同山岳般的奥格瑞姆，以非凡的坚毅和果敢挥舞着巨大的毁灭之锤，就好像那是一件儿童的玩具；比奥格瑞姆更高大的红步酋长有着同样发达的肌肉，两把大斧在他的手中变成两团幻影。杜隆坦的心中感到矛盾。他不想剥夺奥格瑞姆击杀这个怪物首领的荣耀，但也不希望他的朋友送命——又让这个酋长活下来。

他决定去帮助他的副手，如果有必要，就代替奥格瑞姆作战。这时另一名红步兽人挥舞一柄倒钩上带血的钉头锤挡在杜隆坦面前。杜隆坦一俯身，钉头锤从他的头顶挥了过去，裂斩也在此时向上挑起。红步兽人张开口，却只是喷出一股热血。杜隆坦厌恶地甩开这个敌人的尸体，继续向前。

他距离那两个人已经很近了。杜隆坦看得出，奥格瑞姆和怪物酋长势均力敌。所以杜隆坦知道，自己也许没有必要强行介入他们的战斗。但奥格瑞姆已经累了，他没有得到生命之灵的祝福，一直只能使用自身的力量。

杜隆坦一边提防敌人的攻击，一边又迅速扫视了一遍战场。许多霜狼兽人被打倒了，不过杜隆坦能看出来，他们只是受了伤。而倒在地上的红步兽人全都一动不动。他又看到两个敌人在自己眼前倒下——一个被羽箭射穿，也许是德拉卡的箭，也许不是；另一个在盖亚安的长矛下丢掉了性命。杜隆坦难以置信地旋转一周，现在只有屈指可数的红步兽人还活着！他的心踏实下来，同时向众灵送去感激的祈祷。

杜隆坦转回头，再去看他的副手和红步酋长之间的战斗。这场战斗也快结束了。红步酋长的左臂耷拉下来，完全没有了用处。杜隆坦能看出，他的左手的骨头完全被打碎了。高大的红步兽人还在用一把斧头作战。那把单刃斧和毁灭之锤比起来显得太过渺小。这个怪物很勇敢，但已毫无意义。

奥格瑞姆怒吼一声，高举起毁灭之锤。杜隆坦露出微笑。

等到奥格瑞姆杀了这个酋长，然后……

杀了这个酋长。

“不，”杜隆坦喃喃地说道，“不。奥格瑞姆！奥格瑞姆！活捉他！听到我的话了吗？我们必须活捉他！”

第二十九章

红步兽人的酋长在奥格瑞姆和库尔扎克的手中挣扎着。但他们将他死死按在地上。“把割下这颗丑头的荣誉给我吧，酋长。”奥格瑞姆粗声粗气地说道。

“不，”杜隆坦回答，“还不行。带走他，暂时把他捆起来。我们需要先照顾伤员，然后我会审问他。”杜隆坦能感觉到生命之灵的礼物正在从自己体内消退。突然之间，他感到一种说不出的疲惫，裂斩在他的手中一下子沉重了许多。就像许多霜狼兽人一样，他迫不及待地想要杀死躺在面前的这个怪物。也许现在这个怪物受到压制，无力反抗，但他还远远没有屈服。

杜隆坦会杀死这个怪物，但他首先需要答案。奥格瑞姆不情愿地和库尔扎克服从了酋长的命令，将这个最后的红步兽人紧紧捆绑起来，牵到一旁。被牵走的时候，这个满身血污的怪物依然恶狠狠地瞪着杜隆坦的眼睛。

“我的爱人，”德拉卡的声音传入杜隆坦耳中。杜隆坦转过身，紧紧拥抱了她，许久之后才将她放开。德拉卡问道：“告诉我，都发生了什么？”

“我有许多事要说，也有许多事要听你说。”杜隆坦说道，“先告诉我，我们的氏族遭遇了什么？”德拉卡开始向他讲述如同恶臭洪水般的敌人突然向他们杀来，她如何注意到敌人在战斗中故意只是打伤霜狼兽人，而不是直接杀死他们。

“他们以为能够奴役我们，然后以我们为食物。”德拉卡恨恨地说道，“但他们不明白，我们只有死掉，才不会挥舞刀剑！”到最后，这个策略反而毁灭了红步兽人。

大多数受伤的霜狼兽人都能行走。很快，萨满就开始忙着缝合伤口，准备担架，为伤员涂覆药膏。杜隆坦叫来扎卡，命令她返回圣灵之地，带回德雷克塔尔和还活着的狼。

他的氏族正在为疗伤而忙碌。

现在该是去审问红步酋长的时候了。

* * *

奥格瑞姆站在这名俘虏身边，这不是为了确保他不会逃走。重伤和结实的绳索已经让他无力逃遁了。杜隆坦怀疑奥格瑞姆这样做是要确保这个酋长还能活着。毫无疑问，营地中的每一个霜狼兽人都很想要他的命。

当杜隆坦的影子落到头顶的时候，红步酋长抬头瞥了一眼，露出微笑。杜隆坦手握雷击，狠狠地瞪着他，在这头怪物的身上寻找残存的兽人影子。

他完全找不到。

“你亵渎了众灵圣地。”杜隆坦说道。

“知道那些故事的并非只有你们霜狼。”红步兽人回答道。

“你知道我们会来。”

“是的，你们终究会来。在我们失败之后，当你们干掉了我们的狩猎队，我们就来北方等待你们。我们知道，这一次你们会主动送上门来。我们一直派遣斥候盯着你们，在这里等着你们。”他满脸狞笑，显得格外阴狠，“我们从众灵那里夺取力量，你们却在饥饿中向我们靠近。”

我绝不能杀死他，现在还不行。

“我想知道，你们怎么会变成这种样子。”压抑住心中的怒火之后，杜隆坦才继续说道，“红步毕竟是一个兽人氏族，就像我们一样。你们也面对着和我们同样的挑战。古尔丹说，你们拒绝追随他，这一点也像我们一样。你们到底是怎么了？怎么会堕落到——堕落到如此疯狂的程度？竟然会做出这样的暴行？”他摇摇头，几乎有些可怜地说，“你的氏族，全都疯了。”

红步酋长紧盯着他，沉默片刻之后，开始大笑起来。这是一种可怕的笑声，一开始很低，回荡在他的喉咙深处，然后如同狂暴的吼叫喷发出来，很久之后才渐渐平息。愉悦的泪水模糊了这个兽人的眼睛。

“疯了？”他的声音低沉浑厚，充满压迫感，“疯狂，白痴，毫无理性？我告诉你，霜狼，我可不是这样。追随我的人都不是这样。”

“你们猎杀德莱尼——你们猎杀自己的同胞——还称我们为猎物。你们不但屠杀我们，还割下我们的肉，在火上炙烤！神智健全的兽人不会这样做！”

“我们可绝对不是疯子。”红步酋长继续坚持着。他的平静几乎要把杜隆坦逼疯了，但杜隆坦依然保持着克制。红步酋长一字一句地说道：“我们要比你们霜狼更加理智，更加懂得思考。”

杜隆坦无法再控制自己，他反手狠狠地打在这个兽人的脸上。红步酋长的头猛地甩向一旁，但他只是又笑了起来。鲜血沿着他的下巴滴落，和被他杀害，甚至是被他吃掉的兽人的血混合在一起。

“我们比你想象的更加相似，杜隆坦，加拉德之子。”他说道。听到这个怪物说出他和他父亲的名字，杜隆坦一下子僵住了，“我们全都够聪明，知道让我们的氏族拜倒在古尔丹的脚下是一个愚蠢而又危险的选择。所以，我们一同做了另一个决定——以自己的力量活下来。我们不会去做塔布羊，我们是兽人。你们也做了同样的决定——继续作为兽人活下去。你们不是软弱的南方人，不会成为古尔丹的怪物。我们之间唯一的区别是你们活了下来——至少到现在是如此。你们从一个地方迁徙到另一个地方，每一个地方都更加贫瘠，只能让你们拼命寻找仅存的食物，挣扎求生。”

“我要让你这个无礼的家伙再不能说话……”奥格瑞姆举起毁

灭之锤。但杜隆坦伸出手，阻止了他。杜隆坦紧盯着对面这个酋长的眼睛，那双浅褐色的眼睛……非常清晰。

“继续。”杜隆坦说道。他的声音中没有了任何情绪。

另一名酋长微微一笑：“你们的选择又让你的氏族落到了什么样的境地，杜隆坦？”他用残破的手指了一下周围。现在那只手每动一下肯定都是剧痛难忍，但他丝毫没有显露出痛苦的痕迹。“你们变得强大了吗？族群有没有变得更庞大？有没有值得享受的生活？还是你们只能苟延残喘，跌跌撞撞，漫无目的地在荒野中摸索前行？”他摇摇头，“你知道吗，我们在暗中全都很钦佩你们？”

这让杜隆坦吃了一惊。不过，古尔丹不也是这样说的？

“我本以为霜狼能干得更好，但你们真是让我失望。”

这句话听起来很疯狂，但这其中又存在着某种可怕的逻辑。红步酋长的话让杜隆坦反感，却又勾起了他的好奇心……不管怎样，杜隆坦需要知道得更多。

“我知道我们为什么做出这样的选择，”杜隆坦说，“但你们又为什么选择成为……”他甚至无法说出那个词。

那双毫无疑问充满了理性的浅褐色眼睛在审视着杜隆坦。然后，红步酋长又说话了。他的声音很平静，甚至有些显得无聊，仿佛他正在背诵一个尽人皆知的故事：“我们，就像你们一样，拒绝加入部落。我们也像你们一样，挣扎着想要找到足够的食物活下来。我们用动物的血覆盖自己，为的是阻吓其他兽人，不让他们偷走属于我们的东西。”

如此令人发指的暴行，却只是源自于一个如此简单的理由，一个计策——仅此而已。

“我们发现了一些闯进我们领地的德莱尼，他们吓跑了塔布羊群。在盛怒中，我们把他们全都杀死了。依照我们在那时养成的习惯，我们将他们的血浇遍我们全身。”他模仿着用血浇身体的动作，又用手碰了碰嘴，“但有一些他们的血流进了我们的嘴里。”

他伸出舌头，舔了舔肥厚的下嘴唇。“那血非常甜美。”

杜隆坦想到曾和他一同坐在篝火旁的那些德莱尼温柔的微笑。他们曾经冒着生命的危险援救兽人的孩子，同时又不顾可能遭受陌生兽人伤害的风险，将那些孩子送回了家。伴随着这些记忆，眼前的这个怪物更让杜隆坦在身体和灵魂上全都感到恶心。

“他们吓跑了我们应得的食物，所以他们就成为我们应得的食物。”红步酋长耸耸肩，“当我们再一次打败另一些兽人的时候，一切就都变得容易多了。肉就是肉，你们早晚也会发现这一点。”

杜隆坦仿佛受到了狠狠一击。“你说什么？”

“如果你们想要继续做真正的兽人，这就是你们唯一的选择。我们是掠食者，霜狼，这个世界有掠食者，也有猎物。有赢家，就有输家。有兽人，同样有塔布羊。我们蔑视其他人的帮助，才能成为更强大的一方。”

他抬起头，将自己的脸向杜隆坦凑近过来。陈血的臭味充满了杜隆坦的鼻腔。“我的红步兽人就躺在你们面前，今晚你们不会挨饿了。让我们建立一个新的氏族。我们会变得强大，其他人只会越来越弱小。”

红步怪物露出微笑。杜隆坦能够在他的呼吸中闻到血腥的臭味。“迈出这一步吧，杜隆坦，加拉德之子，杜高什之孙。成为红狼的酋长，成为一个真正的兽人！”

话语从杜隆坦的口中爆发，就像火焰的河流从老祖父山中喷出，灼热而暴烈。

“我们绝不会像你们这样！”

红步酋长放声大笑：“你们不会？看看你们周围。这里除了灰尘和骨头，已经一无所有。你们不吃——就只有死路一条。”

“那就吃了他！”说话的是卡葛拉。杜隆坦一直没有注意到，就在他和这个红步兽人说话的时候，他的氏族已经悄然无声地聚集在他身后。卡葛拉用肩膀顶开簇拥在一起的霜狼兽人走到前面，怒火已经扭曲了她的面孔。

“杀死他，杜隆坦！他和他的同伙们所做的一切让他应该死一千遍。像他杀死我的诺卡拉一样杀死他！最好让他多受些苦！一块一块吃掉他！”

卡葛拉的话仿佛是冲破了一道河堤，淤积在这道河堤后面的全部愤怒、恐惧和绝望突然间都被释放出来。憎恨、凶狠、充满威胁的话语瞬间在人群中骤然爆发。

“杀了他！吃他的肉！别忘了他都干过什么！”人们高声呼吼。

杜隆坦听到了所有人的呼声。他知道，此时族人们的心中充满了哀痛和对复仇的渴望。但他只是站在红步酋长的面前，双眼紧盯着这个食人怪物。听到霜狼兽人嗜血的吼叫，红步酋长被鲜血润湿的嘴唇向上翘起，露出一个会心的笑容。

怒吼声渐渐止息。杜隆坦想到自己的父亲最初拒绝古尔丹召唤时的情景。父亲一直都在努力保持霜狼自豪而独立的个性，他不希望霜狼氏族离开祖先的土地，抛弃旧日的道路。他想要族人留在北方，勇敢渡过难关。

杜隆坦想到自己还没有出生的孩子。他很可能在出生之前就会死去，死在今天。他想到这个珍贵的小生命会来到这样一个世界上，只有像红步兽人这样的疯狂才有可能是唯一能让他们在这里活下来的理智选择。大地死了，没有植物能够生长，水和空气遭到污染，甚至连泥土也会燃烧。

是的，现在他的氏族怒不可遏，但他们不是红步，他们也绝对不会成为红步。

一些兽人氏族很残忍，很久以前，他的父亲这样对他说，他们喜欢折磨和凌虐猎物……还有他们的敌人。霜狼不会以他人的痛苦为乐。

哪怕是对于我们的敌人。

“我们是霜狼！”杜隆坦只说了这样一句话。然后，他迅速而干脆地让雷击落下。

第三十章

“这里没有大海能扔尸体。”库尔扎克说道，“但至少我们能把他们的尸体丢在这里任其腐烂。”

但他的酋长摇了摇头。“不，”杜隆坦说道，“我已经开始相信，我们在众灵圣地对待他们的方式是错误的。我……现在对他们有了更多的了解。无论他们做了什么，他们毕竟还是兽人。我们会对他们保持尊敬，尽管他们对我们并没有任何敬意。我们要以此来提醒自己，绝不能变成他们的这种样子。”

他的氏族不喜欢这个决定，但还是服从了酋长的命令。杜隆坦理解族人的不情愿。他希望假以时日，他们能够明白他为什么会改变心意。他也亲自出力收集用于埋葬尸体的石块。

当扎卡陪伴德雷克塔尔回来的时候，所有人的精神都受到了鼓舞。回来的并不只是他们两个。还有一头身体虚弱，却终于从死亡线上坚持回来的霜狼。这位年长的萨满立刻就加入到了照顾伤患的同伴之中。

夜幕终于降临了。他们只有地衣汤作为食物。但并没有人对此有任何抱怨。霜狼兽人的心情多了一份前所未有的安稳。

直到此时，杜隆坦终于能够和他的助手们坐到一起了。他们分享着简单的食物，德雷克塔尔讲述了在圣灵之地所经历的一切。当老萨满讲述众灵的慢慢凋亡，并向他们转述生命之灵那令人感到慰藉又无限哀伤的话语时，杜隆坦的胸膛仿佛被悲伤紧紧地勒住。他努力试着去理解众灵所说的并不是死亡的死亡，还有这对于德拉诺，对于他的氏族又意味着什么。

很长一段时间里，他们只是沉默地坐在一起，吃完寡淡的食物。杜隆坦一直在思考让他们走到今天这一步的每一件事：古尔丹的来访；父亲的死亡；德拉卡从流放中回归；老祖父山摧毁霜火岭之后，霜狼氏族被迫的迁徙；红步兽人；迦罗娜的警告；饥饿的大地；死亡的草木；众灵圣地那虚幻的、令人无法忘记的美丽；还有红步酋长最后的话。

他放下汤碗，看着周围的人：德拉卡，德雷克塔尔，盖亚安和奥格瑞姆。这些朋友和家人从没有辜负过他。他明白，即使发生了这么多黑暗的事情，他依然是幸运的。长久以来他充满痛苦的心忽然平静下来。

杜隆坦终于明白了自己需要做什么。

“跟我来。”他只说了这么一句。他们没有多问一句话，只是站起身，跟着他大步走到营地中心。霜狼兽人们依照不同的家庭结成一个个小群。一看到酋长，所有人都安静下来。

杜隆坦看着聚集在身边的霜狼。现在他的族人已经如此稀少，每一个人都非常珍贵。他必须承担起酋长的责任，为了保护他们而做出最好的选择。

“红步兽人的酋长是对的。”他说道。他的声音清晰而镇定，他的族人们都安静地倾听着，“他和他的氏族并没有发疯。他们只是需要应对和我们一样的挑战，并且做了和我们一样的决定：留在这里，在德拉诺，找到一个方法生存下去。他们的方法邪恶而荒谬，但他们成功了。他们在这个世界里取得了成功。而现在我们知道，众灵将不再存在于这个世界。”

关注与忧虑的窃窃私语声在人群中响起。杜隆坦抬手制止了大家的言论，继续说下去：

“我们的萨满德雷克塔尔听到了生命之灵的声音。生命之灵给予我们力量，让我们能够战胜强敌。它也告诉我们，无论哪里有大地、空气、火焰、流水和生命……那都是它们。”

“我的父亲和我全都拒绝了追随古尔丹，我们感觉到那样做是错的。如果我们追随他，我们的氏族就会遭遇危险。那个奴隶迦罗娜甚至警告我们要提防她的主人，作为酋长的我们又会有怎样的选择？”

他摊开双手，“无论我们的学识在过去给我们指明了怎样的道路；无论仪式如何启迪我们；无论我们有怎样的律法、传统和规矩——我们有一条律法、一个传统，我们绝不能违背，那就是酋长必须竭尽全力做出对于氏族最好的决定。”

杜隆坦看着盖亚安。薪火传承者的眼睛微微睁大，很快又充满了哀伤。

“我们的世界难免一死，而且再无法恢复。现在我们知道了这一点——这是生命之灵亲口告诉我们的。红步兽人选择以同类为食，他们的酋长说我们也会做同样的事情。他错了。我们绝不会变得和他们一样，但我们也不会成为古尔丹的怪物。”

他的目光扫过人群，逐一注视每一个霜狼兽人的眼睛。“我们会前往古尔丹的魔法发现的那个新世界。我们会在那里找到大地、空气、流水、火焰和生命，它们会重新认识我们。我们会活下来……作为霜狼！”

“酋长！”说话的是盖亚安。杜隆坦的神经绷紧了。他本以为母亲已经接受了他的决定，但也许他还是想错了。盖亚安问道：“我能说话吗？”

杜隆坦打起精神，点点头。盖亚安站直身子，显得那样傲岸而自豪。他是霜狼酋长的妻子和母亲，是一位萨满，是氏族的薪火传承者。“你知道，我一直在遵循我们的传统。对于我们而言，传统是无比重要的。让我们成为霜狼兽人的是我们的行为，不是我们的话语，但话语一直都是与行为紧密相关的。”

她转身去看她的儿子。“我爱加拉德，我知道他很睿智，尊重传统，英明地统率我们，直到他死去的那一天。”她的呼吸停滞了片刻，但她还是继续说了下去，“我看到他的儿子一次又一次地与传统背离。而现在，他希望我们离开故土，前往一个陌生的新世界。这不是加拉德所坚守的道路。”

说到这里，她的声音又变得柔和下来："但杜隆坦不是加拉德，杜隆坦同样英明地统率着我们。我曾经坚守我的丈夫的决定，他的选择，因为这是他留给我们——留给我的一切。但杜隆坦，加拉德之子，杜高什之孙——我要告诉你，就像众灵一样，加拉德走了，但他并没有消失。他就活在你的体内。他会为你曾经做过的选择感到骄傲，也会为你正在做出的选择感到骄傲。"

杜隆坦不是很确定，但他觉得母亲的眼睛里有泪光在闪动。盖亚安一手攥拳，打在胸膛上："我会跟从我的酋长！"

"我也是！"奥格瑞姆紧接着盖亚安吼道。

"你是我的丈夫，"德拉卡低声在杜隆坦耳边说，"无论发生什么。"

一个接一个，所有霜狼兽人，甚至是那些曾经叛逃的人也都向杜隆坦发出激动的呐喊。寒冷的夜空中回荡着有节律的欢呼，上百颗心脏在齐声跳动。

没有任何酋长，杜隆坦心中想，曾经有过如此优秀的一个氏族。

他高举起雷击："明天，我们将开始新的旅程，太阳将照耀在我们的脚步上。一个新的家园正等待着我们。"

杜隆坦深吸了一口气。

"明天——霜狼将向南进军，加入部落！"

致谢词

有许多大师都参与了这个故事的撰写，我非常珍视他们的贡献。我要感谢暴雪的 James Waugh——我的朋友和这个项目的试金石，还有 Cate Gary 和 Sean Copeland。另外，非常感谢 Titan 出版社我杰出的编辑 Natalie Laverick。传奇影业方面，我要高声向 Jamie Kampel 致谢，感谢她以无比的热情和耐心编写故事脚本，并提出种种疑问。还有 Anna Nettle，无论我提出多少问题，她都会欢快地为我提供各种镜头以供研究。还有 Barnaby Legg，感谢他无与伦比的主意和他对于我的作品毫无保留的热情。和你们所有人共事为我带来了真正的快乐。无论何时，何地，何种项目，我都希望能再次与你们携手。

特别感谢 Tyler Kerr，是你让我明白自然环境消亡的过程，还有我的写作助手 William H. Kirby 和 Mark Anthony，你们的帮助和建议造就了各种各样的（的的确确的）毁灭方式。如果没有你们，我将不可能如此高效地毁掉德拉诺。

最后，衷心感谢我的读者们。是你们支持我写下去，自从《氏族之王》登上书架的那命中注定的一天开始。

力量与荣耀！

TITLE: WARCRAFT: DUROTAN
AUTHOR: CHRISTIE GOLDEN
Copyright: © 2016 Legendary © 2016 Blizzard Entertainment, Inc.
This translation of Warcraft: Durotan, first published in 2016, is published by arrangement with Titan publishing Group Ltd through Big Apple Agency.
Simplified Chinese edition copyright:
2016 New Star Press Co., Ltd
ALL rights reserved.

图书在版编目（CIP）数据
魔兽：杜隆坦／（美）高登著；李镭译．—北京：新星出版社，2016.7
ISBN 978-7-5133-2086-3
Ⅰ．①魔… Ⅱ．①高… ②李… Ⅲ．①长篇小说－美国－现代 Ⅳ．①I712.45
中国版本图书馆 CIP 数据核字（2016）第 071514 号

魔兽：杜隆坦

（美）克里斯蒂 · 高登 著 李镭 译

策划编辑：贾 骥 陈 曦
责任编辑：陶凌寅
特约编辑：蒋 宇 刘清远
责任印制：李珊珊

出版发行：新星出版社
出 版 人：谢 刚
社 址：北京市西城区车公庄大街丙3号楼 100044
网 址：www.newstarpress.com
电 话：010-88310888
传 真：010-65270449
法律顾问：北京市大成律师事务所

读者服务：010-88310811 service@newstarpress.com
邮购地址：北京市西城区车公庄大街丙 3 号楼 100044

印 刷：北京玥实印刷有限公司
开 本：910mm × 1230mm 1/32
印 张：8.875
字 数：140千字
版 次：2016年5月第一版 2016年8月第五次印刷
书 号：ISBN 978-7-5133-2086-3
定 价：32.00元

版权专有，侵权必究；如有质量问题，请与印刷厂联系调换。